사국지

2

사·국지 2

이사부·2 중원의 쟁투(爭鬪)

하응백 역사소설

1판 1쇄 발행 | 2026. 2. 17

발행처 | **Human & Books**
발행인 | 하응백
출판등록 | 2002년 6월 5일 제2002-113호
서울특별시 종로구 삼일대로 457 1409호(경운동, 수운회관)
전화 | 02-6327-3535~6, 팩스 | 02-6327-5353
이메일 | hbooks@empas.com

ISBN 978-89-6078-826-8

사·국지

하응백 역사소설

2

이사부·2
중원의 쟁투(爭鬪)

Human & Books

I

　가을이 시작될 무렵이었다. 이사부에게 촌각을 다투어 입궁하라는 전갈이 왔다. 이사부는 월성으로 말을 달렸다. 태왕이 승하하신 게 분명했다.

　말을 달리면서 이사부는 평생 자신이 모셨던 모즉지태왕과의 인연을 생각했다. 잔인하고 냉정한 분이었다. 권력을 위해서라면 이사부도 죽일 수 있는 분, 권력을 나누기 싫어 딸과 동생을 결혼시켰던 분…… 그분이 돌아가셨다. 마침내.

　월성으로 입궁하면서 이사부는 스스로 물어보았다. 이사부야, 너는 태왕께서 염려하신 반역을 실행할 용기가 있느냐? 태왕께서 평생 이룩하신 국체(國體)를 엎어버리고 새 판을 짤 수 있느냐? 군권을 장악하고 있으니, 마음만 먹으면 할 수 있지 않은가? 열다섯 살 애송이 삼맥종을 내치고, 6부의 귀족들과 권력을 나누기로 약속만 한다면, 왕좌에 앉을 수 있다……

　이사부는 월성 남당을 지나 내전으로 들어가면서 높이 우뚝 솟은 정청(正廳)을 바라보았다. 정청에는 왕좌가 놓여있다. 저 안에는 왕이 앉는 의자가 주인 없이 덩그라니 비어있다. 저기 가서 덥석 앉아버릴까? 내가 왕이다, 하고 크게 외쳐볼까? 그러면 지소는 무엇이라고 할까? 오라버니의 자리가 아니라고 정색하고 달려들까?

그렇게 달려들면, 지소, 지금이라도 내 아내가 되어주시오, 내가 왕이 되고 그대가 왕비가 되어 남은 생이라도 부부로 살아봅시다, 비록 1년이 되더라도 말이오, 내 죽으면 당신 아들 삼맥종이 다시 왕위를 잇게 하겠소, 이렇게 말하면 지소는 받아들이지 않을까?

내전 앞에는 시위대의 경비가 삼엄했다. 시위대장은 이사부를 보자 바로 고개를 숙이며 예를 표한 뒤 내전으로 들게 했다. 내전에는 태왕의 시신을 중앙에 두고 왕태후와 지소부인이 지친 듯이 앉아있었다. 이사부가 내전으로 들어서자 지소의 세 아이, 삼맥종, 숙흘종, 만호가 이사부를 쳐다보았다. 삼맥종의 남동생 숙흘종과 여동생 만호. 열다섯인 삼맥종 아래로 그들은 두 살 터울이었다. 이사부는 천천히 만호 쪽으로 시선을 돌렸다. 스무 살의 이사부가 태자전에 들었을 때 처음 본 어린 지소와 빼닮은 소녀가 거기 앉아있었다. 열한 살의 소녀 만호를 보는 순간 이사부는 순간적이나마 먼 옛날로 잠시 돌아갔다. 그땐 참 좋았었지. 사부지도 물력도 이사부도, 지소도.

"이사부장군, 지금부터 무얼 해야 하오?"

왕태후의 음성이 이사부를 현실로 데려왔다. 이사부는 소녀 만호를 보는 순간 잠시 흔들렸던 중심이 다시 제자리를 찾았음을 느꼈다. 욕심은 또 다른 업을 남긴다. 그래, 나이 쉰다섯에 왕이 된다고 무엇이 달라지겠는가? 가자. 가자. 그냥 마음이 시키는 대로 가자. 이사부는 왕태후의 물음에 준비된 답변을 아뢰었다.

"태후께서 왕의 승하를 발표하시고, 이어서 삼맥종으로 보위를 잇는다는 교서를 내리소서."

"그럼 아무 일이 없는가? 혹시라도…… 삼맥종이 아직 어리다고……"

"그렇게만 하시면 됩니다. 어리다고는 하나 이미 열다섯입니다. 충분히 왕이 될 나이입니다. 하지만 당분간은 태후께서 섭정을 한다고 하시면……"

"그건 안 될 말이오. 내 나이 일흔이오. 뒷방 늙은이야. 늙은이가 무엇을 안다고. 게다가 난 이미 불제자가 되어 흥륜사에 머물고 있소. 내가 태왕께서도 돌아가셨는데 속세에 무슨 미련이 있다고…… 차리리 지소가 섭정을 한다면 모를까."

"그렇다면 그렇게 하시지요. 태후께서 그렇게 하라고 하시면 됩니다. 제가 명을 받들겠사옵니다."

지소부인이 이사부를 바라보며 말했다.

"제가 해도 될까요? 어머니가 계시는 데 말입니다."
"태후께서 그렇게 하라고 하셨으니 아무 문제 될 게 없습니다."
"그럼 오라버니가 도와주실 거죠?"
"그렇게 하도록 하겠습니다. 제가 정전으로 나가 왕명을 출납하는 사인(舍人)들에게 지시를 하겠습니다. 신료를 모두 정전에 모이라고 하고 태왕태후 마마의 교서를 내려야겠지요."

"태왕태후라면?"

"태왕께서 돌아가시고 아들이 즉위하니 부인께서는 태후마마, 태후께서는 태왕태후마마입니다. 왕께서 나이가 더 들어 정사에 익숙해질 때까지 태후께서 섭정한다는 교서를 작성하라 일러두겠습니다."

태왕태후가 말했다.

"이사부장군이 그렇게 해주게나. 그럼 아무 걱정이 없지. 나는 흥륜사에 머물면서 태왕의 극락왕생을 빌겠네. 지소가 태왕 옆에서 지켜보아 정사를 안다고 하지만, 그래도 혼자는 힘들지 않겠나. 이사부장군이 보필해주게. 지금은 장군이 신라의 기둥이고 대들보야. 내 손자 삼맥종이 헌헌장부(軒軒丈夫)로 자랄 때까지 이사부장군이 신라의 조정을 이끌어주게."

"신이 열성을 다해 그렇게 하겠나이다."

잠자코 있던 삼맥종이 한마디를 했다.

"이사부장군이라면 무엇보다 안심입니다. 나를 이끌어 주십시오."

"그렇게 하겠나이다. 전하, 아니 폐하라고 불러야겠군요. 폐하."

이사부는 정청으로 가서 사인들에게 공식적으로 태왕의 승하를 알리고 태왕태후의 지시사항을 하달했다. 삼맥종을 왕으로 삼는다는 교시는 태왕이 승하하기 전에 남긴 유조(遺詔)임을 이사부는 사인들에게 분명히 밝혔다. 사인들도 이미 태왕의 승하를 짐작으로 알고 있었다. 또한 삼맥종이 당연히 다음 보위를 잇는다고 추측하고 있었다. 게다가 군권을 쥐고 있는 이사부의 말이었다. 예상대로였기에 아무 저항 없이 바로 이사부의 지시사항을 받아들였다. 이사부는 연락군관을 보내 약문을 정청 정사당으로 급히 입궁하라 했다.

약문은 한 시진(時辰)이 되지 않아 허겁지겁 입궁했다. 약문이 먼저 입을 열었다.

"정사당이 장군의 일터가 되었군요. 경하드립니다."

"농담 마시오. 사부. 경하라니. 태왕께서 돌아가셔서 슬픔에 잠겨있는 충신에게 무슨 경하를."

"하하, 장군님, 저에게도 격식을 차리시는군요. 뭐 내놓고 좋아할 수는 없지요."

"아니, 약문 사부께서 오늘은 왜 이러시오. 뭐 그건 그렇고 내가 사부와 의논을 좀 하려고."

"그러시지요. 이미 정리가 되었을 텐데요. 태후께서 섭정하고 장군께서 뒤를 보아주기로 하지 않으셨나요?"

"허허, 사부는 역시 전략가요. 이미 알고 있으시구만."

"그거야 누가 모르겠습니까? 애시당초 태왕께서 그렇게 짜놓은 판입니다. 만약 장군을 의심했다면 미리 태왕께서 손을 썼을 테지요."

"허허. 그렇지, 그렇지. 그건 그렇고, 이제 어떻게 해야 할까요?"

"태후께서 뭐라고 하셨습니까?"

"태왕, 아, 돌아가셨으니 선왕(先王)이 되었네요. 선왕의 유조는 삼맥종으로 대를 잇는 거였다고 하셨지요. 그래서 내가 왕은 아직 열다섯이니 당분간은 태후께 섭정하시라고 했더니, 태후께서는 이미 출가한 몸이고 나이가 드셨다고 지소부인이 하면 좋겠다고 하셨지요."

"그렇게 하시면 됩니다. 지소부인께서 섭정하시고, 이사부장군께서 상대등을 하시면서 신라를 안정시켜야지요."

"아니요. 나는 무장이요. 무장이 무슨 상대등."

"병부령은 어떻습니까? 그게 더 좋을 수 있습니다. 신라에서 지금 누가 장군을 거역하겠습니까? 병부령 정도로 물러나 있으면 오히려 보기가 좋지요. 병부령이 되어서도 장군께서 할 일이 태산입니다."

"태산이라니?"

"백제가 수상합니다."

"백제가?"

"백제에 나가 있는 세작들의 보고를 종합하면 백제가 군사를 일으킬 준비를 하고 있답니다."

"고구려?"

"그렇습니다. 명농왕은 지난 기유년[1]에 오곡벌판에서 고구려에 대패하여 많은 병사가 죽었지요. 명농왕은 복수전을 하려고 절치부심했을 게 분명합니다. 재작년 그러니까 무오년에 드디어 웅진에서 사비로 도읍을 옮겼습니다. 웅진은 우리가 젊었을 때 함께 가보지 않았습니까?"

"그랬지요. 철옹성 같은 곳이었지요."

"그렇습니다. 철옹성이되 한 나라의 도읍이라고 하기엔 좀 옹색하지요. 사비는 그렇지 않습니다. 사방으로 훨씬 열린 곳이라 백제가 완전히 국력을 회복했다고 봐야지요. 백제는 지난 모대왕 때부터 사비로 도성을 옮기고 싶어 했습니다. 그쪽으로 사냥도 여러 번 나가서 도성이 될

---

1) 529년

만한지 살펴보았지요. 그러다가 백가라는 신하에게 피살당한 건 우리와 똑같습니다."

"우리와 같다니. 사부, 태왕이 승하하셨다고 함부로 말하는군요. 허허. 비처왕을 죽일 때 우리가 가지 않았소?"

"바로 그겁니다. 모대왕은 바로 우리 신라로 말하자면 비처왕과 같은 신세가 되었다는 말입니다. 모대왕 다음의 사마왕은 우리의 지증대왕과 같구요. 신라나 백제나 모두 두 임금은 다 나라를 굳건하게 했지요. 물론 우리 태왕께서 태자로 계실 때 하신 일이지만요. 백제는 사마왕이 준비를 잘해 놓아서, 사마왕이 승하하고 아들 명농왕이 웅진에 크게 장사를 지냈다고 합니다. 그러고는 바로 도성을 옮기는 일에 착수했습니다. 명농왕은 절대 만만하게 볼 수 없습니다. 우리 신라에게 두고두고 화근이 될 겁니다. 게다가……"

"게다가?"

"백제 백성들은 그를 성왕이라 부르고 있다고 합니다."

"성왕(聖王)? 전륜성왕의 성왕 말이오?"

"그렇습니다. 우리 태왕께서도 전륜성왕이 되고 싶어 하셨습니다. 하지만 백제의 성왕이 오히려 선수를 친 거나 마찬가지지요. 백성들이 성왕이라고 이미 부르니까요."

"뭐라 부르든 그게 뭐 그리 중요합니까? 사부, 중요한 건 군사지요."

"그렇지 않습니다. 장군, 군사도 중요하지만, 군사의 힘은 생각의 통일에서 나옵니다. 모두 한 생각으로 싸우는 군대와 각기 다른 생각으로 싸우는 군대가 전쟁을 하면 보나마나입니다."

"그건 그렇지. 그러니 병사들을 통합하는 게 장수의 본분이고 병법이 아니오?"

"물론 그게 병법이지만, 병법 이전에 나라의 생각을 통일해야 합니다. 백성의 생각이 합쳐져야 나라의 힘이 나옵니다. 우리 태왕이나 백제의 성왕이 백성들의 생각을 합치려고 전력을 다한 이유도 그 때문입니다. 생각을 합치려면 부처만큼 좋은 게 없지요. 불법(佛法)은 이미 서역에서부터 다 짜놓아, 나라가 사용하기에는 매우 정밀합니다."

"나는 부처의 가르침을 알 것도 같고 모를 것도 같소. 내게는 불법이니 뭐니 해도 모두 귀신 씨나락 까먹는 까마득한 이야기 같소만."

"하하. 장군께서도 신라를 이끌어나가려면 부처를 이해하셔야 합니다. 명농왕은 불법, 특히 법화경에 나오는 일승(一乘)을 모범으로 삼아 국력을 집중하고 있습니다. 해씨나 진씨 같은 한성에 있었던 귀족과 웅진에서 세력을 떨쳤던 연씨나 목씨, 사비의 터줏대감인 사씨 등을 하나로 묶는 게 바로 법화경입니다. 그건 우리도 마찬가지구요."

"법화경은 또 뭐요?"

"간단하게 말하자면 나라가 주도하여 모든 사람이 부처가 되자는 겁니다."

"왕도 귀족도 백성도?"

"그렇습니다. 하지만 왕은 백성들에게 불법을 깨닫게 하는 석가와 같은 존재가 되어야지요. 모두 부처가 되도록 해야지요. 그럼 미움도 사랑도 없어지고 하나의 만족한 세계가 되는 겁니다."

"뭐 그런 세계가 있을라구. 난 미움과 사랑이 있는 세상이 좋아."

"그거야 장군님 마음대로 하시면 되지만 나라를 이끌어나가는 데는 그렇지 않습니다. 장군님은 병사들을 이끌고 전쟁터로 나가시지요. 병사의 아내나 부모나 자식과 형제들은 어디에 기대겠습니까? 병사들은 어디에 기대야 하겠습니까? 내 자식, 내 남편, 내 형제, 내 아버지가 무사히 돌아오게 빌어야 하는데, 누구에게 비는 게 좋겠습니까? 그게 여러 귀신이 아니라 하나의 부처라면, 그리고 왕이 부처를 대신하는 권한을 가지고 있으면 누가 왕을 따르지 않겠습니까?"

"그래요. 그렇게 말해주니 좀 알아듣기 쉽네. 왕이 부처 세상의 장수가 된다는 말이네."

"그렇습니다. 그게 법화경의 가르침입니다. 법화경에서는 사람이 부처가 되는 방법은 세 가지가 있다고 합니다. 첫째는 성문(聲聞), 둘째는 연각(緣覺), 셋째는 보살(菩薩)이라고 합니다."

"그건 또 무슨 소리요?"

"성문은 부처의 말을 듣고 배워서 깨달음을 얻고, 연각은 스스로 생각해서 깨달음을 얻고……"

"음, 점점 어려워지네."

"보살은 자기뿐만 아니라 다른 사람까지 모두 한꺼번에 깨달음을 얻어 부처가 되어야……"

"아니 부처가 되어서 무엇 하나?"

"행복해지는 겁니다. 마음이 평화로워지는 겁니다."

"그렇다면 이해가 가네요. 사부, 그럼 그 세 방법과 왕은 또 무슨 관계가 있나요?"

"아, 그럼 이렇게 설명하겠습니다. 마음이 평화로워지고 나라가 태평해지는 수레가 있다고 합시다."

"타는 수레 말인가요?"

"그렇습니다."

"좋은 수레구만."

"성문은 염소가 그 수레를 끕니다. 연각은 사슴이 그 수레를 끕니다.

보살은 소가 그 수레를 끌지요."

"아하, 그러니 소가 끄는 수레를 타야겠구만."

"그렇습니다. 그런데 그보다 더 힘센 소가 끄는 큰 수레가 있습니다."

"그게 뭐요?"

"그게 바로 전륜성왕이 끄는 나라의 수레입니다. 그 수레에 타면 모두 부처가 되고 보살이 되는 거지요."

"아, 알았습니다. 왕이 믿음의 수레를 끌고 가야 한다는 거지요."

"그렇습니다. 왕이 믿든 말든 그건 상관없습니다. 왕이 끄는 믿음의 수레를 위해 박이차돈도 죽었지요. 백제의 성왕도 그 믿음의 수레를 완성했다고 보입니다. 제가 왜 이렇게 이야기하는지 아시겠습니까?"

"알았습니다, 사부. 내가 지소태후의 섭정을 보필하게 되었으니, 나를 가르치는 거지요."

"그렇습니다. 불법의 실체를 알아야 합니다. 모르고 백성들을 끌고 갈 수는 없습니다."

"알았습니다. 사부의 말씀은 백제의 명농왕이 큰 수레를 끌 준비를 마쳤다, 그 수레에는 백제의 귀족과 백성이 다 타고 있다, 그 힘으로 곧 고구려와 전쟁을 벌일 거다, 그런 말씀이시죠?"

"그렇습니다. 백제의 명농왕은 도성을 사비로 옮겨 백성들을 안정시키고, 귀족들을 결속했습니다. 이제 힘을 쓸 차례죠. 고구려에 보복하려 할 겁니다. 게다가……"

"게다가?"

"대가야 이뇌왕도 회유한 듯이 보입니다."

"이뇌왕을? 지금 월광태자와 화진부인이 서라벌에 있지 않소?"

"그렇습니다. 재작년에 제가 대가야에 가서 월광태자와 화진부인을

모시고 오지 않았습니까? 화진부인은 여전히 서라벌에 머물면서 대가
야로 돌아가지 않았는데, 2년이 되어도 이뇌왕은 돌아오라는 말조차 없
습니다."

"그렇군. 그게 무슨 뜻일까요?"

"대가야가 백제 쪽으로 돌아섰다는 뜻이지요. 게다가 가야의 이뇌왕
은 그 사이 백제의 사위가 되었습니다."

"뭐라, 이뇌왕이 백제에 장가를 가?"

"그렇습니다. 명농왕이 대가야의 이뇌왕에게 먼저 제안을 했다고 합
니다. 백제 부여씨 왕가의 딸과 혼인을 했다 하지요."

"우리와는 영영 이별이군."

"그렇습니다. 명농왕은 대가야를 발판삼아 다른 가야도 포섭하려 할
겁니다. 백제 명농왕은 가야의 군대와 합쳐서 왜국의 지원도 받아 고구려
로 쳐들어갈 거고, 만약 이긴다면 신라와도 다시 다투기 시작할 겁니다."

"왜국은 완전히 명농왕의 손아귀에 들어갔지요. 그건 내가 잘 알지
요. 지난 정미년²⁾ 축자국에서 반란이 일어났을 때 우리가 반란군을 좀
더 지원했어야 하는데, 그게 좀 아쉬워요."

"아닙니다. 그때 지원을 했더라면 우리가 위험할 수도 있었습니다.
그 정도에서 그친 게 오히려 다행입니다. 왜국과 백제의 결속은 워낙 단
단해 우리가 쉽게 깰 수 없습니다."

"그건 그렇지요. 그럼 우리는 어떻게 해야 하나? 사부."

"곧 백제와 고구려가 전쟁을 시작할 겁니다. 중원(中原)의 싸움이 시
작되는 겁니다. 우리 신라는 그동안 조용히 국력을 길렀습니다. 가야는
어느 정도 안정이 되었습니다. 실속은 우리가 차렸습니다. 남해 쪽까지

---

2) 527년

우리가 장악했고 우리 수군이 강성하니 가야 쪽은 좀 안심이 됩니다. 그러니……."

"그러니?"

"우리도 삼맥종 폐하를 중심으로 큰 수레를 마련해야 하고, 이사부장군께서는 중원으로 가야 합니다. 산맥을 넘어 중원을 차지해야 합니다."

"중원을? 지금 고구려가 차지하고 있지 않나? 우리도 고구려와 전쟁을 하자고?"

"상황을 잘 봐야 합니다. 백제는 뭔가 낌새를 챘습니다. 고구려는 신해년[3]에 보연왕[4]이 형을 죽이고 보위에 올랐습니다. 보연왕은 둘째 부인의 아들 평성을 태자로 삼았지만, 이게 만만치 않다고 합니다."

"만만치 않다니?"

"다음 왕위를 둘러싸고 싸움이 벌어질 수 있다는 거죠. 세작들이 그런 보고를 해왔습니다. 백제가 고구려 상황을 모를 리가 없습니다. 틈을 노리고 있겠지요. 그렇다면 우리도 준비해야 합니다. 지난번엔 장군께서 가야국 몇 나라를 정벌하셔서 백제와 피장파장이 되었거나 우리가 조금 이익을 보았습니다. 중원 싸움이라면 어떻게 될지 모릅니다. 더군다나 백제는 조상의 능이 한성 부근에 많이 있습니다. 그걸 회복하려 들 겁니다. 만약 백제가 한수까지 차지하면 과거의 백제가 아닙니다. 우리 신라는 결국 백제의 사냥감이 될 겁니다."

"뭐, 백제의 사냥감?"

"우리도 가야국을 사냥하지 않았습니까? 이사부장군께서 사냥을 잘하셨지요?"

"그게 어디 사냥인가요? 하나의 수레에 태운 거지. 신라라는 수레에

---

3) 531년
4) 안원왕(安原王)을 말한다. 안원왕의 이름이 보연(寶延)이다.

말이오.”

　“하하. 금방 배우셨군요. 잘하셨습니다. 그럼 앞으로는 백제의 수레
에 타시겠습니까?”

　“그럴 수는 없지. 듣고 보니 신라가 가만히 있을 때가 아니네. 중원이라.”

　“그렇습니다. 중원입니다. 병부령께서 중원으로 말을 달려야 합니다.”

2

열다섯의 삼맥종이 제24대 신라 왕으로 등극했다. 왕의 어머니이자 법흥태왕의 딸인 지소태후가 섭정을 시작했다. 지소태후는 이사부를 병부령에 임명한다는 교서를 내렸다. 상대등이 공석이었으니 병부령 이사부가 실질적으로 신라 조정을 이끌어나가야 했다.

이사부는 남당회의에서 승하하신 태왕의 유지를 받들자고 했다. 태왕의 뜻이 실현되는 나라를 만들 수 있도록 6부의 귀족과 신료들이 도와달라고 했다. 특히 태왕태후께서 흥륜사에 계신 만큼, 흥륜사 완공을 서둘러 불법의 나라로 가겠다고 천명했다. 군사를 더욱 강성하게 하겠다는 의지도 보여주었다.

나라의 여러 일은 신료들이 의논해서 처리하면 될 일이었다. 이사부는 왕의 존호를 미리 지어 바치자고 했다. 삼맥종이 어린 시절의 자연스러운 이름이나, 왕으로 등극했으니 나라 사람이 존경할 만한 이름을 짓자고 했다. 모두 찬성했으므로 이사부는 약문이 제안한 진흥(眞興)이라는 이름을 바쳤다. 선왕이 불법을 일으켜 흥하게 한 법흥이었다. 법흥을 계승하면서 나라를 더욱 참되게 다스렸으면 하는 기대로 지어진 이름이었다. 진흥이라는 이름을 삼맥종 본인이 매우 마음에 들어 했다. 진흥은 갓 등극한 신라 왕의 새 이름이 되었다.

이사부가 조정의 일들을 처리하느라 분주한 가운데 서북쪽 변경에서 전령이 와서 급한 전갈을 전했다. 백제가 고구려의 우산성을 공격한다는 소식이었다. 약문의 말대로 백제의 명농왕이 가을걷이가 끝나자 드디어 움직이기 시작했다. 명농왕은 연회(燕會)장군에게 보기병 1만을 주어 우산성 결전을 지시했다. 우산성은 신라 동북방 고구려 접경지에 있는 그 우산성이 아니라 백제와 고구려 접경에 있는 우산성이었다. 우산성은 동쪽으로는 넓은 들판을 끼고 있고, 북쪽으로는 한성과, 서쪽으로는 고구려의 군사 거점지인 국원과 연결된다. 우산성을 확보하면 고구려가 상당히 피곤해진다. 고구려에게는 국원과 한성이 한수 이남에서 가장 중요한 군사 요충지였다. 우산성은 그 두 요충지를 다 위협하는 위치에 있었다.

이사부는 명농왕의 실력을 한번 보고 싶으면서도 동시에 명농왕이 패했으면 좋겠다는 생각을 했다. 명농왕이 백성들로부터 성왕 칭호를 받는다면 신라에 위협이 될 건 분명하다. 그렇다면 그가 실패해야 신라에게 유리하다.

이사부는 혹시라도 몰라 주령장군에게 사벌군단에서 대기하라고 명했다. 사벌에서 고구려의 우산성까지는 기병을 보내면 사흘 거리였다. 아울러 주령장군에게 전황이 어떻게 돌아가는지 면밀히 파악하여 보고하라고 지시했다. 열흘이 지나 전황 보고가 들어왔다.

고구려의 보연왕은 가만히 당하고만 있지 않았다. 황급히 한성과 국원에서 기병 5천을 모아 양 갈래에서 우산성으로 진격했다. 우산성 함락 직전에 양쪽에서 밀려오는 고구려 기병을 보며 연회장군은 다음을 기약하며 황급히 철수했다. 명농왕은 연회장군에게 찔러는 보되, 무리하지는 말라고 분명히 지시했기에, 연회장군은 병력 손실 없이 서둘러 철수했다.

이사부와 약문은 정청에서 상황보고를 받으면서 양측의 군사 운용과 전투 상황을 검토했다.

"사부, 역시 고구려 기병은 강하군요. 백제가 바로 꼬리를 내리고 철수했답니다."

"명농왕이 꼭 우산성을 빼앗겠다고 싸움을 걸지는 않았겠지요. 사비로 도성을 옮기고 좀 안정되었으니, 군사 훈련을 한번 해본 거지요. 칼은 늘 갈아두지 않으면 녹슬기 마련입니다."

"그건 우리도 마찬가지겠습니다, 사부"

"아마도 그렇겠지요, 장군님."

"사부가 계획을 세워보세요."

"곧 새해입니다. 지금부터 준비해서 신라의 군사 전략을 다시 짜는 작업을 해보겠습니다. 병부령께서 취임하셨으니, 일선에 있는 장수들도 기대하는 바가 큽니다."

"알았습니다. 그것도 그렇지만 우리가 앞으로 고구려와 싸워 이기려면 고구려의 기병을 어떻게 막아낼지도 연구해야 합니다. 우리도 기병을 더욱 많이 양성하겠지만, 우리 신라에서 말을 많이 키운다는 게 보통 힘든 일이 아닙니다. 고구려는 말을 키우기가 좋지요. 우리 보병으로 고구려 기병을 맞아서 싸우는 방법을 찾아야 합니다."

"두 가지 방법이 있을 겁니다. 첫째는 손자병법에도 나와있듯이 우리가 원하는 지역에서 싸워야 합니다. 산과 계곡이 없는 넓은 들판에서 고구려 기병과 정면으로 전면전을 벌이면 백전백패지요. 지형지물을 잘 활용해서 말이 달리지 못하는 곳에서 전투해야 합니다. 둘째는 장창부대와 궁수나 석투수(石投手)를 잘 활용해야 합니다. 적의 기마병이 돌격해 올 때는 멧돼지가 흥분하여 달려드는 기세와도 같습니다. 이때 공포를 이겨내는 게 중요합니다. 제일 앞에 장창과 방패로 무장한 병사를 서너 겹으로 배치해야 합니다. 장창의 자루 끝은 땅에 박아서 밀리지 않게 해야지요. 말 가슴높이에 맞추어 적의 말을 노려야 합니다. 그렇게 하면 적의 예봉이 꺾이겠지요. 그 다음 바로 궁수가, 다음에는 석투수가 장창부대 뒤에서 활을 쏘고 돌을 던지는 겁니다. 궁수나 석투수는 바로 앞에 장창부대가 막고 있으니, 마음 놓고 공격을 퍼부을 수 있습니다. 적 진영에 혼란이 일어나면, 궁수와 석투수가 바로 검수가 되어 투입되는 거지요."

"사부, 그게 말은 쉽지만 잘 되려면 많은 훈련이 필요합니다. 특히 장창부대가 적 기마병 돌격에 지레 겁을 집어먹으면 전열이 완전히 무너지게 됩니다."

"그렇습니다. 내년 봄부터 전군 장수를 모아 새로운 전술을 숙지하도록 하겠습니다."

"좋습니다."

새해가 되었다. 신유년[5]이었다. 이사부와 약문은 강성한 신라군을 만들 계획에 몰두하고 있었다. 3월에 백제 명농왕이 사신을 보내왔다. 신라 새 왕의 등극을 축하한다면서 잔뜩 선물을 보내왔다. 몇 년 전 가

---

5) 541년

야에서 전면전은 아닐지라도 전투를 벌인지라 신라와 백제는 서로 껄끄러운 상태였다. 이를 백제가 먼저 풀고자 했다. 백제의 사신은 임금을 알현하는 자리에서 말했다.

"저의 폐하께서는 도읍을 옮기느라 분주하시어서, 변방에서 일어나는 작은 일을 일일이 돌보지 못하였다고 하십니다. 맹방인 신라에 혹 소홀한 일이 있나 여쭈어보라 하셨습니다. 만약 그러한 일이 있다면 다 백제의 불찰이니 혜량(惠諒)하여 주시길 앙망(仰望)한다고 하셨습니다."

이사부가 신라 조정을 대표해서 답을 했다.

"약간의 불미스러운 일이 있었다고 알고 있으나 이미 다 지나간 일이고, 또한 백제의 폐하께서 마음을 열어 보여주시니, 풀지 못할 일이 무엇이 있겠습니까? 저의 폐하께서도 늘 백제와 우호를 다지라고 하십니다. 신라 조정을 대표해서 백제국 폐하의 만수무강을 비옵니다."

백제의 사신이 물러나고 난 뒤 이사부는 약문과 상의했다.

"사부, 이게 이상하지 않나요?"
"뭐가 이상합니까?"
"지난번, 재작년이군요. 우리가 백제군을 공격해서 칠원성을 다시 빼앗지 않았습니까? 그때 백제군의 피해도 만만찮았습니다. 내가 공격했단 말입니다. 그럼에도 백제가 먼저 화해를 청하다니 이상하지 않나요?"
"이상할 거 하나도 없습니다."

"왜요?"

"첫째, 이사부장군이 병부령이 되셨으니, 신라가 군사적인 측면에서는 더욱 강성해지겠다 싶었겠지요."

"에이, 그건 아니고. 내가 뭐라고."

"둘째, 작년 백제군은 고구려 우산성을 쳤다가, 고구려 기병이 몰려오자 걸음아 날 살려라 하고 꽁지가 빠지게 도망쳤습니다. 고구려가 만만한 상대가 아님을 여실히 깨달은 거지요. 그러니 신라와 손을 잡지 않으면 언제 고구려에게 당할지 모른다는 불안감이 생겼겠지요."

"그렇군. 그건 이해가 가네요. 고구려 군대는 늘 강적이야. 당분간은 백제와 연합해서 고구려를 저지하는 수밖에 없겠지요."

"그렇습니다, 장군님. 백제는 개로왕 때 짰던 전략을 그대로 유지하려 들겠지요. 고구려를 고립시키고 다른 나라와 연합해서 고구려를 공격하려 할 게 분명합니다."

"하지만 그것 때문에 고구려의 장수왕이 한성을 공격한 게 아니오. 개로왕은 죽고."

"그렇지요. 하지만 지금은 그때의 백제와 고구려가 아닙니다. 고구려는 힘이 많이 빠졌고, 백제는 힘을 키웠습니다. 게다가 개로왕의 아들이 사마, 곧 무령왕이고, 그 아들이 명농왕입니다. 당연히 할아버지의 복수를 하려고 하지 않겠습니까? 한성에 있는 조상의 무덤을 되찾아야 하지 않겠습니까?"

"그렇군요, 사부."

"명농왕은 백제와 가야국과 왜국을 다 동원해서 고구려를 칠 겁니다. 우리 신라는 가만히 있기만 해도 백제로서는 유리하겠지요. 우리가 고구려 편만 들지 않으면요."

"그렇군. 그런데 말이요. 백제가 너무 강해지면 우리를 넘볼 게 아니요?"

"당연히 그렇겠지요. 한성과 한수를 회복하면 틈을 봐서 우리를 노리겠지요. 지금 위나라도 예전 같지 않아 고구려 북방이 불안합니다. 고구려가 북쪽 변경 방어에 몰두하게 된다면, 백제의 칼끝은 우리를 향하게 되어 있습니다."

"그럼 우리는 고구려와?"

"그렇습니다. 백제가 강해서 한수를 점령하면 우리는 고구려와 손잡아야 합니다. 고구려가 강하니 백제와 우리가 손잡았던 것처럼, 당연히 백제가 강하면 그렇게 해야지요. 하지만 아직은 아닙니다. 고구려가 여전히 강력한 적인 거지요."

"잘 알았습니다, 사부. 어쨌든 우리는 군사력을 계속 키워야 합니다."

"다음 달에 전군 장수회의를 소집할까 합니다. 준비는 다 마쳤습니다."

그런 이야기를 나누는 중에 물력의 아들 거칠부가 달려와서 이사부를 급히 뵙고자 했다. 이사부는 집히는 게 있어 얼른 거칠부를 들라 했다.

"바쁘신데 죄송합니다. 아버님께서…… 이사부장군님을 꼭 뵙고 싶다고……"

"위독하신가?"

"그렇습니다."

"알았다. 가자."

이사부는 말을 달렸다. 이 사람아, 가지 마. 조금만 기다려. 말을 달리다가 갑자기 눈물이 쏟아져 나왔다. 갈 때 가더라도 내가 도착할 때까지는 가지 마. 이사부는 그렇게 부처님께 빌었다. 이사부가 물력의 집에 도착하여 말에서 내려 후다닥 병석으로 들어갔을 때, 다행히도 물력은 숨이 붙어있었다.

"물력, 내가 왔네. 이사부가 왔네."

물력은 눈을 감고 있다가 눈을 뜨고 이사부에게 손을 뻗었다. 물력은 풍으로 쓰러져 사지 절반은 못쓰게 되어 겨우 한쪽 손만 움직일 수 있었다.

"이사부, 고마워. 와주어서."
"고맙긴, 이 사람아. 어서 일어나. 아직 전쟁도 많이 남았단 말이야. 백제가 강성해지고 있단 말이야. 자네가 선봉에 서야지."
"나는 틀렸네. 꼭 할 말이 있어서 자넬……"
"그래, 뭔가?"
"내 아들 거칠부를 부탁하네."
"그걸 말이라고 하나. 거칠부는 내 아들이나 마찬가지야. 염려 말게."
"내 아들이지만, 글도 잘하고 장수감이기도 하네……"
"잘 알고 있어. 내가 데리고 있겠네."
"그럴까 봐 자네를 보자고 했어. 이 아이는 거칠게 다루어야 해. 나라를 위해 힘하고 어려운 일을 시켜. 아비나 아비의 친구 덕에 살게 하지 말아주어. 그게 내 부탁일세."
"알았네. 그렇게 하지. 그런데 자네들은 왜 이러나. 사부지도 자기 아들을 부탁하더니만, 자네도 그렇네. 난 무슨 죈가? 부탁만 받고."

"그게 자네의 업이야. 자네가 대장이었잖아. 어릴 때부터."

이사부는 물력 곁에 머물렀다. 물력은 얼른 가보라고 이사부를 채근했다. 이사부는 그럴수록 물력 곁을 떠날 수가 없었다. 이승에서는 마지막일 거라는 생각이 들었다. 오래전부터 물력과 함께 있으면 늘 기분이 좋았다. 물력은 친구들을 기쁘게 해주려고 늘 애를 썼다. 물력이 힘에 부쳤는지 스르륵 잠이 들었다.

"아버님 잘 지켜보게. 나는 가네."

이사부는 거칠부에게 조용히 말하고 물력의 한 손을 이불 속으로 넣고 자리를 떴다.

며칠 후 물력이 저세상으로 갔다는 부고가 전해졌다. 사부지가 갔을 때만 해도 괜찮았다. 물력마저 가니 이사부는 갑자기 외롭다는 생각을 했다. 어릴 적 셋을 서라벌의 막내 삼공자라 불렀다. 궁에 가서 공주님과 놀기도 하고 공주님이 돌아가셨을 땐 낭산과 남산으로 비단벌레를 잡으러 다녔다. 덕지장군을 따라 전쟁터도 함께 갔고…… 다 떠났구나.

이사부는 거칠부를 불렀다.

"아버님 장례 준비는 잘 되어가고 있지?"
"그렇습니다."
"장례를 마치면, 거칠부를 병부령 사령으로 임명한다. 늘 내 곁에서

근무하도록 하여라. 알겠느냐?"

"네, 알겠습니다. 그렇게 하도록 하겠습니다."

"사서오경도 공부했다고?"

"부끄럽습니다. 그냥 한번 읽어보았습니다."

"그래, 네 아버님도 암기력이 대단하셨지. 엉뚱한 것까지 시시콜콜 기억하더구만."

"네?"

"아니다. 그냥 해본 말일세."

봄이 되자 서라벌에는 꽃들이 앞다투어 피어나기 시작했다. 월성에도 살구꽃과 오얏꽃이 피어나면서 궁이 환해졌다. 이사부는 전군의 장수들을 월성 남당에 소집했다. 장수들의 사기를 올리기 위해서였다. 한편으로 새 왕에게 군부의 충성을 보여주고 싶기도 했다. 수백의 신라 무장과 부장들이 갑옷 차림으로 남당에 입시했다. 그 모습이 장관이었다. 칼과 같은 무기는 궁문에 두고 들어와야 했다.

장수들도 월성에 들어와보기는 쉽지 않은 일이었다. 더군다나 국왕을 직접 알현하기는 더욱 어려웠다. 진흥왕은 도열한 장수들의 우렁찬 만세 소리를 듣고 자신이 신라의 군주가 되었음을 실감했다. 이사부장군은 왕에게 신라는 중원으로 진출하여야 한다고 역설했다. 왕 스스로 생각해도 그게 답이었다. 백제나 고구려에 비해 신라는 한쪽 구석에 너무 치우쳐있다. 서해로 나갈 길이 없다. 위나라나 양나라의 문물을 받아들이고 그들 나라와 지속적인 외교 관계를 구축하려면, 백제나 고구려를 통하지 않으면 불가능했다. 지금이야 백제와 사이가 좋지만, 그 관계가 틀어지면 답답한 상황이 오고야 만다. 이사부는 신라가 중원을 장악해서 서해로 나가 독자적으로 위나라와 양나라와 교류해야 한다고 말했다.

중원을 장악하는 게 가능할까? 왕은 그제야 이사부장군이 군의 장수들을 남당에 불러 모은 이유를 알았다. 이사부는 자신에게 장수들의 실체를 보여주면서 군부를 믿어보라고 말하고 있었다. 이런 장수가 있으니 군부를 믿으라는 말이었다. 나이가 더 들어 스스로 친정(親政)할 때가 오겠지만, 그 전이라도 군부의 충성과 이사부의 의지를 믿어달라는 말이었다.

3

백제의 명농왕은 신라로 갔던 사신이 돌아오자 바로 궁으로 불렀다.

"신라에서 어떤 답을 주었소?"

"폐하께서 지시한 대로 아뢰었더니, 바로 병부령 이사부가 국왕을 대신하여 우호 관계를 지속하겠다고 답을 주었습니다."

"그렇군. 역시 이사부가 실세구만. 이사부는 만만한 장수가 아니지요?"

"그렇게 보입니다. 폐하."

"알았소. 신라와 우리의 우호를 확인했으니, 가야 왕들을 여기 사비로 부르도록 하시오. 가야의 여러 나라가 신라에게도, 우리에게도 사람을 보내 자기를 지켜달라고 했소. 약은 놈들이지. 둘 다 와서 서로 대치하면 자기들은 안심이라고 생각하는 거지. 하지만 그들 뜻대로 되게 할 수는 없소. 가야 여러 나라로 가서 사비로 우리가 도읍을 옮겼기에, 축하연을 성대히 연다고 하시오. 빠짐없이 모두 참여하여야 한다고 하시오."

"만약 신라가 알게 되면 어떻게 하옵니까?"

"그야, 우리가 도읍을 옮겨서 축하하러 왔다고 둘러대면 되겠지."

백제 명농왕의 강제 초청으로 아라가야, 대가야, 졸마국, 다라국 등 일곱 가야의 왕이 사비에 입성하자 명농왕은 그들을 위해 연회를 베풀고 환대를 했다. 의례적인 인사말이 오간 다음 명농왕은 그들을 초대한 목적을 말하기 시작했다.

"가야국은 선대 근초고대왕 시절부터 백제와 각별한 우호를 다져왔소, 가야국은 백제를 왜국과 연결하여 서로 친하게 지내면서 문물을 나누게 하였지요. 하지만 신라가 대가야국과 사돈을 맺으면서 교활한 술책을 써서 탁국과 남가야와 골포국을 다 집어삼켰소. 탁국이야 신라와 가까이 있어 여러 번 공격을 받아 패망하였다 하더라도 남가야와 골포국은 경우가 다르오. 나라 백성과 왕이 일심동체가 되어 나라를 굳건히 지켰다면 어찌 그 모양이 되었겠소. 백제가 아무리 군사를 내어 도와주려고 해도 남가야와 골포국 왕들이 신라와 내통을 하니 미처 손을 쓸 틈이 없었소. 통탄할 노릇이오. 여러분들의 생각은 어떻소?"

명농왕의 눈치를 함께 보다가 아라가야의 왕이 대표격으로 말을 했다.

"대왕께서 그렇게 말씀하시니 아쉽기도 하고 두렵기도 합니다. 저희 가야국이야 백제의 은혜를 입으면서 나라를 보전할 수 있기만 하다면야 대만족입니다. 저희가 신라국과 소통을 하고자 하였지만, 신라국에서는 만족할 만한 대답을 주지 않고 있던 차에 이렇게 대왕께서 먼저 저희에게 손을 내밀어주시니 기쁘기 이를 데 없습니다."

아라가야 왕의 말에 다른 가야국 대표들이 술렁거리기 시작했다. 아라가야가 신라와도 내통하고 있었다는 말이 아닌가. 같은 가야라도 서로 믿을 수가 없었다. 급기야 다라국 왕이 아라가야의 왕에게 물었다.

"아니 어찌 그럴 수가 있소? 아라가야는 신라와 내통하고 있었다는 말이 아니오?"

"내통이라니오? 그게 아니라 우리 아라가야에는 여러분도 아시다시피 왜신부(倭信府)가 있지 않소? 왜신부 사람들이 왜국과 쇳덩어리나 도자기 같은 물건을 주고받을 때 중간에서 통역도 하고 길 안내도 하고 그랬습니다. 여러분들도 다 그 덕을 오래 보지 않았소. 그런데 백제국이 왜국과 친하게 지내면서 그 사람들이 할 일이 없어졌어요. 그 사람들이 어느 사이 신라와 손을 잡고 신라옷을 입고 나타난 게요. 신라의 벼슬을 받았다고 말이오. 그러면서 신라와 연결이 되긴 되었소만……"

아라가야 왕이 다른 가야국과 백제에게 신라와의 접선을 의심받자 황급히 설명을 이어나갔다.

"최근에는 신라 쪽에서도 아무 대답이 없고 그렇소이다. 그게 전부외다."

이때 백제의 명농왕이 나섰다.

"그렇소. 바로 그것이오. 신라는 믿으면 안 되오. 지켜준다고 하지만 실제는 다 삼켜버리지. 여러분들은 신라의 감언이설에 넘어가선 절대 안 되오. 서라벌에 가서 망한 나라의 항복한 가야 사람이라고 손가락질

받으며 자손 대대로 살 테요? 아니면 그대들 조상이 묻힌 고향에서 편안히 살 테요?"

아라가야의 왕이 대답했다.

"물론 저희들은 조상님 무덤이 있는 곳에 뼈를 묻고 싶지요. 그래서 이렇게 모이지 않았습니까? 더군다나 백제가 이렇게 훌륭하게 새 도읍지에 둥지를 틀었으니, 더욱 기쁘옵니다. 부디 백제가 우리 가야를 지켜 주옵소서."

"그렇소. 내 뜻이 바로 그것이오. 백제는 여러 가야국과 화평하게 지내고자 하오. 내가 여러 가야국에 백제국 관리와 장수를 보내려고 하오. 관리는 성주 직책으로 갈 거요. 그러면 신라가 감히 건드리지 못할 거요. 백제의 성주와 장수가 있는 곳을 공격하면 그게 바로 백제를 공격하는 거요. 하지만 성주나 장수는 여러분에게 전혀 간섭하지 않을 거란 말이요. 여러분은 그냥 그곳에 지금 그대로 살면 되오."

명농왕은 여러 가야국의 형세에 따라 선물을 차등 있게 나누어주고 백제와 우호를 계속 다져나가자고 했다. 가야의 왕들은 백제 세공사들이 만든 세련된 금동관, 금동신발, 손잡이 고리가 둥근 칼을 받았다. 더군다나 집에서 기다리고 있을 여인들을 위한 비단도 받아서 기분이 매우 좋아졌다. 비단은 양나라에서 특별히 가져온 매우 귀한 선물이었다. 하사품에다가 백제가 자기들을 침략하지 않고 지켜준다니 그보다 좋을 수가 없었다. 성주와 장수를 파견한다니 그게 좀 이상하기는 했다. 하지만 그게 신라의 침략을 막을 장치도 될 수 있으니 오히려 든든할 수도 있다. 그들은 싱글거리면서도 약간은 의아한 채로 각 나라로 돌아갔다.

아라가야 왕은 아라가야로 돌아가서 왜신부 사람을 불러 사비 회의 때 나온 말을 신라에 전하게 했다. 왜신부는 가야와 왜국 간의 연락이나 통역, 물건 수송 등을 위해 아라가야 외곽에 설치해놓았다. 세월이 가면서 이들은 왜국 왕이나 아라가야의 말을 잘 듣지 않고 자기들끼리 독자적인 마을을 이루며 뱃길도 안내하고 농사도 짓고 살았다. 원래는 왜국 사람들이었으나 세월이 가면서 가야, 백제, 신라 여인들과 혼인을 하다 보니, 핏줄을 따지면 어느 나라 사람인지도 애매했다.

서라벌의 병부령 이사부는 왜신부의 보고를 받고 명농왕의 생각을 읽어낼 수 있었다. 처음에는 신라의 침략을 막아주기 위해 장수와 성주를 형식적으로 파견한다고 하지만, 그게 결국은 가야 여러 나라를 백제의 군현으로 몰아갈 준비 작업임이 틀림없었다. 그렇다고 가야 각 나라에 백제의 제안을 받아들이지 말라고 할 명분이 없었다. 결국 언젠가는 명농왕과의 한판 싸움은 불가피했다. 가야냐, 중원이냐. 어디에서 싸우는 게 유리할까, 이사부는 그걸 따지고 있었다. 어디에서 싸우든 중요한 건 군사력이었다. 이사부는 진흥왕을 찾아가 아뢰었다.

"폐하, 신이 긴요히 드릴 말씀이 있습니다."

"병부령, 어서 말해보시오."

"신이 선왕 폐하의 명으로 처음으로 실직군을 설치하여 그 군주가 되었사옵니다. 그리하여 우산국을 정벌하였사옵니다."

"그건 나도 알고 있소."

"그 이후 선왕 폐하께서는 을사년[6]에 사벌군을 설치하여 서북 변경의 방어를 튼튼하게 하였습니다."

"그것도 알고 있소."

"신이 남가야를 정벌하면서 실직군 군사도 이끌고 가서 현재 실직군(悉直軍)은 일부 병사만 남아있고 6부 중앙군은 거의 서라벌에 있습니다. 오래전에 선왕 폐하께서는 선동후서, 선남후북을 신라가 강성해지는 계책으로 삼았습니다."

"그리하여 장군이 동쪽을 정벌하여 왜국이 우리 신라를 침탈하지 않고, 남가야까지 우리 신라의 강역으로 만들지 않았소. 내가 어리긴 해도 그 정도는 알고 있소. 다 장군의 공이오."

"황공하옵니다. 더 큰 대비를 하여야 할 때이옵니다."

"더 큰 대비라니?"

"고구려가 강성하기는 예전만 못하다 해도 여전히 대국이옵고, 백제는 사비로 도읍을 옮긴 후 새롭게 강한 나라가 되었사옵니다. 큰 군대를 서라벌에 두어 백제든 고구려든 신라의 앞길을 막는 무리와 대적을 해야 하옵니다. 때가 되었습니다."

"알았습니다. 이사부장군, 병부령이 하시는 게 내 뜻이오. 그래 그 큰 군대를 무어라 부르는 게 좋겠소?"

"대당(大幢)이라 하면 좋겠습니다."

"대당이라, 말 그대로 큰 군대로군요. 알았습니다. 병부령 생각대로 그렇게 하세요."

"장수들은 누구를 임명하면 좋겠습니까?"

"그것도 병부령께서 잘 아시지 않습니까? 병부령이 정하십시오. 병

---

6) 525년

부령 말이 왕명입니다."

"황공하옵니다, 폐하. 그러면 그렇게 하겠사옵니다."

이사부는 약문이 짜놓은 계획에 따라 대당 편성을 시작했다. 약문도 나이가 들어 일선에서 물러나고 실무적인 일들은 이사부의 사령인 거칠부가 도맡았다. 거칠부는 달포가 지난 다음에 대당에 관한 얼개를 짜서 이사부에게 보고했다.

"장군은 4명을 둡니다. 장군 아래 대감은 5명, 소감은 15명을 두고……"

"좋아. 주력 보기병 말고도 다른 병사 편제는 어떻게 했나?"

"장창부대를 따로 두었습니다. 그리고 사설당(四設幢)을 편성할까 합니다."

"사설당?"

"예, 사설당이라 이름하였습니다. 사설당에는 큰 쇠뇌와 운제(雲梯)와 충차(衝車)와 투석기가 들어갑니다."

"운제? 운제란 사다리차가 아닌가?"

"그렇습니다. 성벽을 기어오르려면 반드시 운제가 필요합니다. 사다리차가 없으면 병력 손실이 너무 많게 되겠지요. 성문을 깨뜨리려면 돌격하는 충차도 필요합니다. 큰 돌을 날리는 투석기도 필요하구요. 하지만 운제와 충차와 투석기는 운반이 어려우니 전투 현장에서 만들어 사용합니다. 그래서 사설당 병사들은 농사꾼보다는 목수나 석수 등으로 편성할까 합니다."

"그렇지. 6부군 중에서 그런 일을 하는 병사를 파악해 놓아야 하네.

대왕께서 재가하셨으니 당장 북천벌에 군사를 소집시켜 편제를 확인하고 훈련을 시켜야 해."

"훈련을 시키자면⋯⋯"

"먼저 장수와 대감을 임명해야겠지. 탐지(耽知), 서력부(西力夫), 노리부(弩里夫), 비차부(比次夫)에게 사람을 보내. 장군으로 임명한다고. 그리고 무력(武力)과 도설지(都設智)에게도 군주 임무를 주어 훈련에 참가시켜."

"무력은⋯⋯"

"남가야의 왕자였지. 참, 자네 아버님과 이름이 비슷하네. 도설지는 대가야의 월광태자야. 서라벌에 와서 신라 사람처럼 이름을 바꾸었어. 그들은 아직 어려도 용맹해. 그들이 우리 신라 장수로 다시 태어나야 하네. 그들이 신라로 귀부할 때 데려온 사람 중 장정은 빠짐없이 병사로 편성을 하고."

"명을 받들겠습니다, 장군님."

"이들을 제대로 훈련하자면 상당히 바쁠 거야. 군량을 수송하는 노병까지 다 합치면 2만은 족히 되어야 해."

이사부가 군부의 편제를 새로 짜고 군사 훈련을 시키는 동안 신라 왕실에서도 중요한 행사가 다가오고 있었다. 바로 흥륜사의 완공이었다. 흥륜사의 완공으로 신라는 생각과 마음을 왕실을 중심으로 하여 하나로 합쳐야만 한다. 이사부는 흥륜사와 대당을 한꺼번에 묶어 동시에 출범시키고 싶었다. 서라벌 백성들은 벌써부터 흥륜사 완공을 잔뜩 기대하고 있었다. 이사부는 내전 지소태후에게 갔다.

"태후마마, 오늘 봄빛이 좋습니다. 마침 꽃들도 피고, 버드나무에 물이 오르기 시작했습니다. 흥륜사로 나들이나 해보심이 어떠신가요?"

"안 그래도 궁에만 있으니 답답했습니다. 장군께서 가자고 하시니 좋습니다. 늘 바쁘시기에 먼저 가자고도 못했습니다."

"허허, 태후께서 가자시면 어디를 못가겠습니까? 가마를 대령하라 이를까요?"

"아닙니다. 날씨도 좋은데 타박타박 걸어서 가지요. 천경림에 들렀다가 흥륜사로 가지요."

이사부와 태후는 시위대 병사들과 시녀들의 호위를 받으며 월성 서문을 나와 남천길을 따라 천경림에 이르렀다. 병사와 시녀들은 멀찍이 떨어져서 조용히 태후와 이사부의 뒤를 따랐다. 남천 건너편은 시조 박혁거세와 알영부인의 무덤이 있는 오릉이었다.

"이사부장군, 그게 진짜일까요?"

"뭐가요?"

"왜, 알영부인이 태어났을 때는 새부리 같은 입술을 가지고 있었다잖아요. 그게 글쎄 목욕을 시키니 부리가 날아갔다던가. 그 새부리가 날아간 뒤에 둘이 혼인을 했다잖아요."

"뭐 전해지는 이야기니까, 믿으면 진짜고 안 믿으면 진짜가 아니고 그렇겠지요."

"그렇게 말씀하시는 거 보니, 이사부장군은 안 믿는구료. 난 믿어요."

그런 이야기를 토닥토닥 즐겁게 나누다가 그들은 천경림으로 들어섰다. 오래전에 이사부와 지소태후는 천경림에서 만났다. 그때 지소는 차라리 자신과 결혼을 하게 해달라고 왕에게 말하라고 했다. 둘 다 어리고 순진했던 시절이었다. 많은 세월이 흘렀다. 그들을 갈라놓았던 태왕도 승하하시고 사부지도 저세상으로 갔다.

둘은 살아남아 다시 천경림을 걷고 있다. 천경림에는 오래된 아름드리 소나무와 고목이 다 되어가는 버드나무가 숲을 이루고 있었다.

"저 버드나무는 수백 년을 산다지요. 수백 년을 살면 뭐합니까? 얼마나 속이 아프면 저렇게 속을 비웠을까요?"

이사부는 지소가 무슨 말을 하는지 안다. 지나가 버린 청춘이, 둘이 함께하지 못한 젊음이 아쉬워서 하는 말이다.

"고목도 물이 올라 파릇파릇하니 이쁘기만 합니다."
"장군께서는 저를 놀리시는군요. 하하."
"놀리다니요. 제가 감히 어찌 태후마마를."
"놀리시는 줄 다 압니다. 그래도 듣기는 좋습니다."

천경림 여기저기서 아름드리 소나무가 베어진 흔적이 보이긴 했다. 천경림 숲이 여전히 무성했기에 그다지 흉물스럽지는 않았다. 그들은 천경림이 끝나는 지점에 있는 흥륜사 일주문에 들어섰다. 연락을 받았는지 황급히 흥륜사 주지가 뛰어나왔다. 이사부가 주지에게 물었다.

"태왕태후께서는 강령하시지요?"

"그렇습니다. 늘 불공도 드리시고 잘 계시옵니다. 오셨다고 통기를 넣을까요?"

"아니오. 그보다 일정을 확인하러 왔소. 그래, 언제 완공될 것 같소?

이사부의 물음에 주지스님은 주저주저하다가 송구스럽게 대답했다.

"이삼 년이면……"

"무슨 말씀이요. 그게. 아직도 이삼 년이라니."

"단청도 올리고, 대웅전 앞의 탑과 석물이 제자리를 찾으려면……"

"스님, 밤을 새워서라도 계해년까지는 끝내야 하오. 계해년 다음은 갑자년[7]이 아니오? 새롭게 갑자(甲子)가 시작하지 않소. 그때 우리 서라벌에는 중요한 출정이 있게 되오. 백성들이 흥륜사 낙성식을 하면서 그 군사들의 무훈과 무사도 함께 빌어야 한다는 말이오. 내가 장정들을 더 보내주리다."

"알았사옵니다, 장군님. 날밤을 새우더라도 그때까지 마치겠습니다."

지소태후와 이사부는 흥륜사 여기저기를 다 둘러보았다. 여기저기 단청을 올리고 기와를 올리고 있었다. 좀 어수선해도 얼추 공사는 끝나가고 있었다. 절은 막상 와보니 대단한 위용을 자랑했다. 대웅전에 모셔진 석가모니 대불은 호화스러우면서도 장엄했다. 근엄하면서도 자애로웠다. 소원을 말하면 무엇이라도 들어주실 것 같은 느낌이 들었다. 흥륜사가 완공되면 신라도 고구려나 백제처럼 근사한 절을 가지게 된다. 이사부는 어릴 때 본 웅진의 백제 절을 생각했다. 그 절도 당시 공사 중이

---

7) 544년

었기에 전체 규모는 알 수 없지만, 아마도 흥륜사가 훨씬 큰 절이 아닐까 짐작되었다. 흥륜사는 고구려 평양의 어떤 절보다도 규모가 커야 한다고 태왕은 말했다. 크게 지어야 백성이 머리를 조아리고 한결 굳게 믿는다고 한 태왕의 말이 생각났다.

"장군님, 먼저 돌아가십시오. 저는 어머니를 뵙고 같이 참을 하고 궁으로 돌아가겠습니다."

4

　야단법석(惹端法席)도 그런 야단법석이 없었다. 드넓은 흥륜사 경내
는 날이 밝기가 무섭게 서라벌 백성들이 몰려와서 난리법석이었다. 갑
자년[8] 2월 보름날 흥륜사 경찬법회가 열리는 날이었다. 오시에는 태왕
태후를 비롯한 왕실 가족과 6부의 주요한 귀족들이 모두 참석하기로 되
어있기에, 그 전에 절을 보려고 새벽부터 백성들이 몰려들었다. 대웅전
본존불 점안식과 아울러 흥륜사 완공기념 경찬법회를 위해 절의 승려
뿐만 아니라 궁에서도 많은 사인들이 파견되어 잡다한 일을 했다. 한편
에서는 궁중의 숙수(熟手)와 절의 공양주 보살들이 함께 어울려 음식을
장만하느라 눈코 뜰 새 없이 바쁘게 움직이고 있었다.

　오시가 가까워지자, 궁의 시위대 군사들이 나서서 일반 백성들은 금
줄을 친 대웅전 주변에는 얼씬거리지 못하게 했다. 이윽고 오시가 가까
워지자 태왕태후, 왕태후와 왕을 비롯한 궁실 사람과 6부 귀족 중 원로
들이 대웅전으로 들어갔다. 이사부를 비롯한 급찬(級飡) 이상의 관리들
이 절 마당에 가득 들어찼다. 서라벌에서는 처음으로 열리는 경찬법회

---

8) 544년

였기에 미리 연습하였다 하여도 흥륜사 스님들 역시 우왕좌왕하기는 마찬가지였다.

오시가 되자 백제에서 초빙되어 온 도화승(圖畵僧)이 부처상에 기댄 사다리에 올라가 부처님의 눈을 그려넣을 준비를 했다. 주지승이 염송을 마치고 개안(開眼)이라고 하자 도화승은 익숙한 솜씨로 재빨리 부처님의 눈알을 그려 넣었다. 번쩍, 부처님이 눈을 떴다. 바로 그때 스님들은 목탁을 치며 광명진언(光明眞言)을 염송하기 시작했다.

"석가모니불, 석가모니불……"

대웅전에 있던 왕족과 귀족들도 스님들을 따라 염송을 했다. 대웅전 마당과 대웅전 너머 흥륜사에 가득한 수천의 사부대중도 일제히 석가모니불을 염송하기 시작했다.

박이차돈이 죽은 해부터 짓기 시작했으니, 꼭 17년째, 신라의 국력을 쏟아부어 흥륜사를 드디어 완공했다. 모즉지태왕은 수백 결의 전답과 수백의 노비를 시주했다. 왕을 따라 여러 귀족이 형편에 따라 시주를 했다. 서라벌에서는 처음으로 제대로 짓는 절이라 기술자가 없거나 모자라 백제의 대목, 소목들을 많이 초빙했다. 전각뿐만이 아니라 탑이나 불상들도 다 새롭게 조성했다. 모든 게 신라에서는 처음 만들어졌다. 백제에서 온 목수들은 백제나 고구려에도 많은 절이 있지만, 흥륜사가 가장 크게 짓는 절이라고 했다. 백제의 새 도읍지 사비에 짓고 있는 절이 더 클지도 모른다고 말하는 목수도 있었다.

이사부는 염송을 듣다가 모든 사람이 석가모니불을 염송하니 저절로 따라 석가모니불을 중얼거리게 되었다. 중얼거리다보니 어느 사이 다른 사람들과 박자를 맞추며 함께 염송하고 있는 자신을 보고 적이 놀랐다. 그러면서 마음이 편안해지고 안정됨을 느끼기 시작했다. 그렇구나, 이게 바로 함께하는 부처의 보이지 않는 힘이구나. 마음이 편안해져야 병사들이 용감해질 수 있다. 그렇다면 전쟁을 할 때도 반드시 스님을 데리고 가야겠구나, 하는 생각을 했다.

흥륜사의 완공을 축하하는 경찬법회에 이사부는 주지에게 새로 창설되는 대당의 무운과 병사들의 무사귀환도 함께 기원해달라고 미리 부탁했다.

점안불공이 끝나자 주지스님은 대당을 위해 축원을 하고 염송하기 시작했다. 이사부도 눈을 감고 진심을 담아 석가모니불을 염송했다. 넓은 흥륜사 경내로 사부대중의 목소리가 은은하게 퍼져나갔다. 왕도 장수도 백성도 모두 함께 군사들의 무사귀환을 빌었다. 이사부는 대당에 대한 기대만큼이나 군사들의 안위에 대한 염려가 많았지만, 염송을 하고 나니 한결 마음이 가벼워짐을 느꼈다.

다음 날 이사부는 대당의 여러 장수를 월성 정사당으로 불러모았다. 장군과 대감 등 주요 장수들에게 이사부는 명을 내렸다.

"대당의 진용을 갖출 때가 왔소이다. 지금까지 서라벌의 군사는 주로 북천벌에 모여 진을 쳤지요. 하지만 대당의 규모로 볼 때, 북천벌이 민가가 밀집한 곳과 가까이 있어서 불편한 점도 많아 새로운 장소로 옮길까 하오. 거칠부대감이 설명하시오."

거칠부는 이사부의 사령으로 장군 바로 아래 계급인 대감이었다.

"모량부 들판이 아주 적합하게 보입니다. 북천벌보다 넓기도 하고 개천을 끼고 산으로 들어가면 넓은 평지가 나타납니다. 유사시를 대비해 그쪽에 성을 쌓아야 합니다. 지휘부 막사는 성안에 설치합니다. 성을 합쳐 아래까지 2, 3만의 군사까지는 진을 펼칠 수가 있습니다."

"그곳의 이름이 뭐라 했나, 거칠부?"

"작원(鵲院)이라 합니다. 까치가 많아서 그런 이름이 붙었는가 봅니다."

"알았네, 작원이라. 성을 쌓으면 작원성이 되겠구먼. 그럼 여러 장수는 내일부터 모량벌로 가서 군사들을 동원해 작원성을 쌓으시오. 우리 대당의 첫 군무를 시작합시다."

이사부가 대당 장수들을 데리고 작원성을 쌓을 무렵 명농왕은 다시 가야의 여러 나라 왕을 사비로 불러모았다. 3년 전 사비에서 명농왕은 가야국의 왕들에게 백제의 성주와 장수를 파견하겠다고 했다. 아라가야의 왕은 정작 사비에서는 명농왕의 제안을 받아들이는 척했지만, 왜신부를 통해 신라에 백제의 제안 내용을 고자질했다. 이사부는 왜신부를 통해 아라가야 왕에게 백제의 제안을 따르지 말라고 했다. 명농왕은 자신의 말대로 아라가야에 성주와 장수를 파견하려 했으나 아라가야의 왕은 백제 성주와 장수를 거부했다.

명농왕은 아라가야의 태도가 몹시 못마땅했다. 아라가야가 배짱 좋게 나오는 건 배후에 신라가 버티고 있기 때문이었다. 그렇다면 좀 더 강한 대책을 마련하여야 했다. 대가야는 백제에 고분고분했지만, 아라가야는 그렇지 않았다. 아라가야를 길들여야 했다.

"여러 왕들께서 백제와 우호를 다지고자 성주와 장수를 받아들였기에 치하하는 바이오. 예로부터 가야 여러 나라는 여러분이 잘 아시다시피 부모와 자식 같은 관계요. 떨어지면 보고 싶고 헤어지면 눈물이 나는 사이란 말이요. 하나 아직도 간악한 신라의 감언이설에 말려들어 신라와 통교를 하는 나라가 있으니 이는 통탄할 일이요. 남가야나 골포국 왕이 항복하여 서라벌에서 잘 산다 해도, 단물이 빠지면 뱉을 건 뻔한 이치요."

아라가야의 왕은 명농왕이 그렇게 말하는 이유를 익히 알고 있었다. 명농왕의 말은 계속되었다.

"나는 여러분에게 세 가지 계책을 말하고자 하오. 이 계책은 가야 여러 나라의 안전을 도모하고자 하는 부모 심정에서 나온 말이니 부디 새겨 들으시오. 첫째, 아라가야와 신라는 낙수를 사이에 두고 국경을 맞대고 있소. 나는 이 국경에 여섯 성을 쌓아, 왜군 3천 명을 불러 성마다 5백 명씩 두어 유사시에 대비할까 하오. 물론 이 병사들의 식량과 의복은 백제가 주겠소. 아라가야는 걱정하지 않아도 되오. 둘째, 북쪽의 승냥이 같은 고구려가 아직도 우리와 가야를 위협하고 있소. 고구려의 침입에 대비하여 가야 여러 나라에 백제 성주와 장수를 계속 두도록 하겠소. 아라가야에도 곧 보내겠소. 셋째, 아라 왜신부에 살면서 신라 관복을 입은 자들이 오히려 백제와 가야 여러 나라를 이간질하니, 이들을 왜국으로 추방하겠소. 이게 내 계책이니 아라가야는 반드시 따라주길 바라오."

이 모든 게 아라가야를 견제하기 위해서라는 게 명백했다. 아라가야

왕은 명농왕 면전에서 거부했다가는 목숨을 부지하지 못할 게 분명했으므로 거짓으로 그렇게 따르겠다고 하고 돌아와서는 신라에게 또 고자질했다.

거칠부는 이사부에게 가야 문제를 보고했다. 약문은 나이가 들면서 병이 깊어졌기에 이사부는 약문이 하던 일을 거칠부에게 맡겼다. 거칠부는 고구려와 백제, 가야와 왜국에 나가 있는 세작들의 정보를 종합하여 가급적 있는 그대로 이사부에게 보고하는 역할을 했다. 거칠부의 보고를 들은 이사부는 거칠부에게 물었다.

"거칠부 자네는 예전에 아라가야 고당회의도 다녀온 적이 있지. 그러니 아라가야 사정은 잘 알겠구만."

"잘 안다기보다는……."

"이번 회의에 대해 어떻게 생각하느냐?"

"크게 걱정할 건 없어 보입니다. 명농왕은 회의를 통해 가야 여러 나라에 부탁했습니다. 지금 백제는 고구려에 대비해야 해서 대군을 가야로 돌릴 수 없습니다. 우리 눈치도 보아야 하지요. 가야에서 우리와 싸우게 된다면 그것이야말로 고구려에게는 희소식이지요. 바로 달려들 겁니다. 그러니 궁여지책으로 왜국 병사를 3천 데려오겠다는 건데, 여섯 성을 쌓고 3천 병사를 데리고 오면, 장군께서는 가만히 앉아있으시겠습니까?"

"내가? 그래 내가 어떻게 할 것 같나?"

"장군께서는 수군을 동원하여 막으시겠지요. 그러나 제가 보기에 명농왕이 거짓말을 한 것처럼 보입니다."

"그래? 왜?"

"아라가야가 말을 안 듣고 우리와 교통을 하고 지내니, 그걸 차단하려고 협박한 거지요. 여섯 성을 쌓고 왜병 3천을 주둔시킨다는 게 쉽지 않은 일입니다. 꼭 집어서 우리 신라를 막는다는 말은 안 했다고는 해도 신라 말고 어느 나라가 있겠습니까? 신라를 대비해서 성을 쌓는 건데 아라가야와 신라가 친하게 지내기에 지금으로서는 명분도 없습니다. 아라가야가 말을 안 들으니 협박하는 거지요."

"그렇군. 나도 그렇게 생각하네. 성주와 장수를 받아들이라는 협박이지."

"그렇습니다. 왜신부 사람들이 신라의 관복을 입었다고 왜국으로 추방한다는 것도 우스운 말입니다. 그 사람들은 이미 신라 사람이 되었습니다. 명농왕이 회의에서 말한 세 가지 모두 신라에 대한 대비책입니다. 여기서 실질적인 건 두 번째밖에 없습니다. 그러니 걱정하지 않아도 됩니다."

"두 번째라. 성주와 장수를 파견해서 아라가야를 자기들 편으로 조종하겠다는 거지."

"그렇습니다."

"그래도 명농왕과 가야의 동향은 자네가 늘 살피고 있어야 하네."

"명을 받들겠습니다. 그런데 장군님, 이상한 일이 있습니다."

"무엇인가?"

"왜신부 사람이, 이름은 하내직(河內直)이라고 하는데, 이 사람이 저에게 고구려와 연결해달라고 하더라구요."

"고구려와?"

"그렇습니다."

"왜 고구려와 연결하려고 하지?"

"저도 그것을 물어보았습니다만, 얼버무리더군요. 그냥 알아두면 좋을 것 같다구요."

"알아두면 좋을 것 같다?"

"그렇습니다."

"음, 백제가 협박하면 고구려에 붙겠다는 말인가? 그게 가능한가? 고구려와 아라가야가 이웃도 아니고 말이야."

"그러게 말입니다."

"그래서 무어라고 했나?"

"알아봐주겠다고 했습니다. 지금은 끈이 없지만, 앞으로 생기면 연결해주겠다고 말입니다."

"잘했네. 뭐, 우리에게 손해볼 일이야 있을라구."

"그건 그렇고, 지금 고구려가 심상치 않습니다. 보연왕의 건강이 좋지 않습니다. 첫째 부인에게는 아들이 없고, 둘째와 셋째 부인의 아들이 서로 왕이 되려고 한다는 보고가 있습니다."

"그래? 그게 정말이야?"

"그렇습니다."

"그렇다면?"

거칠부가 이사부에게 다시 물었다.

"어떻게 하시려구요?"

"아니야, 두고 보자구. 가야의 일보다 고구려의 동향이 더 중요하니, 세작을 더 보낼까?"

"아닙니다. 아직은 아닙니다. 때가 되면 제가 판단해서 보고드리겠습니다."

"좋아, 그리고 내일 폐하를 모시고 회의를 할 걸세. 자네도 참여하게."

"제가요? 저는 아직……"

"내가 대아찬으로 승진을 시키려고 하네. 그럼 어전회의에 참여할 자격이 생기지. 그리고 자네가 책임지고 우리 신라의 역사책을 편찬해."

"역사책이라구요?"

"그렇네. 신라도 국사(國史)를 가져야 할 때가 되었어. 국사를 편찬하자면 많은 사람을 만나서 문서를 확인하고 관련한 지식을 습득해야 할 거야. 다른 나라의 역사책도 참고해야 하고. 그러자면 세작들과도 연결되어야 하지. 긴밀하고 급한 소식이 모두 자네에게 모이는 거야. 그렇지만 고구려나 백제의 세작들에게는 의심받지 않을 수 있지. 알겠나? 내 뜻을."

"알겠습니다, 장군님. 하지만 제가 국사를 편찬할만한 학식은 아니되옵니다."

"그건 학식 있는 사람을 찾아서 맡기면 된다네."

다음 날 이사부는 대아찬 이상 여러 관료가 입시한 정당회의에서 진흥왕에게 아뢰었다.

"폐하, 우리 신라는 시조 박혁거세께서 계림에 도읍한 지 5백 년이 훨씬 지났사옵니다. 하지만 고구려나 백제와는 달리 우리의 역사를 기록한 책 하나 가지지 못하고 있사옵니다. 만시지탄(晚時之歎)이오나 지금이라도 서둘러 우리 역사서를 편찬하도록 해야 하옵니다. 나라의 역사는 왕과 신하의 선악을 기록하여 좋음과 나쁨을, 잘됨과 잘못됨을 먼 후손에게 보여야 하옵니다. 만일 역사서를 편찬하지 않는다면, 장차 왕이나 후손들이 무엇을 근거로 삼아 교훈을 얻겠사옵니까?"

"그래, 그건 맞는 말이오. 병부령의 말이 한 치도 어긋남이 없소. 지금 내가 잘못하고 있다고 그걸 기록하자는 건 아니겠지?"

"그럴 리가 있겠사옵니까? 폐하께서는 모든 일을 훌륭히 하고 계십니다."

"내가 농담을 해보았소. 하하. 그럼 누가 그 일을 맡으면 적합하겠소?"

"이찬 물력의 아들 거칠부가 좋겠습니다. 이참에 거칠부를 대아찬으로 한 등급 올리고 그 일을 맡기면 좋겠사옵니다."

"그거 좋은 생각이오. 거칠부는 나도 잘 알지. 그렇게 하시오."

5

고구려의 보연왕이 승하하였다. 을축년[9] 3월의 일이었다. 나라 사람들은 묘호를 안원(安元)이라 했다. 형인 안장왕을 몰아내고 15년간 재위했다. 안원왕이 죽자 평양에서 난리가 났다. 안원왕의 첫째 부인에게는 아들이 없었다. 둘째인 중부인(中夫人)의 친정 군사와 셋째인 소부인(小夫人)의 친정 군사들이 평양성 안에서 피비린내 나는 싸움을 벌였다. 평양의 여러 대가(大家)는 각자의 이익에 따라 소부인에 가담하기도 하고 중부인에 가담하기도 하였다. 사흘 동안 치열한 전투를 벌인 끝에 악대(樂隊)까지 동원하여 전쟁처럼 조직적으로 전투를 치른 중부인의 친정이 승리했다. 중부인 측에서는 평양을 샅샅이 뒤져서 소부인 가문을 몰살시켰다. 소부인이 낳은 안원왕의 아들도 살해당했다.

이 소식은 세작을 통해 백제와 신라에도 흘러 들어갔다. 틈을 엿보고 있던 신라의 이사부는 거칠부의 보고를 받았다.

---

9) 545년

"장군님, 예상대로 평양에서 큰 정변이 일어났다고 합니다."

"그래? 그럼 나는 대당 군사를 움직일까 한다."

"장군님, 그래도 혹 모르니 제가 고구려 사정을 좀 더 알아볼까 합니다."

"알아보다니?"

"고구려로 잠입해서 알아보겠습니다."

"위험하지 않겠나?"

"위험하지 않고서 어찌 중요한 걸 알아내겠습니까? 너무 심려 마십시오. 제 한 몸은 지킬 수 있습니다."

거칠부는 아예 삭발을 하고 중 차림으로 고구려로 들어가고자 했다. 혼자 가려다가 아라왜신부 하내직에게 통기를 했더니 하내직도 삭발하고 중 차림으로 거칠부를 따라나섰다. 거칠부는 하내직이 고구려와 밀통을 해서, 아라가야를 백제의 위협에서 구출하려는 계획을 짜고 있는 듯한 인상을 받았다. 신라는 백제와 표면적으로는 동맹 관계여서 아라가야를 위해 백제와 전쟁을 할 수는 없다. 만약 가야와 고구려가 연합하여 백제를 곤경에 빠뜨린다면 신라는 어떻게 할 것인가? 거칠부에게 거기까지는 얼른 손익계산이 되지 않았다. 간단하게 생각하면 순망치한(脣亡齒寒)이다. 백제가 사라지면 신라 역시 고구려에게 시달릴 게 틀림없다. 백제가 아주 강하게 되어도 신라는 백제에 시달릴 거다. 둘 다 적당히 약한 게 신라로서는 가장 좋다. 고구려가 힘이 빠지고 나라가 분열되어 약해진다면, 바로 그때가 절호의 기회가 될 수도 있다. 아라가야를 이용하여 백제와 고구려가 치열하게 싸우게 하면 신라는 어부지리를 얻을 수도 있다. 하지만 대단히 위험한 계획이라 이사부에게 보고하지 않을 수는 없다.

거칠부는 이사부에게 하내직과 동행하여 고구려로 잠입을 하면 벌어질 일에 대해 이사부에게 보고했다. 이사부는 아라가야가 고구려와 백제를 이간시키면 신라에 이익이라 판단했다. 다만 하내직은 고구려에 체포되어도 살아남을 수 있지만, 거칠부는 그렇지 못하니 각별하게 조심하라고 했다.

거칠부와 하내직은 죽령을 넘어 뱃길로 한성에 도착하였다가 육로로 평양에 갔다. 평양에서는 영명사(永明寺)로 바로 들어갔다. 영명사는 평양의 대찰이었다. 스님만 해도 수백 명이 머물고 있어 삭발하고 있으면 누가 누군지 알기 어려웠다. 거칠부는 영명사 경내에서 역시 스님으로 변장한 세작을 만나 평양에서 벌어진 둘째 부인과 셋째 부인 집안 사이의 치열한 싸움에 대한 정보를 입수했다. 둘째 부인의 아들인 평성이 왕위에 오르는 과정에서 반대쪽 사람 2천여 명이 사흘 만에 평양에서 처단되었다고 했다. 처절한 살육이었다고 세작은 몸서리를 쳤다. 죽지 않고 살아서 도망간 사람도 수천 명에 달했다. 거칠부는 고구려가 예전처럼 기민하게 남쪽에 병력을 보내지 못한다 판단했다. 평양에서 너무 많은 사람이 죽었다. 그 상처가 아물려면 상당한 시일이 걸릴 게 분명했다.

영명사에서 하루 이틀을 지내는 동안 하내직은 어디론가 사라져 버렸다. 그 무렵 갑옷을 입은 고구려 병사 수십 명이 영명사로 들어와서 법당과 절 여기저기를 수색하기 시작했다. 조금이라도 수상한 사람이면 다짜고짜 붙잡아 관아로 끌고 갔다. 중이 아닌 사람들이 많이 붙잡혔다. 분명 누군가가 밀고를 한 게 분명했다. 하내직일까? 그는 신라의 하급직이어서 자신을 밀고할 이유가 없었다. 어쩌면 영명사에서 수행하는 스님이 그랬을 수도 있다. 거칠부는 자신의 처지가 매우 다급해졌음을 직감했다. 목숨을 부지할 수 없을지도 몰랐다. 그렇다고 어설프게 도망쳤다가는 오히려 쉽게 추포당할 수도 있었다.

거칠부는 영명사 법주(法主) 혜량법사가 강론하는 법당으로 들어갔다. 뒷자리에 아무 말도 하지 않고 가부좌를 틀고 앉았다. 설마 법당까지 들어와 죽이기까지 하랴 하는 배짱이 생겼다. 혜량은 거칠부 쪽을 일별하더니 별다른 내색이 없이 강론을 이어나갔다. 이윽고 강론이 끝나자 혜량은 조용히 거칠부에게 다가왔다.

"이제 왔느냐? 왜 이리 늦었어? 따라와라."

느닷없는 혜량의 말에 거칠부는 간이 콩알만 해졌다. 거칠부는 크게 심호흡을 했다. 그러자 오히려 어떤 배짱이 생겼다. 그래 죽기 아니면 살기다. 거칠부는 조용히 혜량을 따라갔다. 혜량은 영명사 안쪽 깊숙하게 자리 잡은 작은 전각으로 갔다. 혜량법사의 수행처인 듯했다.

"사미(沙彌)는 어디서 왔는가?"
"신라에서 왔습니다."

혜량은 이미 짐작하고 있었다는 듯 고개를 끄덕이고는 눈을 감았다. 혜량은 입술을 달싹거리며 염불을 외었다. 거칠부는 이상하게도 마음이 편안해짐을 느꼈다. 생과 사는 마음대로 할 수 없다. 삶은 구름이 흘러가듯이 흘러갈 대로 흘러간다. 이윽고 혜량이 눈을 떴다.

"내가 살면서 많은 사람을 보았다. 그대의 얼굴을 보니 분명코 범상치가 않다. 그대는 고구려를 염탐하러 온 게 아니야?"

"제가 신라에서 태어나 참된 도리를 듣지 못하였습니다. 스님의 덕망이 높으시다는 말을 듣고 말석에 참여하였습니다. 스님께서는 저의 어리석음을 깨우쳐주십시오."

"허허. 나를 속이겠다고? 내가 비록 둔하고 어리석지만, 그대가 어떤 사람인지 안다. 고구려가 요즘 혼란스럽다 해도 사람을 알아보는 자가 없다고 할 수 없다. 그대가 잡힐까 염려되어 은밀히 일러준다. 오늘 밤은 여기 이 방에 머물다가 새벽에 여기를 빠져나가라."

거칠부는 말없이 혜량에게 절을 올렸다. 혜량은 웃으며 한마디를 보탰다.

"여기까지 온 것을 보니 그대의 배짱 하나는 두둑하구나. 그대의 상을 보니 제비 턱에 매 눈이라, 앞으로 반드시 큰 장수가 될 상이다. 만약 병사를 거느리고 나를 다시 마주치게 되거든 나에게 해를 끼치지 말라."

"만일 스님의 말씀과 같은 일이 생긴다면, 스님께 어찌 해를 끼치겠습니까? 반드시 스님의 은혜를 갚겠습니다."

거칠부는 혜량의 도움을 받아 음식을 먹고, 새벽에 평양을 빠져나왔다.

거칠부를 보내놓고 이사부는 일이 손에 잡히질 않았다. 그럴 리야 없겠지만 머릿속에서 자꾸 이상한 생각이 드니 이사부는 후회하기 시작했다. 차라리 전쟁하는 게 낫다고 생각하면서 방안에서 검을 수십 번 뽑고 휘둘렀다. 한나절에도 몇 번씩 부관에게 거칠부에게는 소식이 없냐고 다그쳤다. 그러던 어느 날 오후, 거칠부가 아무 일도 없었다는 듯이 이사부의 집무실로 썩 들어왔다.

"장군님."
"오, 거칠부구나. 무사하구나."
"하마터면…… 하마터면 목이 달아날 뻔했지요. 하하."
"웃음이 나오냐, 이 녀석아. 내 간이 콩알만 해졌다, 이 녀석아."

거칠부는 고구려의 최근 동향에 대해 상세히 보고했다. 보고를 받은 이사부는 당장 북으로 진격하고 싶었으나 때가 겨울이었다. 그래, 내년 봄에 가자. 내년 봄에는 죽령을 넘는다.

이듬해 봄이 오자 이사부는 대당 군사를 이끌고 사벌군과 날이군을 지나 죽령에 다다랐다. 선두에 척후를 나간 장수 외에도 이사부에게는 탐지(眈知), 서력부(西力夫), 노리부(弩里夫), 비차부(比次夫), 거칠부(居柒夫), 무력(武力), 도설지(都設智) 등의 여러 장수가 따르고 있었다. 도설지가 가장 어린 서른 살이었다. 이사부가 말을 타고 가면서 말했다.

"저기 앞이 소백산이지? 저쪽은 월악산이고? 저 중간이 바로 죽령이지?"
"그렇습니다."

탐지장군이 말을 받았다. 이사부가 이어서 말했다.

"역시 산세가 다르구나. 서라벌에서 보던 산세가 아니야. 예전에 아달라왕 때인가, 죽죽이라는 신라 장수가 저 죽령을 열었다고 하네. 그게 사실인가?"

"글쎄, 제가 어찌 그걸 알겠습니까?"

"그렇지. 나도 모르겠어. 여기 죽령 남쪽도 한때는 고구려 땅이었어. 그전에는 누가 임자였는지는 모르겠고. 신라군이 죽령을 넘는 건 내가 알기로는 우리가 처음이야."

죽령 위로 올라서자 긴 골짜기가 이어지고 골짜기 끝에는 강줄기가 얼핏 보였다. 이른 봄이라 나무에 새잎이 나지 않아 멀리 보기에 걸리적거리는 게 없었다. 높은 곳에 올라오니 멀리 북쪽으로 강까지 보였다. 강 건너로는 다시 산이 첩첩 쌓여있었다.

"저 강이 바로 한수다. 저 강을 장악하면 우리는 중원으로 한걸음 다가선다."

이사부는 감개가 무량한 듯 동에서 서로 흐르는 한수를 오래오래 쳐다보았다. 죽령 고개 아래는 고구려의 땅, 어떤 위험이 있을지 알 수 없다. 이사부는 죽령에 진을 치고 군사들을 쉬게 했다. 넓은 개활지가 없어 신라군은 여기저기 숲속에 군영을 설치했다. 마침 이른 봄이라 산 여기저기서 화살나무 어린 순이나 쑥과 같은 봄나물이 지천으로 피어나 있었다. 군사들은 피곤함도 잊고 나물꾼이 되었다. 그들은 저녁 무렵 잠시 나물을 뜨러 다니며 찬거리를 마련하면서 오히려 행군의 고달픔을 달랬다. 이사부도 병사들이 채취한 나물로 봄 입맛을 돋우었다.

다음 날 거칠부가 대장 막사로 주민 한 명을 데리고 왔다.

"이사부장군님, 이 사람은 이 고개 아래 마을에 사는 촌장입니다. 지난 겨울에 우리 쪽 사람이 여기 미리 들어와 촌장의 협조를 구했습니다. 다행히 우리 말을 들을 듯합니다."

"그래? 잘 되었다. 내가 몇 가지 물어보겠다."

이사부에게 인도된 사람은 40세 정도로 보이는 남자로 많은 군사를 보자 완전히 겁을 집어먹었다. 눈을 휘둥그레 뜨고 이사부 앞에 섰다.

"이름이 무엇이오?"

"야이차(也爾次)라 하오."

"무엇을 하는 사람이오?"

"마을 촌장이오."

"마을 이름이 무엇이오?"

"땅골이라 하오."

"땅골?"

"그렇소."

"전부 몇 명이나 사오?"

"윗말에 50호, 아랫말에 80호 해서 130호에 한 7백여 명이 넘게 살지요. 소와 염소도 많소."

"고구려 병사는 어디에 있소?"

"아랫말 끝에 강가 성 위에 한 5백여 명 정도가 있지요."

"마을에 지금 고구려 병사는 없소?"

"지금은 없지요. 병사들이 마을로 내려와 술도 먹고 그러긴 하지요. 여기 물이 좋아 막걸리가 맛있다오."

"알았소. 이제부터 여기는 신라 땅이오. 저 아래 성에 있는 군사는 우리가 처리할 거요. 오늘부터 야이차 그대를 땅골 촌장으로 임명하오. 이제는 신라군의 명령을 따라야 하고, 고구려 사람이나 병사가 나타나면 바로바로 신라군영에 알려야 하오. 만약 그렇지 않으면 엄하게 벌하겠소. 아시겠소?"

"알았소. 우리는 고구려든 신라든 상관이 없소. 봄이면 나물 뜯고, 여름이면 고기 잡고, 가을이면 추수해서 배 두드리고 살지요. 게다가 물이 좋고 곡식이 잘 되어 늘 술 빚어 마셔가며 사는데 누가 임자든 무슨 상관이오. 지금은 고구려 백성이지만, 내일 신라 백성이 되어도 좋소."

"그래, 그거 좋소. 백성들이야 어느 나라건 무슨 상관이겠소. 잘살게만 해주면 좋은 거지. 하지만 계속 그렇게 잘살고 싶으면 신라의 백성이 되어야 한단 말이오. 아시겠소?"

야이차의 제보를 받고 이사부는 병사 1만을 이끌고 죽령 아래로 진격하여 땅골로 들어갔다. 선봉장 무력장군은 기마병 1천과 보병 2천을 이끌고 적성 바로 아래까지 진격했다. 무력장군은 고구려군이 구원군을 요청하지 못하게 강 아래를 장악하여 완전하게 포위했다. 이사부의 본대가 땅골로부터 도착하여 적성의 남사면 아래에 진을 쳤다. 적성은 동쪽과 북쪽은 강에서 이어지는 절벽이라 접근 자체가 불가능했다. 유일하게 접근이 가능한 곳은 죽령 쪽에서 보이는 성의 남벽이었다.

이사부는 성을 포위하고 고구려군에게 항복하라 했다. 하지만 성에서는 이미 봉화가 오르고 있었다. 성이 포위되었으니 구원병을 요청하는 봉화가 틀림없었다. 일이 이렇게 되었으니 속전속결로 성을 깨는 수밖에는 없다. 이사부는 사설당을 시험 삼아 가동하기로 했다. 성문이 경사가 심한 곳에 있으니 성문을 깨는 충차의 사용은 불가능했다. 대신 큰 쇠뇌와 투석기와 사다리 운제는 꼭 필요했다. 이사부는 바로 투석기와 운제의 제작을 지시했다. 그때 촌장 야이차가 이사부를 찾는다고 했다.

"무슨 일이오? 촌장."

"장군님, 고구려 병사 중에는 이 마을 과수댁과 혼인하여 아이를 낳은 사람도 있소. 처녀와 혼인한 병사도 있소."

"그래서?"

"지금 신라군이 힘이 세니 우리가 어쩔 수 없이 장군님의 말을 듣지만, 우리는 고구려 사람들이란 말이오. 서로 안 싸우고, 여기 남고 싶은 병사들은 남고, 고구려로 돌아갈 병사들은 돌아가고 했으면 좋겠소. 마을 사람들이야 땅에 매인 사람들이니 여기 살겠지만 말이요."

"그래? 내 뜻도 그렇소. 고구려군이 항복한다면 해치지 않겠다고 약속하겠소. 항복한 병사들이 신라군에 들어오겠다면 받아들이고, 마을에 살겠다면 살게 하고, 고구려로 돌아가겠다면 돌아가게 하겠소. 내가 약속하오."

"장군님, 그럼 내가 가서 그렇게 전하겠소. 내가 한수에서 물고기를 잡으면 물고기 조림으로 안주 해서, 저기 대장을 불러 막걸리도 가끔 마시고 친구처럼 지냈소. 내가 가서 항복하라고 하겠소. 내 말은 들을 거요."

이사부는 촌장의 뜻밖의 제안이 마음에 들었다. 성을 공격하면 아군 사상자는 불가피하다. 고구려 병력이 5백이니 성을 제압하는 건 시간문제다. 하지만 고구려군이 죽기 살기로 버티면, 신라 병사의 희생도 불가피하다. 어느 쪽이라도 희생 없이 성을 얻는 게 가장 좋다.

촌장이 백기를 들고 성문으로 접근하자 남쪽 성문이 열렸다. 이사부는 촌장의 회유가 통하여 성문이 화들짝 열리고 성문에 백기가 올라가기를 기다리고 있었다. 한참을 지나 적성 성문에 장대가 올라갔다. 뜻밖에도 장대에 매달린 건 하얀색의 깃발이 아니라 핏물이 떨어지는 시뻘건 사람의 목이었다. 항복을 권유하러 간 야이차의 목이었다.

이런 죽일 놈들이 있나. 항복하기 싫으면 싸우면 될 일이지, 마을 사람까지 죽여? 이사부는 화가 머리끝까지 났다. 저런 무도한 놈들이 있나. 죽으려고 아예 용을 썼구나. 이사부는 선봉장 무력에게 명령을 내렸다.

"함락하라."

신라병사들은 빠른 속도로 투석기와 운제를 제작했다. 운제와 투석기가 완성되기 전에 무력은 군사를 움직이지 않았다. 적성은 성 자체가 작은 만큼 투석기의 효과가 크게 나타날 수밖에 없다. 운제와 투석기 제작이 완료되자 신라군은 고구려군의 화살이 미치지 않는 곳에 투석기 30여 기를 세워 일제히 돌을 날렸다. 투석기의 돌이 성으로 날아들자 흙먼지가 날리면서 성의 일부가 부서지고 돌에 맞아 즉사하는 고구려 병사들도 생겨났다. 성벽 가까이 고구려 병사들이 접근하지 못하게, 한 곳에만 집중하여 돌을 날렸다. 돌이 집중하여 떨어지자 고구려 병사는 그곳에서 도망쳤다. 바로 그곳에 운제가 투입되었다. 수십 명의 병사가 사다리를 올라 성벽 한 곳을 장악하면서 적성 공략은 의외로 쉽게 끝이 났다. 선봉장 무력(武力)의 용병술과 용맹함이 아군의 피해를 줄였다.

이사부는 적장의 목을 자르고 나머지 병사들은 포로로 사로잡아 서라벌로 호송하게 했다. 그것으로 끝이 아니었다. 이사부는 성을 공략하면서 느꼈던 성의 취약점을 보강하여 완전히 새로운 성으로 거듭나게 성을 쌓으라고 지시했다.

신라군은 땅골 아랫말에 주둔하면서 새롭게 성을 쌓기 시작했다. 적성을 장악하면 고구려가 한수 상류 지역으로 배를 이용한 군량미를 비롯한 물자 운반이 어려워질 게 분명하다. 군량미가 없으면 군사들은 멀리까지 진출하기가 어렵다. 고작 이삼십 리 내에서 움직여야 한다. 적성을 손에 넣으면 잉매(仍買), 욱오(郁烏), 내생(奈生)[10]의 고구려군은 독 안에 든 쥐가 된다. 아울러 신라의 동북 해안 하슬라와 실직 지역 방어도 튼실하게 된다. 이사부에게는 더 큰 노림수가 있다. 여기에 군량을 쌓아두면 고구려의 국원 지역 공략도 가능해진다. 국원이라…… 국원을 넘으면 바로 한성이다. 한성이라…… 적성 꼭대기에 올라 한수를 바라보며 그 생각을 하자 갑자기 이사부의 가슴이 뛰기 시작했다.

그래, 다시 시작이다. 유장하게 흐르는 한수 물줄기를 따라 이사부의 희망이 흘러가기 시작했다. 우산국이나 가락국을 정벌할 때 벌렁거리던 심장이 다시 뛰기 시작했다.

적성 꼭대기에서 한수를 바라보다 상념에 잠긴 이사부의 모습을 거칠부가 지켜보고 있었다. 이사부의 시선이 저 먼 곳을 향하자, 이사부장군의 꿈은 여태까지 신라 사람들이 한 번도 닿지 못한 곳, 저 너머를 향하고 있구나, 하고 거칠부는 생각했다.

---

10) 잉매(仍買)는 정선, 욱오(郁烏)는 평창, 내생(奈生)은 영월 지역. 6세기 중반까지는 고구려의 영토였다.

이듬해가 되어서 적성 축성이 완료되었다. 적성은 삼년산성처럼 견고한 신라의 성으로 다시 태어났다. 천 명 정도가 성을 지키면 5천 정도의 군사가 쳐들어와도 능히 맞설 수 있었다. 이사부는 진흥왕에게 적성이 신라 수중에 들어왔음을 보고했다. 왕은 이사부의 노고를 치하하고 공이 있는 장군들과 마을 사람을 칭찬하는 비문을 세우라고 지시했다. 물론 이사부의 건의였다.

이사부는 자그마한 비에 적성 공략을 함께 한 장수의 이름과 마을 촌장 야이차의 이름을 새겨넣었다. 신라군이 전쟁을 통해 획득한 땅은 모두 신라의 땅이 된다. 이사부는 고구려 군대의 경작지는 신라군이 흡수하여 둔전으로 삼되, 야이차는 전공을 세웠으므로 신라의 국법에 따라 야이차의 아내와 자녀들, 그리고 형제에게도 경작지를 주었다. 또한 마을 사람 중에서도 공이 있는 사람에게는 차등해서 땅을 내려주었다. 이사부는 땅을 나누어주는 원칙도 비석에 새기도록 했다. 점령지의 포로나 땅을 어떻게 분배하느냐 하는 문제는 매우 중요했다. 이사부는 거칠부에게 말했다.

"전공을 공정하게 평가해서 전리품을 공정하게 나누어주어야 한다. 그래야 병사는 장수를 믿고 따른다. 위협으로 병사를 다스리면 눈앞에서는 따르지만, 정작 결정적으로 어려울 때 병사들은 자기 목숨부터 구하려 든다. 병사들이 마음으로부터 장수를 따르는 군대가 강한 군대. 그 바탕은 항상 신상필벌(信賞必罰)이다."

"잘 알겠습니다, 장군님."

이사부는 일천 명 정도의 적성 수비대를 두고 서라벌로 철수했다. 이사부의 대당은 첫 원정을 성공리에 마무리했다. 고두림성(高頭林城)의 군주(軍主)인 무력과 추문촌(鄒文村)의 당주 도설지(導設智)가 신라군의 일원으로 편성되어 함께 전투를 치렀다. 무력은 신라군의 선봉장으로 공성전에 앞장서서 가장 큰 공을 세웠다. 가야에서 항복한 왕가의 자식이었지만, 그들은 이 전투로 인해 신라군으로 다시 태어났다. 이사부로서는 그게 무엇보다 기뻤다. 가야 사람들이 신라 사람이 되어야 했다. 그래야 신라는 백제와 고구려에 맞설 수 있었다.

이사부가 무엇보다 적성 원정에서 가장 기뻤던 건 바로 거칠부라는 존재 자체였다. 물력의 아들, 거칠부. 친한 친구의 아들을 가까이 두고 있어서도 기뻤지만, 마음이 든든했던 건 거칠부의 능력 때문이었다. 거칠부는 치밀하면서도 용맹했다. 거칠부는 약문장군이 하던 역할을 충실하게 수행했다. 정보를 수집하고 고구려와 백제의 적정을 분석했다. 아버지 물력의 용맹함마저 갖추었으니, 이사부에게 거칠부는 천군만마(千軍萬馬)나 다름없었다.

6

백제 명농왕은 태자 창(昌)을 불렀다.

"태자, 너도 스물넷이구나. 이제부터는 늘 배석하여 나를 보좌하라."

"명을 따르겠습니다."

"내가 대장군 달기를 불렀다. 곧 입궁할 게야. 내가 왜 연회(燕會)장군을 내치고 달기를 대장군으로 삼았는지 아느냐?"

"알고 있사옵니다."

"말해보라."

"백제는 먼 옛날 시조께서 나라를 세우기 전부터 따르는 신하들이 있었습니다. 후에 웅진으로 도읍지를 옮길 때도 여러 귀족이 나라를 섬겼습니다. 처음에 진씨(眞氏), 해씨(解氏)가 융성했고, 후에 사씨(沙氏), 연씨(燕氏), 해씨(解氏), 국씨(國氏), 목씨(木氏), 백씨(苩氏)가 나라의 큰 귀족이었다고 알고 있습니다. 이들이 대성팔족(大姓八族)이지요."

"그렇지. 하지만 그들은 자기의 임금보다는 가문을 더 섬기지."

"그렇습니다. 심지어 반역을 도모하기도 했습니다. 한두 번이 아닙니다. 백가가 모대왕을 시해하기도 했습니다.”

“그래서 너의 할아버지께서 왕이 되자마자 백가를 죽였다. 그때부터 나라의 기틀이 다시 섰어.”

“폐하께서도 달기는 대성팔족이 아니니 임명하셨겠지요.”

“그렇지. 달기의 가문은 아직은 보잘것없어. 그러니 군권을 맡겨도 안심할 수 있다. 이 점을 반드시 명심해야 한다.”

“명심하겠사옵니다.”

“내가 사비로 도읍지를 옮긴 이유를 아느냐?”

“폐하께서 사비가 물길이 편리하여 여러 물자 운송이 용이하고, 농사 지을 넓은 땅이 있고, 왜국이나 양나라로 가는 뱃길 또한 이용하기 좋고……”

“다 맞는 말이야. 하지만 가장 중요한 이유는 따로 있어. 귀족들의 힘을 빼기 위해 도읍지를 옮겼지. 귀족들은 항상 필요하지만, 저들에게 당하지 않으려면 늘 의심해야 해. 서로 견제하게 만들어야 그들은 충성을 다해. 알겠느냐?”

“명심하겠사옵니다.”

“그리고 또 하나는 선왕 때부터 우리 백제는 남쪽 지역을 꾸준히 개척했다. 그리하여 다사강 지역부터 무진주에서 남쪽 사호강[11]까지, 더 멀리는 탐라[12]까지 우리의 통치가 바로 미치게 되었다. 이 지역은 땅이 기름지고 백성이 많이 살아. 그들을 다스리기에도 웅진보다는 사비가 훨씬 좋지. 무릇 나라는 백성이 기본이야. 백성과 가깝게 있어야 그들을 보살필 수가 있느니라.”

“명심하겠사옵니다.”

---

11) 영산강
12) 현재의 제주도

명농왕이 태자 창과 이야기를 나누는 동안, 달기(達己)가 정청으로 들었다. 달기는 고구려의 우산성을 공격하다 실패한 연회(燕會)장군에 이어 명농왕이 새로 대장군에 임명한 자였다. 지략이 뛰어나고 충성심이 강했다. 연씨와 목씨와 사씨들이 벌써부터 달기를 시기했다.

"달기장군, 군사 조련은 잘되어가오?"

"폐하의 명이신데 누가 감히 명을 어기겠습니까? 여러 방의 군대가 훈련에 임하고 있습니다."

"달기장군, 올해가 벌써 9년째요."

"그렇습니다. 사비로 도읍을 옮기고 폐하께서 남부여라 국호를 칭하신지도 벌써 9년이 되었습니다."

"그렇소. 역시 달기장군은 내 말을 잘 알아듣는구료. 내가 남부여라 칭한 이유도 아시오?"

"어렴풋이 짐작은 하고 있었습니다."

"우리는 주몽의 후손이 아니라 우태의 후손이오. 주몽이 소서노 할머니와 결혼하여 나라의 기틀을 다졌지. 하지만 그 전에 소서노 할머니는 이미 우태의 아들을 낳았단 말이오. 후에 주몽과 결혼했지. 그런데 왜 우리가 주몽을 국조로 받들어야 하오? 우리는 우태를 국조로 받들어야 하오."

"그렇습니다. 폐하의 말씀이 지당하십니다."

"그래서 내가 남부여라 했소. 하나 그깟 국호가 무슨 의미가 있겠소. 다른 나라에는 내가 알리지도 않았소. 내가 남부여라 한 진짜 이유를 아시오? 장군."

"마침 태자께서도 계시니 제가 한 말씀 올리겠습니다, 폐하."

"말해보시오."

"폐하의 할아버지께서 저 한수 건너 아차산 아래에서 불귀의 객이 되고 난 뒤, 백제의 뜻있는 신하와 의인은 피눈물을 흘렸사옵니다. 이어 웅진으로 옮겨 겨우 나라를 보전했사옵니다만, 난신적자(亂臣賊子)들이 사리사욕을 채우느라 군주와 백성은 안중에도 없었습니다. 개로왕의 동생인 문주왕과 문주왕의 아드님이신 삼근왕이 시해되었고, 곤지왕자님도, 곤지왕자님의 아드님이신 동성왕께서도 다 시해되었으니, 세상에 이런 일이 어느 나라에 있겠사옵니까? 아무리 귀족들이 사리사욕을 채우고자 한다지만 어찌 이렇게도 무도하다는 말입니까? 소신의 눈에서는 피눈물이 났사옵니다. 다행히 폐하의 아버님인 무령왕께서 왜국에서 오셔서 다시 나라의 기틀을 잡고 폐하께서 대통을 이었으니, 백제가 비로소 다시 나라가 되었사옵니다. 도읍을 옮기면서까지 폐하께서 고심하신 일도 무슨 이유인지, 그리고 한갓 무명소졸에 불과한 저를 황송하옵게도 대장군으로 삼으신 이유도 알고 있사옵니다. 귀족들의 난동을 막고 북벌(北伐)이라는 대의를 실행하라는 대명(大命)임을 잘 알고 있나이다. 선대 여러 왕의 무덤이 아직 적군의 손아귀에 들어있습니다. 무덤의 돌을 빼서 무지렁이 고구려 백성이 부뚜막 돌로 쓰고 있으니, 열왕 폐하의 원혼이 구천을 떠돌까 두렵기만 하옵니다."

달기의 말을 듣고 명농왕은 눈물을 뚝뚝 흘리며 말했다.

"대장군, 그렇소. 내 생각이 바로 그렇소. 아버님도 그러하셨지만 나도 한시도 고구려에게 복수해야겠다는 마음을 쉬어본 적이 없소. 내 마음은 늘 바빴소. 어찌 내가 조상의 무덤을 잊어본 적이 있겠소?"

"폐하, 그렇사옵니다. 고구려야말로 우리 백제의 철천지원수(徹天之怨讎)입니다. 그게 바로 폐하께서 국호를 남부여라 한 이유입니다. 고구려와 우리가 부여에서 갈라져 나왔지만, 주몽의 후손은 북부여, 우태의 후손은 남부여를 세운 게 확실합니다. 백성들에게 더욱 이 사실을 알려야 합니다."

"바로 그게 내 뜻이오,"

"폐하, 더욱 알리도록 하겠사옵니다. 또한 저에게 군사를 주시면 제가 고토를 회복하는 데 이 한 몸 바치겠나이다."

"좋소이다. 하나 고구려는 강국이오. 나는 할아버지의 전철을 밟을 수가 없소. 준비를 철저히 해야 한단 말이오. 나의 아버지 무령대왕께서도 준비를 철저히 하셨소."

명농왕은 달기장군의 말을 끊고 생각에 잠겼다. 달기의 말이 옳다. 개로왕이 한성을 빼앗기고 전사한 이후 백제는 원수를 갚지 못했다. 오히려 풍전등화의 위기를 여러 번 거쳤다. 아버지의 말씀을 기억한다.

"모대가 나 먼저 백제로 건너가 왕이 되었지. 나는 슬펐어. 왕이 못되어서 슬펐던 게 아니다. 아버지의 원수를 내 손으로 못 갚을 것 같아 그랬어."

모대, 동성왕은 적극적으로 고구려와 전쟁을 하지 않았다. 그럴 이유도 많았다. 백제는 나라를 정비해야 했다. 한수의 곡창지대를 빼앗겼으니, 남쪽의 땅을 백제의 영역으로 확보해야 했다. 동성왕이 귀국하여 웅진에서 나라의 기틀을 잡으려고 할 때, 아버지는 왜국에서 유력자들과 교류하면서 때를 기다렸다. 마침 왜국에는 백제 목씨의 후손이 뿌리를 내리고 살고 있었다. 모두 목만치의 후손이었다. 목만치는 오래전에 구이신왕을 시해했다는 혐의를 받고 왜국으로 도망쳤다. 왜국에서 팔수부인의 후원을 받아 성을 소아(蘇我)로 바꾸고 왜국 왕의 후원자나 조언자 역할을 하면서 왜국에서 자리를 잡았다. 아버지 사마가 나이가 들자 목만치의 후손인 소아고려(蘇我高麗)가 아버지를 찾아왔다.

소아고려는 아버지에게 충성을 맹세했다. 선대의 잘못을 용서해달라고 했다. 아버지에게도 소아고려는 큰 힘이 될 게 분명했다. 소아고려는 한때는 왜국 왕족이었으나 몰락하여 떠돌고 있는 남대적을 아버지에게 소개하였다. 남대적은 아버지보다 나이가 열두 살이나 많았으나, 아버지와 공통점이 많았다. 둘 다 왕족의 후손으로 변방에서 떠돌이 생활을 하고 있었다. 무엇보다 야심이 컸다. 두 분은 야심과 울분으로 의기투합했다. 서로 통음(痛飮)하며 의형제로 지내기로 했다. 먼저 왕이 되는 자가 남은 사람을 도와준다. 그게 그들 두 분의 약속이었다. 하나 그런 날이 오기는 올까.

아버지는 때를 기다렸다. 그게 바로 천시(天時)다. 누구도 천시를 거역할 수 없다. 인생에서 단 한 번은 하늘의 시간이 열리는 때가 온다고 했다. 그때를 놓치면 안 된다. 마침 삼촌 동성왕이 임류각을 지으면서 몇몇 귀족과 척을 지고 일부는 멀리하기 시작했다. 심복이었다가 좌천이 된 신하를 늘 조심해야 한다. 그가 항상 무섭다. 그게 바로 백가였다. 백가는 왕이 가림성을 쌓으라고 했을 때부터 불만이 많았다. 임류각 연회에는 부르지도 않고 외방으로 내쳐 성을 쌓는 일을 맡겼기 때문이었다. 백가가 성을 다 쌓았다고 보고를 올리자 백가에게 가림성 성주로 주둔하라 했다. 웅진으로 오지 말라는 뜻이었다. 백가는 분노했다.

백제의 사정을 늘 염탐하던 소아고려는 백제에 사람을 보내 위사좌평 백가(苩加)를 부추겼다. 소아고려는 왜국에 사마가 계시니 뒷일은 걱정하지 말라고 했다. 백가는 심복인 자객을 보내 동성왕을 시해했다. 소아고려는 다른 신하들이 사마를 옹립하게 손을 썼다. 모대가 왕이 될 때, 개로왕의 자식이 아니니 왕이 되어야 한다는 명분이, 사마가 왕이 될 때는 개로왕의 자식이니 오히려 왕이 되어야 한다는 명분으로 바뀌었다. 나라보다는 가문의 안녕을 우선시하는 귀족들의 적극적인 찬동으로 드디어 사마에게 때가 왔다. 사마는 천시가 되어 길이 열리자 왜국을 떠나 백제의 왕이 되었다. 신사년[13]의 일이었다.

사마가 왜국에서 백제로 떠날 때 누구보다도 기뻐하면서도 한편으로는 슬퍼했던 사람이 바로 남대적(男大迹)이었다.

"사마, 그대는 떠나는구려. 잘 가시오. 가서 훌륭한 왕이 되시오."
"형님, 때는 옵니다. 형님에게도 하늘의 때는 옵니다. 기다리십시오."
"아니오. 내 나이 벌써 쉰이오. 언제 때가 오겠소?"
"옵니다. 오지 않으면 만들어야지요. 그게 하늘의 때입니다. 천시는 저절로 오지 않습니다."

아버지는 남대적과 이렇게 말하고 헤어졌다고 한다. 아버지가 백제에서 보위에 오른 후에도 소아고려는 왜국의 소식을 늘 전해주었다. 왜국의 왕인 무열(武烈)은 왜국 사람에게 전혀 왕다운 모습을 보여주지 못했다. 오히려 악행으로 명성이 자자했다. 심지어는 자신의 아이가 생기지 않자 하늘이 노할 짓을 했다. 살아있는 임산부의 배를 갈라, 아이가

---
13) 501년

어떻게 생겼는지 살펴보았다. 그것만이 아니었다. 무열왕은 사람의 손톱을 뽑은 뒤, 참마를 캐는 일을 시켰다. 땅을 파며 괴로워하는 사람의 모습을 보며 왜왕 무열은 즐거워했다. 왜왕의 못된 성정은 나날이 도를 더해갔다. 사람의 머리카락을 홀라당 밀고 나무 꼭대기에 올라가게 하고는 밑에서 나무를 자르게 했다. 사람이 추락하여 땅바닥에 머리통이 박살이 나는 모습을 보며 또한 박장대소하며 즐겼다.

사마왕은 소아고려가 전해준 무열왕의 악행 소식을 듣고 청동거울을 잘 만드는 장인을 불렀다. 청동거울에 남대적의 장수를 기원한다는 내용을 새기게 하여 왜국으로 보냈다. 오래 살면 반드시 때가 온다는 말이기도 하고, 오래 살면서 때를 만들라는 말이기도 했다.

왜국 사람들의 경악에도 무열왕의 악행은 멈추어지지 않았다. 사람을 연못 도랑에 들어가게 하여 물에 휩쓸려 나오면 삼지창으로 찔러 죽였다. 사람을 나무 위에 올라가게 하여 활로 쏘아 떨어뜨리고는 몹시 즐거워했다. 왜국 사람들의 분노는 점점 심해져 갔다. 마른하늘에 날벼락이 쳐서 왕이 죽기를 바랐다. 왜왕은 후손도 없었다.

왜왕은 점점 미쳐갔다. 악행은 더 자극적인 악행을 요구하게 마련이다. 여자를 발가벗겨 판자 위에 사지를 묶어 달아맨 다음, 말을 끌고 가 여자와 교접시켰다. 여자의 음부가 젖어있으면 음란한 계집이라고 바로 죽였다. 그렇지 않고 괴로워하면 관의 노비로 삼았다. 왜왕의 궁중에는 요상한 음악이 끊이질 않았다. 술과 산해진미가 썩어나갈 지경이었다.

그러던 어느 날 마침내 왜왕은 죽었다. 갑자기 죽었다. 모두 천벌을 받아 죽었다고 했다. 병술년[14] 12월의 일이었다. 왜국 사람들은 누가 그

---

14) 506년

를 죽였는지 궁금해하지 않았다. 어떻게 죽었는지도 알고 싶어 하지 않았다. 그냥 천벌을 받아 죽었다고 믿었다. 죽은 다음에 시신에 붉고 푸른 반점이 도졌다. 독살이 아니라 하늘이 한 일이라 믿었다.

백제 왕 사마는 소아고려를 통해 왜국 주요 대신들을 구워삶았다. 남대적은 왕의 머나먼 방계 혈족이었다. 워낙 무열왕이 사람들을 몸서리치게 했으므로 오히려 왕과 핏줄이 멀면 좋다는 심정으로 왜국 대신들은 인품이 훌륭하다고 소문난 남대적을 추대했다. 사마왕은 왜국의 대신들이 그를 추대하도록 지원을 아끼지 않았다.

마침내 남대적은 쉰일곱에 드디어 왜국의 왕이 되었다. 백제의 사마왕이 그에게 장수를 기원한 이유가 명백해진 셈이었다. 그러니 어찌 아버지 사마왕과 왜국의 남대적왕이 서로 친하지 않을 수 있겠으며, 왜국과 백제가 서로 형제같이 지내지 않았겠는가.

아버지 사마왕이 승하하셨을 때 남대적왕은 직접 조문은 오지 않았을지라도 많은 사람과 물자를 보내 아버지의 죽음을 진심으로 애도했다. 마찬가지로 신해년[15] 남대적왕이 승하했을 때 명농왕 자신도 여러 명의 좌평을 보내 예를 표했다. 왜국 사람들은 남대적왕이 죽고 난 뒤 왕의 시호를 계체(継体)라 했다. 왕족은 왕족이었으되 직계에서 뚝 떨어진 사람이 왕위를 이었다는 뜻이었다.

계체왕이 죽자 왜국에서는 계체왕 아들 간에 왕위 다툼이 일어났다. 장남이 왕위를 이어야 하는 건 맞지만, 계체는 나이가 들어서 왕이 되었다. 계체왕이 야인이었을 때 태어난 장남이 왕위를 승계해야 맞는가, 계체왕이 왕이 된 다음 정식으로 혼인하여 왕후가 된 여인에게서 낳은 셋째 아들이 왕이 되어야 하는가.

---

15) 531년

왜국 대신들 중 실권자는 백제의 벼 재배 기술을 도입하여 크게 재력을 갖춘 소아고려의 아들 소아도목(蘇我稻目)이었다. 소아도목은 계체왕의 장례에 참석한 백제의 좌평을 따라 웅진으로 건너왔다. 명농왕은 소아도목이 웅진으로 왔을 때 둘이 나눈 이야기를 되새겼다.

"소신 소아도목이 폐하를 알현하옵니다."

"그래, 할아비의 나라에 오니 어떻소?"

"감개가 무량할 따름이온데, 또 이렇게 폐하까지 알현하게 되니 이 광영(光榮)을 어떻게 말씀드려야 할지 모르겠나이다."

"하하, 그럼 차차 이야기하고, 내 그대를 위해 연회를 베풀도록 할 테니 푹 쉬다가 천천히 왜국으로 돌아가도록 하시오."

연회가 끝나고 도목이 왜국으로 돌아갈 때가 왔을 때 도목이 명농왕에게 말했다. 왜국 왕위 싸움에 누구를 밀어야 하는지, 왕과 의논하고 싶어서 백제에 왔다고 했다. 명농왕은 도목이 답을 가지고 있다고 짐작했다. 도목의 선택을 백제가 지원해달라는 게 분명했다. 그래야 도목의 선택에 힘이 실린다.

"그것이야말로 도목 그대가 잘 알고 있지 않겠소? 나에게 솔직하게 말해보시오."

"계체왕의 첫째 아드님은 나이가 예순다섯이옵고 슬하에 아들이 없습니다. 하나 둘째는 예순넷이고 아들이 여럿 있사옵니다."

"그분들은 궁에서 자란 분들이 아니지요?"

"그렇습니다. 그리하여 궁의 법도도 모를뿐더러 따르는 자들도 많지 않습니다."

"그대와도 뜻이 맞지 않겠지?"

"그렇사옵니다."

"그럼 셋째 아들은 어떤가?"

"폐하, 셋째는 계체왕께서 임금이 된 다음 정식으로 혼인을 하여 낳은 아들입니다. 지금 나이가 스물둘입니다."

"그럼 이렇게 하면 어떻겠소? 첫째 아들로 승계를 하게 하되 셋째를 태자로 정하면?"

"아주 좋은 방법이라 생각되옵니다. 다만 둘째 아드님께서 본인이 태자가 되겠다고 하면 막을 명분이 부족하옵기에……"

"그럴 땐 둘째가 태자가 되긴 하되 그 다음 태자는 셋째로 하면 되지. 다만 둘째가 자기 아들을 태자로 만들겠다고 우길 게 분명하니, 첫째가 왕이 될 때부터 정사를 그대가 장악하여 셋째 아들과 같이 정사를 처리하시오. 둘째에게는 대우는 하되, 실권을 주질 말란 말이오. 무슨 말인지 아시겠소? 계체왕의 아들이 생존해 있는 한, 다음 왕위는 계체왕의 손자가 아닌 아들이 이어야 한다는 원칙을 먼저 만들어 놓으시오. 그럼 나이 어린 셋째가 언젠가는 왕이 되겠지. 그 다음부터는 셋째의 아들이 왕위를 이어받게 되오. 아시겠소?"

"폐하의 분부대로 하겠나이다. 그렇게 하면 확실하겠습니다. 절묘한 방법입니다. 폐하를 알현하니 드디어 빛이 보입니다."

"그리고 내가 하나 더 알려주겠소. 그대에게 아직 결혼하지 않은 여식이 있소?"

"여럿 있사옵니다."

"그럼 잘 되었소. 그 여식을 셋째 아들의 비로 삼게 하시오. 둘이면 더욱 좋지."

"그런 방법이 있군요."

"그렇소. 이게 그대 집안의 백년대계(百年大計)가 될 수 있소. 혹시 아오? 그대의 외손이 왜국의 왕이 될지."

"언감생심, 꿈도 꾸지 못했사옵니다."

"아니오. 꿈을 꾸시오. 충분히 가능한 일이요. 계체왕이 왕위를 이었기 때문에 다 가능한 거요. 내 아버지나 그대의 아버지가 아니었으면 계체왕은 왕이 되지도 못했소. 그렇지 않소?"

"그거야 그렇사옵니다. 폐하의 뜻이 왜국에도 펼쳐질 수 있도록 신명을 다하겠사옵니다."

그렇게 이야기를 나눈 게 사비로 도읍지를 옮기기 전의 일이었다. 그동안 세월이 흘러 계체왕의 첫째 아들도, 둘째 아들도 죽고 명농왕이 계획했던 대로 셋째 광정(廣庭)이 왕위를 이었다. 소아도목의 두 딸은 광정의 왕비가 되어 이미 사내아이를 여럿 낳았다. 그래 거의 다 왔다. 왜국의 광정왕은 백제의 일이라면 무엇이든 협조를 하게 되어있다. 왜국또한 불법을 믿게 되어 절을 짓는 공인들까지 빨리 보내달라 아우성이다. 사비 도성 건설도 어느 정도 마무리가 되었으니, 공인들을 왜국으로보내줄 여유가 생기기도 했다.

"아버님, 무엇을 그렇게 오래 생각하시나이까?"

태자의 말에 명농왕은 오랜 회상에서 깨어났다. 태자와 달기가 걱정스러운 듯 왕을 바라보고 있었다.

"아니다, 괜찮아. 뭘 좀 생각했다. 그리고 달기장군."

"하명하시옵소서, 폐하."

"태자를 보필하여 고구려가 빼앗아간 우리 강토를 어떻게 하면 찾을 수 있을지 면밀하게 계획을 짜보시오. 신라의 이사부는 드디어 죽령을 넘어 적성을 점령하고 성을 튼튼하게 쌓았다고 하오. 그게 무슨 의미겠소?"

"신이 생각하기론 신라가 국원을 노리는 듯하옵니다."

"국원?"

"그렇사옵니다. 국원을 장악하면 상류지역은 안전해지니 신라는 북쪽 변경이 튼실해질 거고……"

"혹시 한성 쪽을 노리는 건 아니겠지?"

"우리의 고토임을 신라도 뻔히 아는데 어찌 그런 짓을 벌이겠습니까? 신라는 우리와 동맹이 아니옵니까?"

"그렇겠지. 고구려는 지난 달이지. 7월부터 백암성[16]과 신성[17]을 고쳐 쌓기 시작했다고 하오."

"지금 고구려 북쪽 변경이 수상하옵니다. 강건했던 위나라가 점점 약해지면서 돌궐이 세를 불리고 있습니다. 고구려는 돌궐에 대한 대비를 한다고 봐야겠습니다."

"그렇다면 절호의 기회가 아니오. 돌궐이 고구려를 침입할 때 우리도 왜국과 가야 병사를 동원하고, 신라와 함께 고구려로 밀고 들어가면 고토를 회복할 확실한 기회가 아니오?"

"폐하, 소장도 그렇게 짐작하옵니다. 돌궐의 상황도 알아보아야 하니, 지금부터 준비를 해야겠습니다."

"그렇게 하시오. 그리고 태자는 왜국에 사신을 보내, 우리가 북벌을 준

---

16) 현재 중국 랴오닝성[遼寧省] 덩타시[燈塔市]에 위치한 성
17) 현재 중국 랴오닝성[遼寧省] 푸순시[撫順市]에 위치한 고이산성(高爾山城)으로 추정.

비한다고 이르고, 때에 맞추어 원병을 요청한다고 미리 통보를 하시오."

7

백제의 명농왕이 고구려에게 빼앗긴 고토를 회복하겠다는 의지를 다질 무렵 정작 선수를 친 건 고구려였다. 고구려의 평성왕은 예족의 군사 6천을 동원하여 백제의 독산성(獨山城)[18]을 공격해 들어왔다. 전혀 예기치 못했던 기습이었다. 무진년[19] 정월의 일이었다. 독산성은 도성인 사비와는 거리가 있다 해도 독산성을 빼앗기면 웅진성과 사비의 교통이 어려워진다. 고구려군도 그걸 노리고 독산성을 목표로 삼았을 터였다. 명농왕은 달기장군에게 기병 5천을 보내 고구려의 공격을 막아내는 한편, 서라벌에 사신을 급파해 신라의 구원병을 요청했다.

백제의 구원요청을 받은 서라벌에서는 병부령 이사부를 비롯한 군부 장수들이 모여 회의를 시작했다. 병부령 이사부가 먼저 말했다.

"고구려의 공격은 참으로 특이하오. 왜 지금 백제를 공격했을까?"

"그렇습니다. 저도 그 이유를 모르겠습니다."

---

18) 정확히는 알 수 없으나, 현재의 충남 예산 지역으로 추정.
19) 548년

거칠부의 대답이었다.

"짚이는 데가 없나? 다른 장군들은?"
"제 생각에는……"
"말해보게. 무력장군."
"이건 고구려의 전면전이 아니라는 생각이 듭니다."
"전면전이 아니라니?"
"만약 고구려군이 백제를 삼키겠다고 한다면 예족 병사를 동원했을 리가 없습니다. 자신들의 정예병을 보냈겠지요. 그것도 6천밖에 안 되는 병사로 말입니다."
"그건 무력장군의 말이 맞습니다. 게다가 고구려는 북쪽 변방이 위태위태합니다. 백암성과 산성을 고쳐 쌓기 시작한 게 작년 7월부터입니다. 겨울이 들어서야 개축 공사가 마무리되었다고 합니다."

거칠부의 말이었다. 이사부가 말을 받았다.

"나도 이상하게 생각한 건 정월에 고구려가 예족을 동원한 거야. 이 한겨울에 왜 전쟁을 일으켰을까? 한겨울의 전쟁은 짐승도 사람도, 적도 아군도 다 고통스러워. 내가 어릴 때 덕지장군을 따라 전장에 간 적이 있지. 그때도 고구려가 백제 치양성을 공격해서 우리 덕지장군이 구원하러 갔었어. 그땐 한여름은 아니라 해도 더울 때였거든. 지난 병술년[20]에 고구려는 동짓달에 백제에 쳐들어왔다가 때 이른 추위 때문에 병사들이 얼어 죽고 동상에 걸리고 해서 회군하고 말았지. 백제는 다르지만,

---

20) 506년

고구려는 대개 가을에 전쟁을 시작해. 기병이 많은 고구려 군대라 말 때문에 그렇겠지. 이번 공격은, 본격적인 전쟁이 아니라 앞으로 고구려가 돌궐과 전쟁을 할지도 모르니, 미리 백제에 경고하는 게 아닐까? 고구려를 만만하게 보지 마. 아직은 이빨 빠진 호랑이가 아니야. 뭐 이런 뜻이 아닐까?"

"그렇게 보입니다. 장군님, 또 하나 더 말씀드리자면 전번에 저와 함께 고구려에 숨어들었던 왜신부의 하내직이 저에게 와서는 하는 말이……"

"맞아. 그때 하내직이란 자가 고구려에 함께 갔었지. 그래 그 자가 무엇이라 했나?"

"고구려에서 뭔가 신호를 보낼 것이라 했습니다. 아라가야는 대가야가 백제와 가깝게 되고, 남가야와 몇 나라가 우리 신라에 귀부하게 되자 불안하기 짝이 없었습니다. 고구려와 내통해서 백제를 협공하자, 이런 계획을 세운 듯합니다."

"뭐? 협공? 그게 가능한가?"

"고구려의 형세가 옛날 광개토왕이나 장수왕 때 같으면 가능하겠지요. 위에서 내려오고 아래에서 조금만 치고 올라가도 되니까요. 하지만 지금 형세는 고구려 위에 돌궐이 있고, 또 아래는 우리 신라도 있어 가능한 일이 아닙니다."

"그렇지. 내 생각도 그래. 그러나 아라가야의 요청도 있고 하니 싸우는 시늉만 낸다?"

"그렇습니다. 이사부장군님. 그럼 우리는 그런 전쟁에 백제의 요청대로 우리가 구원병을 보내야 할까요?"

"거칠부, 자네 생각은 어떤가?"

"백제가 예족 군사 6천을 못 막아서 우리에게 구원을 요청하지는 않았습니다. 백제 명농왕은 더 큰 그림을 그리고 있는 듯합니다."

"그래? 더 큰 그림?"

"그렇습니다. 신라를 연합군의 일원으로 만들어 고구려를 둘러싸자는 전략이지요. 우리가 백제를 구원하면 고구려와 신라도 완전히 적이 됩니다."

"그렇군. 거칠부의 말이 일리가 있어. 고구려와 척을 지게 하고 백제와는 더욱 가까운 사이가 되게 하려고 구원병을 청했다는 거지. 그렇다면 구원병을 보내지 말까?"

"아닙니다. 장군님, 구원병은 보내야지요. 고구려는 강국입니다. 우리 신라가 어떻게 단독으로 해볼 나라가 아닙니다. 백제라면 몰라도."

"그런가? 다른 장군들의 생각은 어떤가?"

대다수의 장수가 거칠부의 의견이 일리가 있다고 했다. 이사부는 왕의 재가를 얻어 삼년산성에 주둔하고 있던 장수 주령에게 군사 3천으로 시급히 독산성을 구원하라 일렀다. 주령은 기병 3천으로 밤낮을 달려 이튿날 독산성에 이르렀다. 고구려의 병사들이 독산성을 공격하는 중이었다. 느닷없이 뒤에서 나타난 주령의 병사 3천이 고구려 본진으로 달려들었다. 주령은 무예가 출중했다. 그가 거침없이 고구려 장수의 지휘부로 쳐들어가자 백제 병사들도 성문을 열고 쏟아져 나왔다. 신라 구원병이 나타나자 순식간에 전세는 뒤집혔다. 예족은 많은 사상자를 내고 얼이 빠져서 북으로 도주했다. 주령은 생각하는 바가 있어 애써 그들을 추격하지 않았다. 그렇다 해도 사로잡은 포로만 수백이었다.

명농왕은 독산성 승전으로 매우 흐뭇했다. 무엇보다 신라군의 지원으로 고구려를 물리친 게 마음에 들었다. 아버지 무령왕 때부터 백제는 국력을 회복하여서 신라와 동맹으로 지내기는 했어도 군사적으로 지원군을 요청하지 않았다. 백제의 군사만으로도 충분히 고구려를 상대할 수 있었기 때문이다. 그렇다 보니 고구려와 신라가 전쟁을 벌인 건 50년도 더 되었다. 신라를 고구려전쟁에 끌어들여 놓아야 한다. 왜국에 청병하고 신라와 가야국 병사와 함께 북벌을 단행해야 한다. 내 손으로 고토를 반드시 회복하고야 말리다. 이런 생각을 하며 비감해 있을 때 달기 장군이 입궁하여 명농왕에게 보고를 했다.

"폐하, 매우 당황스러운지라 보고를 드리지 않을 수 없습니다."

"무슨 일인가?"

"독산성에서 신라 군사도 그렇지만 우리도 수십 명의 고구려 병사를 포로로 붙잡았습니다."

"그래서?"

"포로를 심문하는데 이상한 말을 했습니다. 자기들은 잘못이 없다고 돌려보내 달라고 하면서 이번 정벌은 아라가야가 요청했다고 합니다."

"무엇이? 아라가야가?"

"그러하옵니다. 아라가야가 고구려에 사신을 보내 백제가 자기 나라를 집어삼키려고 하고 있다. 그러니 고구려가 백제를 북에서 정벌해서 승기를 잡으면 아라가야는 가야국 전체를 설득해서 북진하겠다, 이렇게 말해서 자기들이 쳐들어왔답니다."

"아니, 아라가야가 그럴 수 있나? 가야국이 우리 백제를? 이런 쳐죽일 놈이 있나."

명농왕은 자리에서 벌떡 일어나 소리를 질렀다. 화가 날 만도 했다.

"아라가야 왕 이놈을 당장 갈아 마셔야겠다. 배은망덕도 유분수지. 가야가 어찌 백제에게 그럴 수 있어? 당장 군사를 내어라. 달기장군."

"폐하, 저도 화가 나고 폐하께서 이렇게 역정을 내는 게 당연하다고 아룁니다. 저의 피도 끓사옵니다. 하지만 이게 오히려 기회가 될 수도 있사옵니다."

달기장군의 말을 듣고 명농왕은 성질을 가라앉혔다. 그렇지. 달기의 말이 옳다. 지난 회의 때도 아라가야는 백제의 말을 듣지 않았다. 성주와 장군을 파견한다고 해도 여태껏 받아들이지 않고 있다. 그렇다면 이번 기회에 반역의 죄를 물어 완전히 길을 들일 수 있다. 물증도 있으니 이번에는 빠져나가지 못하게 해야 한다.

"그래, 그 포로는 지금 어디에 있나?"

"사비로 압송 중입니다."

"잘했네. 그 포로를 다치게 하지 말고 사비로 데려와 잘 먹이고 있게."

"그렇게 하겠습니다."

"달기장군."

"하명하소서, 폐하"

"달기장군의 말이 맞아. 이번이 절호의 기회야. 아라가야가 말썽이었단 말이야. 이 아라가야 왕, 이 죽일 녀석이 우리를 정벌하라고 고구려를 부추겨. 당장 아라가야 왕 이놈을 쳐죽여 사지를 갈가리 찢어 젓갈을 담아도 분이 풀리지 않겠다. 하지만…… 다른 방법을 찾아야겠다."

"그렇게 하옵소서."

"달기장군은 태자와 함께 기병 3천을 데리고 대가야로 가라. 대가야로 가서 가야 여러 왕을 다 대가야로 불러라. 만약 아라가야 왕 이놈이 오지 않는다면 그땐 아라가야로 쳐들어가. 왕을 포로로 잡아와. 내 이놈을 사비성에서 죽이겠다."

"태자전하와 기병 3천이 가면 아라가야 왕은 올 게 틀림없습니다."

"그래, 그 다음은 내가 태자에게 이르겠다. 군사를 준비하라."

백제의 태자 창(昌)은 달기장군을 앞세워 기병 3천과 함께 대가야로 들어갔다. 백제의 기병이 대가야의 국경을 넘었다는 소식을 듣고 대가야 이뇌왕은 자신이 무슨 잘못을 저질렀나 하고 잔뜩 긴장하고 있다가 아라가야의 배신 이야기를 듣고 함께 분노했다. 고구려를 끌어들여 백제의 뒤통수를 친 건 아라가야가 대가야의 뒤통수를 친 거나 마찬가지였다. 이뇌왕도 이번 기회에 가야국 연합의 맹주 자리를 확실히 해야겠다는 생각을 했다. 남가야나 골포국과 탁국은 신라에 귀부했지만, 전체 가야에서 그들이 차지하는 비중은 그렇게 크지 않다. 이번에 아라가야를 굴복시켜야만 한다.

아라가야의 왕은 백제가 군사를 이끌고 대가야로 와서 가야국 왕을 소집한다고 했을 때 일이 잘못되었음을 직감했다. 그렇다 해도 대가야로 가지 않을 수 없었다. 백제군 3천과 대가야군이 합쳐서 쳐들어오면 아라가야는 견딜 수 없을 게 분명했다.

대가야 도읍지 왕궁에서 회의가 열렸다. 상석에는 이뇌왕과 태자 창이 함께 앉았다. 이뇌왕이 먼저 입을 열었다.

"지난 독산성 싸움에서 고구려 포로를 잡아 심문했더니, 아라가야에서 고구려로 몰래 사신을 보냈다고 하오. 백제를 치라고 말입니다. 가야 여러 나라와 협공을 하여 백제를 멸하자고 했다는데, 이게 무슨 마른하늘에 날벼락 같은 소리요. 아라가야 왕은 대답하시오. 그게 사실이오?"

"이뇌왕께서 무엇을 잘못 알고 있는 것 같습니다. 나는 억울합니다. 어찌 우리 아라가야가 그런 배은망덕한 짓을 하겠습니까? 나도 모르는 일이요. 만약 그런 일이 일어났다면 이번에도 왜신부 사람 중에 하내직이란 자가 벌인 일처럼 보입니다. 이 자는 원래는 왜국인이며 아라가야국 사람도 아닌데, 몇 년 전부터는 신라 옷을 입고 나타나서 신라 사람 행세를 하고 다닙니다. 이 자가 아라가야 사신 행세를 하고 고구려에 간 모양입니다. 아라가야 왕인 제가 어찌 고구려에 그런 제안을 하겠습니까?"

아라가야 왕은 변명하느라 절절맸다. 하내직이 고구려에 갔다 온 적은 있다. 그걸 모르는 건 아니다. 하내직이 아라가야가 가야국에서 주도권을 가지고 장차 큰 나라로 발전하려면 대가야뿐 아니라 백제도 걸림돌이니 고구려의 힘을 빌려 두 나라를 제거하고 아라가야가 신라와 힘을 합쳐 우뚝 서야 한다는 말을 하긴 했다. 하지만 그게 현실성이 없어 보여서 꿈같은 이야기 그만하라고 했을 뿐이다. 기어코 하내직이 고구려에 가더니 그 사단을 만든 모양이었다. 어쨌든 기세등등한 백제와 대가야의 예봉은 피해야 했다.

"그렇다면 아라가야국은 백제를 배신하지 않았다는 게 확실하지요?"

백제 태자의 말이었다.

"여부가 있겠사옵니까? 태자전하."

"좋소이다. 그럼, 아라가야국 왕의 말씀을 믿기로 하지요. 다만 왕께서는 징표를 보이셔야 하겠습니다. 아라가야로 우리 군사가 들어가서 새로 성주를 임명하겠소. 그리고 그대의 큰아들을 이번에 사비로 데리고 가겠소. 사비에서 충실하게 공부를 시킬 테니, 다른 염려는 말고. 아시겠소?"

아라가야 왕은 반대할 구실을 찾을 수가 없었다. 반대했다간 당장 목이 달아날 판이었다. 하내직, 이 자식이 엉뚱한 일을 벌이는 바람에 이게 무슨 망신이냐. 우선 여기서는 복종을 하는 수밖에 없다.

"태자전하의 명을 따르겠습니다."

아라가야 왕의 말에 태자는 몹시 흡족했다.

"고맙소. 우리 백제는 늘 가야 여러분 나라의 안위를 걱정합니다. 이번에 작은 오해가 있었지만 아라가야 왕께서 잘 따라주어서 감사하오. 그리고 참, 이번에 이뇌왕께서는 가실을 태자로 삼았다구요?"

이뇌왕에게 묻는 말이었다. 이뇌왕도 나이가 들었다. 신라로 간 화진 부인은 영영 이별이었다. 태자로 삼았던 월광은 신라로 가서 신라의 개가 되었다. 이름마저 도설지라는 신라식 이름으로 바꾸었다고 한다. 다행히 백제에서 시집온 백제 왕족 여고(餘古)의 딸과는 합이 잘 맞았다. 고집 센 화진은 지긋지긋했으나 여고의 딸은 입안의 혀같이 자신에게 헌신적이었다. 이뇌왕이 백제에 기울자 자연스럽게 대가야 조정도 백제와 가까운 신하로 채워졌다. 이뇌왕에게는 여러 아들이 있었다. 여고의 딸이 낳은 아들은 겨우 일곱 살이었지만, 이뇌왕은 그 아이, 가실(嘉悉)을 태자로 정했다. 가실을 태자로 정하자 명실상부 대가야는 백제의 부마국이 되었다. 당연히 백제의 전격적인 후원을 받는 나라가 되었다. 백제 왕의 뜻이 대가야의 뜻이다. 이뇌왕의 뜻이 백제의 뜻이다. 대가야국이 가야 전체의 맹주국으로 떠올랐다는 의미였다. 이뇌왕은 백제의 도움을 받아 아라가야를 흡수하여 장차 대가야도 백제나 신라처럼 나라다운 나라로 거듭나야 한다고 생각했다.

다른 여러 나라 왕들이 웅성거리다가 이뇌왕에게 가실태자의 즉위를 축하한다는 말을 전했다. 잠시의 소란을 끊고 백제 태자는 다시 좌중을 긴장하게 하는 발언을 했다.

"폐하께서는 곧 결단을 내리실 거요. 신라도 왜국도 가야국도 다 우리 대왕폐하의 깃발 아래 모여 저 한수를 건너 북방으로 말을 달리는 날이 온단 말이오. 그때를 대비하여 모두 준비를 잘해주시기를 부탁드리오. 이번에는 단 한 나라도 빠져서는 안 되오. 만약 그렇다면 백제가 먼저 말머리를 돌려 대가를 치르게 하겠소."

무서운 말이었다. 하지만 대가야와 아라가야가 백제의 손아귀에 있으니 다른 가야도 따르지 않을 수 없었다. 가야 여러 나라의 왕들은 군사 3천과 백제 태자의 위엄이 대단함을 실감했다.

태자와 달기장군이 임무를 달성하고 가야에서 돌아오자 명농왕은 진모(眞慕)장군에게 군사 5백을 주어 아라가야로 보냈다. 늘 말을 바꾸는 아라가야 왕인지라 이번에는 약속한 바를 이행하도록 감시해야 했다.

해가 바뀌어 명농왕은 초조해지기 시작했다. 명농왕은 태자와 달기장군을 불렀다.

"준비는 거의 마쳤다. 언제 북벌을 해야 할까? 내가 보위에 오른 지도 벌써 25년이 지났다. 도읍을 옮기고 준비만 하다가 아버님의 유업을 이루지도 못하고 할아버님의 복수도 못 하고 죽는 게 아닌가 싶다. 이대로 내가 죽으면 도대체 무슨 낯으로 조상님을 뵙는단 말인가?"

"아버님, 너무 자책하지 마십시오. 그러다가 병이라도 나면 큰일입니다."

"폐하, 그렇사옵니다. 태자전하의 말씀을 따르소서."

"왜국 왕이 병사를 보내준다고 하고 차일피일 미루고 있다. 왜국 병사가 있으면 좋겠지만 없으면 없는 대로 싸워야지. 신라의 병사가 후방에서 대기하고 가야와 우리 병사가 밀고 올라가면 어떠하겠는가?"

달기장군이 대답했다.

"지금도 우리 군사들의 힘으로 밀고 올라갈 수는 있사오나 돌궐이 고구려의 북쪽 변방에서 뭔가를 벌이고 있는 듯합니다. 그러니 양나라에 사신을 보내어 상황을 더 알아보고 공격 시기를 잡으심이 어떠하신지요?"

"양나라가 알 수 있을까? 양나라는 남쪽에 있고 돌궐은 북쪽이란 말이다."

"지금 중국은 북쪽 위나라가 힘이 약해지면서 대단히 혼란하다고 합니다. 사신을 보낼 수는 없고 양나라를 통해 알아보는 게 지금으로서는 가능한 방법입니다."

"좋다. 양나라로 사신을 보내고 달기장군은 공격을 준비하라."

백제가 양나라로 보낸 사신이 양나라 도읍에 도착했을 때는 어이없게도 후경(侯景)이라는 신하의 반란으로 인해 성과 궁궐이 불타 폐허가 되어 있었다. 임금도 없는 양나라에 도착한 백제 사신은 당황스러웠다. 불타버린 왕궁터에서 망연자실 서있다가 털썩 주저앉은 백제 사신은 한바탕 울음을 터뜨렸다. 양나라가 망해서 슬픈 게 아니었다. 자신들의 임무를 수행할 방법이 없어 울었다. 백제 사신 일행이 폐허가 된 왕궁터를 보며 눈물을 흘렸다는 소식이 전해지자, 반란군 수괴 후경이 백제 사신을 붙잡아 억류해 버렸다. 그로 인해 백제 사신은 오도 가도 못하는 신세가 되어버렸다. 사신 일행 중 한 명이 용케 탈출하여 백제로 돌아와 이런 사정을 전했다. 보고를 받은 명농왕은 달기장군에게 명했다.

"돌궐을 믿고 돌궐이 움직일 때까지 기다릴 수는 없다. 하늘이 우리 백제를 돕고, 한성 고토에 계신 조상님들의 원혼이 자손의 군사를 보살 피리라. 군사 1만을 줄 테니 고구려의 허를 찔러라."

명농왕은 달기장군에게 부월(斧鉞)을 주면서 말했다.

"달기장군, 내가 신라에 사람을 보내 신라군도 대기하라고 이르겠소. 혹 고구려의 반격이 거세면 삼년산성의 신라군에 전령을 보내시오."

8

한겨울이라 하나 그다지 춥지 않은 날이 계속되었다. 달기장군은 사비에서 백제의 정예 병력 1만을 이끌고 북상하기 시작했다. 웅진을 거쳐 백강의 지류인 작천(鵲川)[21]으로 나아갔다. 작천을 따라 평야지대가 이어져 있어 행군은 쉬웠다. 시야도 확보되어 있어 적의 매복을 염려할 필요도 없었다. 무엇보다도 한겨울이라 고구려는 백제의 기습을 예상하지 못할 게 분명했다. 고구려가 그랬듯이 기습으로 적의 중심부로 다가가기로 했다. 목표는 도살성(道薩城)[22]이었다. 도살성은 작천 상류 지역이다. 도살성을 확보하면 한수 상류로 나아가면서 국원을 위협할 수 있다.

달기장군의 1만 군대는 거침없이 도살성 바로 앞에까지 진격했다. 경오년[23] 정월의 일이었다. 도살성 남쪽은 작천의 지천을 따라 개활지가 넓게 펼쳐져있어 1만 군사가 진을 치기에는 편리했다. 도살성은 남, 동, 서 방향이 산을 따라 성이 높게 쌓여있어 공격하기가 힘들었다. 북

---

21) 현재 미호강의 옛 이름
22) 정확히 특정할 수 없지만, 충북 증평군 도안면 추성산성으로 추정.
23) 550년

쪽은 완만했다. 달기장군은 속전속결로 북쪽 완만한 사면으로 군사를 집결해 정면 승부를 걸기로 했다. 북쪽으로도 병력을 이동시켜 운제와 투석기를 제작하게 했다. 성안에는 1천 정도의 고구려군이 만반의 대비를 하고 옥쇄를 각오하고 있었다.

운제와 투석기 제작이 완료되자 백제군은 공격을 시작했다. 고구려군의 저항은 완강했다. 성안에도 투석기가 있어 공격하는 백제군 진영으로 호박만 한 돌들이 날아들었다. 사흘을 연속으로 공격했지만 고구려 병사들은 성을 포기하지 않았다.

다음 날부터 강추위가 몰려왔다. 추위에는 돌을 나르기도 활을 쏘기도 어렵다. 적도 적이지만 겨울 전쟁은 추위가 더 큰 적이었다. 달기장군은 병사들을 쉬게 했다. 그 와중에 국원 쪽에서 고구려 병사들이 진격하고 있다는 첩보가 들어왔다. 달기장군은 북쪽 고갯길에 백제군 일부를 매복시키고 본진 경비도 강화시켰다. 사나흘이 지나면서 추위가 누그러지자 달기장군은 다시 공격을 개시했다. 그러던 중 달기장군의 예상대로 북쪽 고개로 들어오던 고구려의 구원병이 매복에 걸렸다. 많은 병력이 아니라 수백에 불과했다. 고구려의 선발대로 보였다.

달기장군은 밤중에 군사 일부를 도살성 서쪽 능선으로 빼돌려 기습을 감행했다. 수백의 백제 병사들이 서쪽 능선을 타고 성벽에 기어올랐다. 성공이었다. 고구려 방어군은 병력이 모자라 북쪽 주공격 지점에만 몰려 있었다. 한쪽 성벽이 무너지면 성안에서는 걷잡을 수 없는 혼전이 벌어진다. 백제 군사들이 도살성 성내로 진입하여 혼전을 벌일 무렵, 고구려의 지원 병력 수천이 북쪽에서 밀고 들어왔다. 달기장군은 병력 손실을 우려하여 후퇴 명령을 내렸다. 북쪽에서 달려든 고구려 지원부대는 성안으로 들어갔다.

일진일퇴의 공방전으로 인해 적과 아군 모두 손실이 컸다. 시일도 많이 지체되어 어느덧 2월 중순을 훌쩍 넘기고 있었다. 명농왕은 달기장군에게 전령을 보내 그깟 성 하나를 점령하지 못한다고 달기장군을 질책했다. 2월 중순이 지나자 날씨도 많이 풀렸다. 백제군의 여러 차례 공격으로 도살성 북쪽 성벽은 여러 군데가 허물어졌다. 고구려군은 임시방편으로 나무를 잇대어 성벽을 연결해 놓았다.

달기장군은 병사들을 반으로 나누어 반은 북쪽에서 혹 올지도 모르는 고구려군을 대비하고 반은 성을 공격하게 했다. 하루가 지나면 두 병력을 교대시켰다. 이렇게 하니 고구려군은 며칠이 지나자 버티기가 힘들어졌다. 화살도 동이 나고 군량도 얼마 남지 않았다. 겨울 추위에 먹지도 못하고 싸울 수는 없다.

고구려군의 저항이 날이 가면서 점점 약해지는 것을 느낄 무렵이었다. 달기장군은 마지막 총력전을 퍼부었다. 마침내 북쪽 성벽이 무너지고 달기의 백제 병사는 도살성에 입성했다. 남은 고구려 병사들은 서문을 열고 산악지역으로 도망을 쳐 버렸다. 거의 한 달 반이나 걸렸다고 해도 백제는 국원으로 나아가는 교두보를 확보했다. 한편으로 작천이 흐르는 평야지대를 손에 넣은 쾌거이기도 했다.

달기장군이 사비로 전령을 보내 승전보를 띄웠다. 성을 수리하고 견고하게 지키느냐, 국원으로 진격하느냐, 두 가지 선택이 있었다. 달기는 명농왕의 명을 기다리기로 했다.

얼마 지나지 않아 금현성에서 달기장군에게 급한 전령이 왔다. 청천벽력같은 소식이었다. 고구려의 5천 군사가 백제의 금현성(金峴城)[24]을 공격한다고 했다. 금현성 일대는 도살성의 남서 지점에 위치했다. 고구

---

24) 충남 세종시 전의면으로 추정.

려가 금현성을 장악하면 기껏 차지한 도살성의 배후가 무너져 보급로가 차단될 수 있었다. 고구려가 바로 그것을 노렸다. 달기장군은 고구려가 국원의 병력으로 도살성에서 지연 작전을 펴면서, 한성의 병력과 합세하여 허를 찔렀다는 사실을 깨달았다.

금현성도 만만한 성이 아니다. 1천의 백제 수비병이 있고, 성도 견고하다. 하루 반나절이면 백제군은 도살성에서 금현성에 도착하니 금현성 병력과 함께 고구려군을 협공할 수도 있다. 하지만 달기장군은 왕의 명령 없이 마음대로 병력을 움직일 수 없었다. 전령을 보내 소수의 병력만 남기고 금현성으로 가겠다고 상주(上奏)를 하려는 찰나, 사비에서 전령이 왔다. 신라 지원군이 도착하면 도살성은 신라군이 지키도록 하고 급히 금현성을 구원하러 가라는 왕의 명령이었다. 기껏 뺏은 성을 신라군에게 주고 가라고? 달기장군은 황당한 기분이 들었지만, 어명을 거역할 순 없었다. 그때였다. 성 밖으로 족히 1만은 되어 보이는 신라의 보기병이 나타났다. 이렇게나 빨리 신라의 구원군이 도착했다고? 달기장군은 뭔가에 홀린 듯했다.

달기장군은 부관들을 거느리고 신라의 진중으로 말을 달렸다. 대장기가 휘날리는 중군으로 말을 달리니, 신라군 중군 쪽에서 몇 필의 말이 달려왔다. 중앙에서 백마를 타고 흰수염을 휘날리며 다가온 장수가 말했다.

"달기장군이시오?"
"그렇소만."
"하하하. 반갑소, 나는 이사부요."

이름으로만 듣던 이사부장군이었다. 전투에서 한 번도 패배한 적이 없다는 신라의 장수, 신라의 병부령 이사부였다. 이사부의 흰 수염이 바람에 나부끼고 있었다. 60대 중반의 나이가 믿기지 않을 만큼 이사부는 강건하게 보였다. 달기는 가볍게 머리를 숙여 예를 표했다.

"여기까지 오시느라 고생이 많았습니다."

이사부 역시 고개를 숙여 예를 받고 말했다.

"혹시라도 우리가 도울 일이 있나 바람같이 왔는데 이미 달기장군께서 싹 청소를 하셨구려. 하하하."
"청소라니요. 가당치 않습니다. 겨우 입성을 했습니다."
"고구려군이 금현성으로 왔다구요?"
"그렇습니다."
"그럼 어서 구원하러 가시오. 여긴 우리 신라군이 맡아서 지키고 있겠소. 급히 오느라 병사들이 쉬지를 못했으니, 좀 쉬었다가 금현성으로 가겠소."
"그럼 장군을 믿고 우린 여길 떠나겠습니다. 하지만 여긴 우리 백제가 뺏은 성이니 금현성이 정리가 되면 다시 돌아오겠습니다."
"지금 누구의 성이란 게 무어 그리 중요하겠소. 우선 적부터 막고 봅시다. 달기장군, 어서 가시오. 전장이 아니라면 이렇게 급히 헤어지는 게 아닌데 말이오."

달기는 이사부가 미심쩍었다. 사비에서도 지원군이 도착하겠지만 자신의 정예병이 금현성이 함락되기 전에 고구려 군사를 막아야 했다. 갈 길이 바빴다. 금현성은 산성이긴 하지만 지키는 병사가 적었다. 고구려 군사가 마음먹고 달려들면 며칠을 버티지 못한다. 달기는 군사들을 재촉했다. 나쁜 예감이 빗나가면 좋으련만 그렇지 않은 경우가 더 많다. 금현성이 멀리 보이는 능선으로 달기의 군사가 다가서자, 금현성에서 도망친 백제의 패잔병이 나타났다. 달기는 깜짝 놀랐다.

"너희들은 금현성의 백제 군사들이 아니냐?"

"그렇습니다. 장군님."

"금현성은?"

"어젯밤에 함락되었사옵니다. 군사들은 죽거나 포로가 되기도 하고 살아남은 자들은 뿔뿔이 흩어져 도망쳤습니다."

"이런, 큰일이로구나. 금현성이 어찌 그리 쉽게 함락되었단 말이냐?"

"수천의 고구려 군사들이 밤에 여러 곳에서 동시에 성벽을 기어올라 왔습니다. 처음에는 방비하였으나 시간이 갈수록 군사들이 지쳐서 어떻게 막아낼 수가 없었습니다."

"이런, 이런. 적은 얼마나 되겠느냐?"

"족히 4, 5천은 됩니다."

달기의 마음은 급했지만 금현성으로 바짝 다가서지는 못했다. 금현성의 북쪽은 탁 트인 벌판이었지만, 남쪽에서 접근하자면 작천의 지류를 따라 긴 골짜기를 따라 진군할 수밖에 없었다. 골짜기 어디에 매복이 있을지 짐작하기 힘들어 일일이 척후를 보내 확인하면서 전진을 해야 했다. 금현성은 북쪽 벌판을 감시하고 방어하기 위해 지어진 성이라 남쪽에서 접근하는 백제군이 고구려군에게 바로 노출되지 않는 장점은 있었다. 달기장군은 지형의 특성을 활용해 전체 부대를 5백 명 단위의 소부대로 나누어 금현성 아래로 접근했다. 군사를 집중하여 매복에 당하면 필시 진퇴유곡(進退維谷)의 처지에 빠질 터였다. 달기의 전략은 적중했다. 한두 부대가 매복에 당하기는 했지만, 백제군은 인근에서 가장 높은 산을 점령하고 소나무가 많이 심어진 고개를 돌파하여 금현성을 삼면에서 포위할 수 있었다.

그때부터 백제군과 고구려군은 치열한 공성(攻城)과 농성(籠城)으로 서로 맞받아쳤다. 화살을 쏘고, 대쇠뇌로 적진을 유린해도 고구려군은 잘 버텼다. 고구려군도 화살과 돌과 쇠뇌로 맞받아쳤다. 양쪽에서 하루에도 수백 명의 사상자가 나왔다. 하지만 달기는 금현성을 포기할 수는 없었다. 작천 상류의 물길이 만들어낸 금물노군의 넓은 평지는 수만의 군사와 백성을 먹여 살리는 곳이었다. 게다가 고구려의 국원 지역을 바로 위협할 수 있는 요지였다. 고구려도 마찬가지여서 금현성을 포기할 수 없었다. 도살성을 달기에게 빼앗겼기에 더욱 그랬다.

고구려군이 금현성을 공격할 때 성벽은 많이 허물어져 있었다. 백제가 역으로 그 허물어진 북쪽 성벽으로 접근하여 집중적으로 공략했다. 고구려군도 필사적으로 막아섰다. 여러 번의 돌파 공격에도 백제군은 성을 함락하지 못하고 희생만 늘어갔다. 그러나 희생이 있더라도 금현성을 그냥 두어서는 곤란했다. 고구려가 금현성에 식량을 비축하고 골짜기를 따라 낭성 방향으로 진출한다면 백제는 대단히 곤란해진다. 도살성뿐만 아니라 작천 지역 전체가 위험해진다.

거의 보름 가까이 금현성 공격에 주력하고 있는 달기장군에게 명농왕의 전령이 도착했다. 반드시 금현성을 탈환하되 신라군이 도착하면 잘 협조하라는 명령이었다. 전령과 함께 사비의 보급대가 떡과 고기를 준비해 와 병사들은 잠시라도 쉬면서 기력을 보충했다. 보급대는 왜국에서 보냈다는 화살 5천 발도 가지고 왔다. 왜국 화살은 본시 백제의 기술자가 만들었다. 백제와 같은 방식으로 화살을 만들었기에 두 나라가 같은 화살을 사용해도 아무 문제가 없었다.

힘을 낸 달기의 백제군은 벌떼같이 금현성에 달려들었다. 다시 이틀 밤낮으로 금현성을 공격했다. 하지만 금현성은 무너질 듯 무너질 듯하면서도 버티고 있었다. 백제군도 인명손실이 많이 났다. 지난 정월부터 석 달이나 쉴 새 없이 전투를 감행했기에 군사들도 많이 지쳐있었다. 그때였다. 남쪽 골짜기에서부터 이사부의 신라군이 꼬리에 꼬리를 물고 나타났다.

"달기장군, 고생이 이만저만이 아니십니다."

"이사부장군님, 또 우리를 도우려고 오셨습니다. 안 그래도 대왕폐하께서 이사부장군이 오실 거라며, 오시면 잘 대접하라 하셨습니다. 진중이고 산중이라 변변히 대접할 게 없어서 송구하옵니다."

"하하, 감사하오. 우리 같은 전장의 장수들이야 원래 풍찬노숙(風餐露宿)에 익숙하지요. 밤하늘을 지붕 삼아 잠을 자며 거친 보리 주먹밥에 족한 사람들이 아니오. 말로만이라도 배가 부릅니다. 그나저나 얼마나 힘이 드십니까?"

"고구려군을 때려잡지 못하고 또 신세를 지게 되었습니다. 장군께서 도와주십시오. 폐하께서도 장군께 도움을 청하라 하셨습니다."

이사부는 달기의 너스레가 기분 나쁘지 않았다. 달기는 백제 군사의 희생을 줄이기 위해 신라 군사의 힘을 빌리려 한다. 그렇다면 신라 군사들의 힘을 보여주어야지, 여기까지 구원하러 와서 뒤로 뺄 수는 없었다.

"그렇게 하오리다. 백제군을 잠시 뒤로 물리시면 우리 신라 군사가 나아가겠소. 아직 봄날인데 한 열흘이나 비가 오지 않았소. 마침 동풍이 부니 화공을 하면 어떨까 합니다. 군사들을 성 아래 동쪽에 돌려놓고 시작합시다."

신라군은 불화살을 쏘며 남동쪽 능선에서부터 접근해 들어갔다. 산불이 일어나 매캐한 냄새를 피우며 연기가 금현성 안을 뒤덮었다. 어느 정도 불길이 가라앉자 신라군의 주력부대가 성으로 진입했다. 고구려군은 백제군만을 상대로 싸우면 끝나는 줄 알았다. 버티고 있으면 구원군이 도착할 거였다. 하지만 거의 5천이 넘는 새로운 병사가 백제군 진영에 가담했다. 그게 신라군이라는 사실을 알았을 때 고구려군의 사기는 완전히 땅에 떨어졌다. 이십 일 남짓한 공격과 방어에 그들은 완전히 지쳐 있었다. 그때 적이 화공으로 공격을 시작했다. 불은 동풍을 타고 성안 나무 일부를 태우고 서쪽으로 지나갔다. 성에는 연기가 가득 찼다. 고구려 병사들은 더는 버티기 어려웠다. 그들은 자연스럽게 북문을 열고 나가 북쪽 벌판으로 도주하기 시작했다.

이사부는 그들이 당연히 북쪽 벌판으로 탈출한다고 예측했다. 이사부는 주령장군에게 기병과 발 빠른 병사들을 딸려 보내 그들을 추격했다. 저항하는 군사들은 죽고 저항하지 않은 군사들은 포로가 되었다. 하지만 죽기 살기로 탈주하여 신라군의 포위망을 벗어난 군사가 더 많았다. 대승을 거둔 신라군이 먼저 금현성에 입성했다. 경오년[25] 봄날의 일이었다. 그리 크지 않은 금현성은 거의 폐허나 마찬가지였다. 불타버린 금현성 폐허 위에 이사부와 달기가 마주 섰다.

"이사부장군님, 고맙습니다. 백제가 신세를 졌습니다."
"신세랄 게 뭐가 있소. 고구려군을 막는 게 더 급했소."
"그럼 신라군은 신라로 철수해도 좋겠습니다."
"아니오. 이렇게 도우러 왔는데 성이 완전히 허물어지지 않았소. 또다시 고구려군이 쳐들어오면 버틸 수가 없단 말이오. 이왕이면 우리 신라군 1천이 남아, 성을 다시 고쳐 쌓게 할 거요. 지난해였던가…… 왜군도 와서 저 아래 덕은성을 쌓았다지요. 우군끼리 성을 쌓아주지 못할 이유가 어디 있겠소? 다만 여긴 우리 신라와는 상당히 멀어 보급대가 오기 힘드니, 1천 명이 먹을 서너 달 치 군량을 부탁하오. 우리 신라군은 멀리서 오느라 군량이 넉넉지 못하오."
"그게 제 마음대로 할 수 있는 게 아니라…… 대왕폐하의 명을 받아야 합니다."
"그래요? 그럼 군량은 빌려주시오. 만약에 그대의 폐하께서 허락하지 않으시면 내가 갚아드리리다."

달기는 구원하러 온 신라군을 박절하게 대할 수가 없었다. 하지만 결과적으로 보면 신라군이 금현성과 도살성을 다 점령한 게 아니냐. 피해는 고구려군과 백제군이 입었다. 이사부의 어부지리(漁父之利)다. 하지만 지금 금현성 하나를 두고 이사부와 다툴 수는 없다. 소탐대실(小貪大

---

25) 550년

사국지 2

失)이란 말도 있다. 달기장군은 명농왕이 무슨 생각을 하는지 알고 있었다. 신라와 가야와 왜국의 연합이 중요했다. 폐하는 여러 나라의 단합된 힘으로 고토를 회복하려고 한다. 자신이 대왕의 큰 그림을 망쳐서는 안 된다. 어차피 이 조그만 산성은 장차 고토를 찾기 위한 미끼 이상도 이하도 아니다. 백제는 미끼를 던졌고 신라가 물었다. 고구려군과 전투까지 해가며 미끼를 물었다. 신라가 백제를 적으로 하여 사비로 칼끝을 돌리거나, 국원과 금물노군 전체를 다 차지하지 않는 이상 금현성은 신라에게는 쓸모없는 땅이다. 탐은 나겠지만 시어빠진 개살구다. 달기는 그렇게 생각하고 군사를 물려 사비로 귀환했다.

이사부는 백제군이 철수하자 주령장군에게 군사 1천을 주어 금현성을 다시 튼튼하게 쌓으라고 지시하고는, 주력 군사들을 데리고 도살성으로 귀환했다.

신라는 삼년산성에서 나가 작천 상류에 도살성, 금물노군 입구에 금현성을 가지면서 백제와 고구려의 틈을 비집고 들어갔다. 죽령 이북의 적성과 연결하면 신라는 중원으로 혀만 내민 게 아니라 어깨와 팔을 내밀었다. 산을 넘고 물을 만나 저 서해로 나아가야 한다. 양나라나 위나라와 직접 소통하기 위해서는 서해로 나아가지 않으면 안 된다.

이사부는 젊은 날 울릉도를 정벌하고 동해를 장악하기 위해 군선을 건조하던 시절을 기억했다. 그때 동해를 장악했기에 왜국의 침탈을 완전히 막았고, 남해로 돌아서 남가야까지 정벌했다.

고구려와 백제가 신라보다 문물제도가 앞선 이유는 딱 하나다. 서해건너 중국의 여러 나라와 교류하면서 문물을 받아들였기 때문이다. 남해 바닷길로는 백제에 가로막혀 한족과 교류할 수는 없다. 그렇다면 방법은 한수와 서해뿐이다. 이사부는 얼마 전 돌아가신 스승 약문이 한 말을 기억해냈다. 약문은 이사부에게 중원으로 말을 달리라 했다. 그래, 그렇다. 적성과 도살성과 금현성은 중원의 잠긴 문을 여는 열쇠다. 백제는 신라에게 도살성과 금현성을 틀림없이 양보한다. 백제는 고토를 회복하기 위해 신라에게 박절하게 대하지 못한다. 백제가 한성 옛 땅을 찾는다면, 신라는 한수 북쪽, 북한산 아래 땅은 손아귀에 넣어야 한다. 백제는 한수 남쪽, 신라는 한수 북쪽을 차지해야 공평하다.

덕지장군의 말도 기억났다. 한수는 신라 사람들이 한 번도 보지 못한 넓고 큰 강이란다, 한수의 꿈을 꾸어라. 그게 신라가 살길이다. 이사부는 바람에 날리는 흰 수염을 쓰다듬으며 멀리 금현성 북쪽 넓은 금물노군의 평야를 바라보았다. 넓은 평야에는 파릇파릇 봄풀이 돋아나 들판에는 푸른 잔치가 벌어지고 있었다.

이사부는 금현성을 지키고 있는 주령장군을 제외한 휘하 장수들을 소집했다.

"도살성과 금현성은 시작이다. 대당의 장수들이여. 우리는 더 진군한다."

뜻밖의 말이었다. 장수들은 이사부의 다음 말을 기다렸다.

"목표는 고구려 낭성이다. 거칠부는 적성에 있는 무력장군에게도 통기하라. 열흘 후 그믐날 낭성(娘城)[26] 밑에 이르라 하라."

---

26) 정확한 위치는 알 수 없다. 청주라는 설과 충주 인근이라는 설이 양립한다. 여기서는 충주설을 택했다.

사국지 2

이사부 휘하 1만의 군사는 서서히 북진하기 시작했다. 잉홀(仍忽)[27]을 지나 낭성 남쪽 벌판에 이르러 이사부의 군사들은 진을 쳤다. 동으로는 한수의 물줄기가 도도하게 흘러내리고 있었다. 등 뒤가 강이라, 물러설 길이 막혀 진을 치기엔 꺼림칙했다. 이사부는 혹시 몰라 고구려 주력부대가 있는 낭성 방향에 튼튼한 목책을 세우라 했다. 적성에서 배로 오는 병사와 합류를 하기에는 아무래도 낭성 아래의 넓은 벌판이 알맞았다. 낭성의 적이 압도적이라면 대단히 위험하겠지만, 세작들의 보고에 따르면 고구려 낭성에는 기껏 3천 병력도 남아있지 않았다. 고구려 낭성 병사들은 금현성을 공격했으나, 뒤늦게 나타난 신라군에게 크게 패해 막대한 손실을 입었다. 남은 패잔병을 겨우 수습하여 낭성으로 철수한 상태였기에 신라군과는 병력에서도 차이가 있었다. 전투는 병력의 차이보다는 병사들의 사기가 더 중요하다. 고구려 병사들은 계속되는 행군과 전투에 지쳤다. 게다가 압도적인 군세의 신라군이 발아래 진을 치는 모습을 빤히 바라보면서 고구려 군사의 사기는 더욱 떨어졌다. 산성에서 적을 다 내려다보는 게 오히려 더 두려웠다. 차라리 보지 않았다면 적의 실체를 모르니 하룻강아지 범 무서운 줄 모른다는 말처럼 모르고 싸울 수도 있다. 하지만 신라군을 내려다보니 고구려군은 싸우고 싶다는 의욕이 싹 사라졌다. 공포에 사로잡혀 도망갈 생각이 먼저 들었다.

그믐을 이틀 앞에 두고 무력장군의 5천 병사도 군선을 타고 본대에 합류했다. 낭성을 함락하는 건 시간문제였다.

이사부는 쉽사리 움직이지 않았다. 군사들을 쉬게 하고 날마다 잘 먹게 했다. 한수 가까이 있으니 상류 적성 등지에서 수운으로 군량을 비롯한 여러 보급품이 조달되었다. 이사부는 거칠부를 불렀다.

---

27) 음성군의 6세기 고구려 이름.

"저 성안에 3천 정도의 병사가 남아있다고 하네. 어떻게 하면 좋겠는가?"

"항복이 첫째 방법이고, 둘째는 스스로 물러나게 하는 방법도 있겠습니다."

"저들이 항복할까?"

"그렇지는 않겠지요."

"스스로 물러나게 하려면 어떻게 해야 하나?"

"퇴로를 열어두고 공격 시늉을 하면 되겠지요."

"그래? 내 생각도 그렇다. 전번 금현성 싸움에서 사로잡은 고구려 포로 중에 장수가 있나?"

"장수는 아니라도 병사들의 우두머리는 있습니다."

"그를 데려와라."

이사부는 고구려 포로가 끌려오자 물었다. 전쟁 때 포로로 사로잡히면 목숨은 구하겠지만, 상대방의 나라로 끌려가 노비가 된다.

"몇 살이냐?"

"서른 살입니다."

"이름이 무엇이냐?"

"비손입니다."

"비손? 살고 싶으냐?"

"……"

"사는 방법을 알려주마, 내일 낭성으로 가서 성주에게 전하라. 신라군이 남쪽과 서쪽 능선을 타고 공격을 한다고. 북쪽은 비워둘 테니, 그쪽으로 도망하라 일러라."

"그걸 누가 믿겠습니까? 필시 계략이라고 생각하고 의심하여 저의 목을 베겠지요."

"그렇구나. 그렇게 되겠구나. 그러면 내가 서신을 한 장 써주마. 그걸 가지고 가서 성주에게 보여주어라."

"제가 혼자 가면, 가도 살아있는 목숨이 아닙니다. 저의 부하 세 명도 같이 사로잡혔으니, 그들도 함께 풀어주십시오."

"그래? 허허, 이놈이 제법 당돌하구나. 부하도 풀어달라고?"

"그렇습니다. 그러면 저를 덜 의심할지도 모르겠습니다."

"알았다, 그렇게 하마."

고구려 병사는 다음 날 아침 일찍 풀려나 낭성으로 들어갔다. 그는 낭성 성주에게 이사부의 서신을 보여주었다.

"너는 비손이 아니더냐. 용케도 살아서 돌아왔구나."

"그렇습니다. 적장이 저를 풀어주면서 성주님께 이 서신을 보여드리라 했습니다."

"그래? 어디 보자…… 北活南死? 북활남사? 이게 무슨 말이야? 북으로 가면 살고 남으로 가면 죽는다?"

"적장이 남쪽을 공격할 테니 북쪽으로 도망가라 하였습니다."

"그게 계략일 테지. 북에 매복하여 우릴 죽이겠다는 말이지? 네, 이놈 너는 고구려를 배반하였지? 당장 목을 치리라."

"장군님, 저의 목을 치십시오. 저라도 믿지 않겠습니다."

그때 함께 풀려났던 부하들이 아우성을 치면서 장군에게 간청했다.

"비손은 우리를 함께 풀어달라고 간청해서 우리도 살아왔습니다. 비손을 죽이려면 우리도 죽여주십시오."

성주는 고민에 빠졌다. 적장은 백전노장의 이사부다. 병법이 신출귀몰하다. 금현성을 공격하여 도살성 배후를 차단하려던 고구려의 전략이 이사부의 신라군이 나타나는 바람에 완전히 무산되었다. 고구려군은 금현성 함락 일보 직전에 신라군에 쫓기어 겨우 낭성으로 복귀했다. 패장이 무슨 변명이 있을까마는 백제군만을 상대하다가 두 나라의 군세가 합하니 도저히 이길 수가 없었다. 성 아래에 집결해 있는 1만 5천의 신라군을 낭성 수비군으로 막기는 불가능하다. 병력 손실 없이 한성으로 철수했다가 후일을 도모하는 게 옳다. 그러자면 낭성을 버리고 북으로 도망쳐야 한다. 그걸 모르는 바보는 없다. 만약 이사부가 낭성의 고구려군을 섬멸할 계획이라면 포로를 보내어 북으로 도망가라고 알려줄 이유도 없다. 그렇다면 이사부는 충돌을 피하면서 낭성만을 장악하겠다는 속셈이다. 서신에 적힌 북활남사는 싸우지 말고 도망가라는 신호다. 피차 병력 손실을 막자는 말이다. 하지만 만약 그 반대라면? 도망치는 고구려군을 급습하면, 고구려군은 완전히 괴멸된다. 그렇다고 성에서 버틴다 해도 뾰족한 수는 없다.

고구려군은 다음 날 아침부터 조심스럽게 북문으로 빠져나가기 시작했다. 앞에 척후를 먼저 보내 신라군이 없음을 확인하고 서서히 움직였다. 낭성 아래를 완전히 벗어나자 그제야 고구려군은 걸음아, 나를 살려

하면서 빠른 속도로 행군을 재촉하여 한성으로 달아나버렸다.

고구려군이 사라진 다음에 이사부의 신라군은 서서히 낭성에 무혈입성했다. 이사부는 성의 망대에 올라가 굽이치며 흘러가는 한수를 내려다보았다. 한수는 흘러 흘러 바다로 가겠지. 이사부는 곁에 있는 거칠부와 무력을 돌아보며 말했다.

"저 한수는 어디까지 흘러갈까? 어디까지 흘러가서 바다와 만날까?"

거칠부가 말했다.

"장군님, 한성을 지나 큰 섬이 나오는 곳에서 바다로 흘러 들어간다 들었습니다."
"그래? 그렇겠구나. 그곳에 가보고 싶구나. 거칠부야."
"네, 장군님."
"폐하께서도 그곳이 보고 싶지 않으실까?"
"네? 무슨 말씀이신지?"
"하하하, 아니다. 혼자 해본 말이다."

9

명농왕은 태자와 함께 달기의 보고를 받았다.

"폐하, 면목 없습니다. 도살성도 금현성도 결국 이사부에게 내주고
만 형국이 되었습니다."

"그렇지. 어부지리라 하겠지. 금현성에 군량도 대어달라고? 뻔뻔스
럽지 않아? 능구렁이 같은 놈."

"그렇습니다. 뭐 핑계를 대고 안 주어도 상관없겠습니다만."

"아니다. 주시오. 천 명이 먹으면 얼마나 먹겠소. 군량을 주시오. 이
사부도 우리가 왜 그러는지 잘 알 거요."

"그렇습니다. 이사부는 백전노장이라 우리의 속셈을 꿰뚫고 있습니다."

"그렇겠지. 지금 신라는 신이 났을 거야. 작천을 따라 낭성과 도살성
과 금현성을 장악했지. 어디서 그런 큰 벌판을 보았겠어. 신라 왕 애송
이 녀석이 덩실덩실 춤이라도 추겠지, 아마."

"그렇겠지요."

옆에서 가만히 듣고 있던 태자 부여창이 말했다.

"그렇다면 이 기회에 우리와 약조를 하자고 하시지요. 같이 고구려를 공격하자는."

"그렇다. 태자 말이 옳다. 그렇게 해야겠다. 가야 병력을 동원하고, 왜국에도 청병하고, 신라와도 약조하여 밀고 올라가는 거다. 하지만 그 전에 해야 할 일이 하나 있다."

"무엇이옵니까? 폐하"

"돌궐이 심상찮다는 세작들의 보고가 계속 들어와. 고구려와 일전을 준비하고 있다는 거야. 그게 사실인지, 사실이라면 그게 언제인지 알아 봐야지. 이번 도살성 싸움에서도 보았지. 고구려는 만만한 상대가 아니야. 우리가 도살성을 공격하니 금현성을 치면서 우리의 허를 찔렀지 않나. 아예 남쪽 변방을 신경 쓰지 못할 때 우리가 올라가야지."

태자와 달기장군이 한꺼번에 말했다.

"지당하신 말씀이옵니다, 폐하."

"태자는 돌궐의 상황을 더 자세히 알아봐. 그게 급선무야. 지난번 우리 사신이 갔을 때 양나라가 망해 임금도 보지 못하고 돌아왔지."

달기장군이 말했다.

"배를 타고 온 상인들의 말에 따르면 양나라에서 반란을 일으킨 후경이라는 자가 새로 임금을 세웠다고 하나 아직 어수선해 나라의 주인이 누구인지도 알기 어렵다고 했습니다.”

“그래? 그럼 북쪽은?”

“어수선하기는 중국 북쪽도 마찬가지여서 한때 북쪽의 강국이었던 위나라는 왕실이 약해져 신하였던 고양(高洋)이라는 자가 마치 임금이나 다름없이 군다고 합니다.”

“그렇군. 어수선하면 오히려 정보를 캐내기도 쉬울지도 모르지. 태자는 세작을 위나라로 보내. 위나라와 돌궐과는 거리가 가까우니 소식을 알기가 쉽겠지.”

“하명을 받들겠사옵니다.”

태자가 보낸 백제의 세작은 이듬해 초에 돌아왔다. 세작은 위나라는 완전히 망하고 고양이 임금으로 즉위하면서 국호를 제(齊)로 정했다고 보고를 올렸다. 그러면서 제나라 임금 즉위를 축하하러 온 돌궐의 사신을 만났다고 했다. 세작이 자신이 백제 사람임을 밝히자 돌궐 사신은 은밀히 만나기를 청했다고 했다.

태자의 말을 듣던 명농왕이 벌떡 일어서며 말했다.

“그래? 그 다음은 어떻게 되었느냐?”

“돌궐 사신이 올가을에는 틀림없이 고구려로 쳐들어간다고 하였답니다. 백제도 단단히 준비하여 돌궐에 호응하라고 했답니다.”

태자의 보고를 받은 왕은 손바닥으로 무릎을 치며 말했다.

“하늘이 우리 백제를 버리시지 않는구나!”

태자가 맞장구를 쳤다.

"그러하옵니다, 폐하. 우태 국조께서 백제를 버리시지 않으셨습니다."
"그렇다. 드디어 때가 왔다. 올가을이다."

명농왕은 달기장군에게 말했다.

"요즘 신라의 소식을 들은 게 있소?"
"이사부는 작년에 도살성과 금현성을 점령하고 군사를 더 북진시켜 낭성을 완전히 장악했습니다."
"그건 알고 있소."
"올 정월에는 연호를 개국(開國)으로 바꾸었다 하옵니다."
"뭐? 연호를 바꿔? 개국(開國)이라고? 나라를 새로 열어?"
"그러하옵니다."
"뭔가 단단히 결심했구나."
"그렇사옵니다."
"그게 뭘까?"
"이사부장군이 물러나려는 듯합니다만……"
"그렇군. 진흥도 어른이 되었지."
"그리고 아울러……"
"아울러?"
"진흥왕이 순행을 한다고 합니다. 이번에 새로 점령한 성도 돌아보고……"
"도살성과 금현성 말인가?"

"그런 줄로 압니다. 낭성도 들르고."

"그래? 그게 언제라 하던가?"

"3월이라 하옵니다."

"그래, 그럼 마침 잘되었다. 달기장군은 잘 들으시오. 지금 당장 서라벌로 가시오. 가서 이사부를 만나시오. 이사부에게 3월에 내가 신라 왕을 만나고 싶다고 하시오. 원한다면 내가 낭성으로 간다고 하시오. 만나서 양국의 우호를 더욱 돈독히 다지자고 하시오."

"그렇게 하겠사옵니다."

"신라에서 바로 대가야로 가시오. 가서 이뇌왕에게 군사 1만을 가야에서 징발하라 이르시오. 8월 보름날까지 한밭 벌판에 도착하라 이르시오."

"1만을요?"

"그렇소. 1만이면 가야의 힘깨나 쓰는 장정은 거의 다 모아야겠지."

"이뇌왕이 그렇게 보내줄까요?"

"보내줄 거요. 이뇌왕은 우리 백제의 사위가 된 다음 얻은 아이를 태자로 삼았소. 가실(嘉悉)이라 했지. 이뇌왕의 용성은 백제에 달려있소. 어찌 내 말을 거역하겠소? 백제의 용성이 대가야의 용성이오. 만약 이뇌왕이 망설이거든 내 말을 똑똑히 전하시오. 백제와 대가야는 두 나라가 아니라고 하시오."

"명을 받들겠습니다."

달기장군은 곧바로 서라벌로 달려갔다. 이사부는 정청에서 달기를 반갑게 맞이했다.

"오시느라 수고가 많았소. 작년에는 전장이라 제대로 회포를 풀지도 못했지요. 달기장군이 서라벌에 온 김에 우리 무장끼리 코가 삐뚤어지게 한번 마셔봅시다."

"감사합니다. 저는 주량이 적어 감히 장군님과 대작할 수 있을지 모르겠습니다. 더군다나 신하의 몸으로 저의 폐하께서 분부하신 일이 있사온즉……"

"맞아, 그렇지. 내가 나이가 들면서 주책이 심해졌구려. 백제의 사신이 오셨는데 술이나 마시자고 늘어붙다니. 그래, 그대의 폐하께서 하명하신 일이 무엇이오?"

"장군님께서 도살성과 금현성 뿐만 아니라 낭성까지 다 점령했다고 들었습니다. 또한 신라국의 폐하께서 변방의 성들을 순수(巡狩) 하신다는 소문이 있습니다. 혹 백제 땅과 가까운 곳에 오시면 저의 폐하께서 마중을 나가시겠다고 합니다. 저의 폐하께서는 신하들끼리 할 말이 있고, 양국의 군주가 할 말이 따로 있으니 양국이 더욱 우호를 다지려면 군주끼리 만나 정담을 나눠야 한다고 하셨습니다."

"알았소. 그대 나라에서 우리 왕실의 계획까지 다 알고 있으니, 어찌 그대 나라를 속일 수가 있겠소?"

달기는 이사부의 말에 식은땀이 흘렀다. 자신의 불찰이었다.

"아닙니다, 장군님. 그게 아니오라……"

"아니오, 그대 나라의 세작이 우리 신라에 얼마나 많겠소? 그대 잘못이 아니오. 어찌하였든 군주의 만남은 내가 마음대로 결정할 일이 아니오. 객사로 돌아가 계시면 내가 바로 우리 폐하께 상주하여 답변을 드리겠소. 그리 오래 기다리시게 하지는 않을 거요.”

달기장군이 객사에 물러가 있는 동안, 이사부는 거칠부를 비롯한 장군들과 각간 우덕(于德)과 이찬 탐지(眈知) 등을 소집하여 어전회의를 시작했다. 거칠부가 그동안의 과정을 보고하고 백제의 명농왕이 폐하에게 회맹(會盟)을 제안했다는 사신의 전갈을 보고했다. 먼저 이사부가 말했다.

“왜 만나자고 하는가는 짐작은 됩니다. 아마도 손을 잡고 북진을 하자고 할 겁니다.”

우덕을 비롯한 대신들과 거칠부 등의 무장들이 고개를 끄덕였다. 모두가 명농왕의 복수심을 알고 있다. 그렇다면 백제와 같이 행동하면 신라에게 무엇이 득이 되는가? 그것을 먼저 논의해야 했다. 왕이 입을 열었다. 연호를 개국으로 바꾸고 진흥왕은 나랏일에 전면적으로 나섰다.

“손을 잡고 북진하자면 우리 신라에게는 좋은 기회가 아니오? 우리는 지난번처럼 실리를 취할 수가 있지 않겠소?”
“폐하, 소장도 그렇게 생각합니다. 다만 서라벌을 비우고 북쪽 변경을 순수하시면 폐하께서 변방의 거친 음식과 편치 못한 잠자리를 감수하여야 하기에 소장이 망설여지옵니다. 변방이라 폐하의 안위도 걱정스럽습니다.”

이사부의 대답이었다.

"하하, 아니오. 나야 월성 궁중보다 변경을 순수하면서 우리 장수들과도 만나고 백성의 삶을 살펴보는 게 더 재미난 일이라오. 나는 가겠소. 명농왕이 어떻게 생겼는지도 한번 봅시다. 한수도 구경하고 말이오. 장군들이야 늘 다니지만 난 서라벌에 처박혀있지 않소. 나도 좀 다니고 싶다오. 내 안위야 이사부장군이 늘 알아서 하지 않소?"

각간 우덕이 말했다.

"그럼 어디에서 만나셔야 폐하께서 안전할까요?"

이사부가 말했다.

"낭성이라면 안전합니다. 백제군이 도발할 수 없는 위치에 있고, 퇴로도 확실합니다."

거칠부와 탐지가 같이 말했다.

"그렇습니다."

이사부가 임금에게 말했다.

"그럼 폐하의 뜻을 백제의 사신에게 전하겠습니다. 시일이 촉박하니 거칠부는 낭성 부근에 폐하께서 머무실 행궁(行宮)을 서둘러 마련하도록 하고, 폐하께서 순수할 여러 준비를 하시오."

이튿날 달기장군은 이사부로부터 진흥왕의 회맹 수락 약속을 받고 서둘러 대가야로 떠났다. 3월이 가까웠다. 왕의 순수를 차질 없게 준비하려니 이사부도 마음이 급했다. 그는 서두르는 달기를 그대로 놓아두었다. 달기는 백제가 아니라 대가야로 향했다. 왜 달기는 대가야로 서둘러 떠났을까? 이사부는 뭔가가 의심스러웠다. 왜 대가야일까? 그는 거칠부에게 달기가 대가야로 급히 간 이유를 알아보라고 지시했다.

거칠부는 대가야의 세작으로부터 8월 보름까지 대가야의 병사들을 한밭으로 집결하라고 한 명농왕의 통보를 확인했다. 거칠부의 보고를 받은 이사부가 말했다.

"8월 보름이면 9월에 공격하겠다는 말인데, 우리에게도 같은 말을 하겠구나."

"그렇습니다, 장군님."

"백제가 돌궐에게 뭔가 정보를 얻었거나 아니면 서로 약조를 했는지도 모르겠군."

"그렇습니다. 아마도 돌궐과 사전에 공격 날짜를 이미 약조했을지도 모릅니다."

"그래, 그거야. 바로 그거야. 아니면 그렇게 날짜를 정하지는 못했을 거야. 좋다. 그럼 폐하가 어떻게 회맹에 임해야 할지 방안을 짜보세. 우리도 먹어야 하지 않겠나?"

"백제는 한성을 빼앗겼을 때 조상의 무덤을 모두 한성 주변에 두고 내려왔습니다. 그러니 고토 회복의 가장 큰 목적은 조상의 무덤자리 회복에 있습니다."

"한성에 고구려의 병력이 집결되어 있지?"

"그렇습니다."

"그렇다면 두 나라가 합심해 그들을 물리치고 한수 아래 한성은 백제가, 한수 위쪽과 한성 동쪽 땅은 우리가 차지하면 어떤가."

"우리로서는 금상첨화입니다만, 백제가 그렇게 호락호락하게 우리의 제안을 받아들일지는 모르겠습니다."

"그렇겠지. 그러나 백제가 한수 일대를 다 차지하여 다시 강성해지면 고구려보다는 우리가 힘들어져."

"알고 있습니다. 지금 백제는 대가야와 왜국과 한 통속입니다. 만약 백제가 고구려를 예전처럼 쌍현성 북쪽으로 내몬다면, 다시 강국이 됩니다. 다음에 가야국과 왜국이 아래에서, 백제가 서쪽에서 진격해 온다면 우리 신라는 대단히 위험해집니다."

"그렇지. 예전에 내물왕 때 그런 적이 있었지. 그때는 고구려의 광개토왕이 우리를 구해주었지. 자네가 역사를 편찬했으니, 나보다 더 잘 알겠구만."

"알기는 알지만, 장군님보다 더 잘 알기야 하겠습니까? 백제를 늘 견제해야 합니다. 우리 신라의 운명입니다."

"그렇지. 그렇다 해도 이번에 백제와 손을 잡지 않는다면, 북쪽으로 우리 영토를 확장할 절호의 기회를 놓치는 게 아닌가?"

"그렇습니다, 장군님. 그리고……"

"뭔가?"

"아직은 조심스럽지만 다른 방법도 있습니다."

"다른 방법?"

"그렇습니다. 고구려와 협상하는 방법이 있습니다."

거칠부의 말을 듣자마자 이사부는 자리에서 벌떡 일어났다.

"뭐라? 고구려와 협상해?"

"그렇습니다. 고구려는 예전의 고구려가 아닙니다. 돌궐 때문에 고구려는 잔뜩 긴장하고 있습니다. 위나라가 강성했을 때는 문제가 없었지만, 지금 위나라는 망하고 제나라가 들어섰습니다. 제나라도 완전히 북방의 패권을 잡지는 못했습니다. 만약 돌궐이 이 틈을 타서 북방의 강자가 된다면 고구려로서는 보통 심각한 문제가 아닙니다. 고구려는 예로부터 우리 신라는 얕잡아 보아왔습니다. 하지만 백제는 다르지요. 늘 백제를 경계합니다. 그러니 만약 백제가 강국이 되면 곤란하지요. 그러니 과거처럼 고구려와 신라가 손을 잡는 방법을 생각하겠지요."

"그렇지, 바로 그거야. 고구려는 충분히 그럴 거야. 하지만 지금은 아니야. 우리가 백제와 함께 고구려 땅을 뺏어야 하거든. 자네 지난번 고구려에 갔을 때 자네 목숨을 구해준 그 스님, 이름이……"

"혜량입니다."

"그래, 혜량, 그 스님과 연락을 주고받고 있지?"

"그렇습니다."

"우리가 한수 일대 전체를 장악하면 백제와 고구려는 변경을 맞댈 일이 사라지지. 그때쯤 고구려와 협상을 하면 어떨까 싶네. 서로 공격하지 않겠다는 약조를 하는 거지. 그럼 고구려는 남쪽 변경의 땅을 조금 떼주고 남쪽 방어에 필요한 병력을 북쪽으로 돌릴 수 있지. 고구려와 신라가 맹약을 맺으면 신라와 백제가 싸울 거란 말이야. 그럼 고구려는 가만히 앉아서 구경만 하면 되잖아. 남쪽은 신경 쓸 거도 없지. 북쪽 돌궐이 시끄러우니 말이야."

"그렇습니다."

"자네도 이미 그렇게 생각하고 있었지?"

"생각이라기보다는 그렇게 가면 좋겠다고 어렴풋이 그림을 그리고 있었습니다."

"좋아, 그럼 구체적으로 그림을 그려봐. 우선 폐하께서 낭성으로 행차하시면 머물 장소도 잘 알아보고. 백제 명농왕이 온다니 뭔가 보여주어야 하고."

"대가야에서 귀부한 우륵을 데리고 가면 좋겠습니다."

"우륵? 우륵은 악사가 아닌가?"

"악사라 해도 우륵은 이미 대가야를 넘어 백제에서도 잘 알고 있는 유명한 악사입니다. 그런 우륵이 연회에서 연주한다면 백제로서는 뭔가 찜찜해질 겁니다."

"그렇지. 백제는 대가야 군사를 8월 보름까지 한밭에 집결하라고 했다면서?"

"그렇습니다. 그러니 대가야에서 귀부한 우륵(于勒)의 가야금을 두 나라 왕의 연회에서 듣는다면, 우리도 대가야를 잘 알고 있다. 이런 뜻이 되겠지요."

"그렇군. 대가야를 백제 마음대로 하지 말라는 경고가 될 수 있지. 우리도 대가야 사람들을 이렇게 품고 있다, 그러니 백제가 독식할 생각은 말라, 이런 경고겠지. 하지만 지금은 봐준다. 대신 한수 쪽 영토는 많이 양보해라, 이런 신호를 은연중에 보내자는 거지. 그럼 거칠부가 이번 낭성회맹을 철저히 준비하게. 무력과 비차부(比次夫)에게는 폐하의 안위에 만전을 기하라고 하고. 물론 내가 서라벌에서부터 폐하를 모시고 가겠네."

"명을 받들겠습니다."

받아놓은 날은 금방 오는 법이다. 3월 보름날 신라의 낭성 하림궁(河臨宮)에 신라의 진흥왕은 병부령 이사부를 비롯하여 거칠부, 구진(仇珍), 비태(比台), 탐지, 비서(非西), 노리부(弩里夫), 비차부 등 여러 장수를 거느리고 먼저 도착해 있었다. 대가야에서 귀부한 악사 우륵이 제자 이문(尼文)과 함께 먼저 도착해 연회를 준비하느라 분주하게 움직였다. 연회 때 먹고 마실 술과 음식 준비는 서라벌 월성에서 데리고 온 숙수들이 담당했다. 연회의 진행은 우륵이 총괄하기로 했다. 우륵의 음악은 가야금 연주와 노래와 춤으로 이루어져 있었다. 이문은 우륵이 서라벌로 귀부할 때 대가야에서 데리고 온 여인이었다. 이문이 신라 복식을 차려입고 우륵의 가야금에 맞춰 연습으로 춤을 추고 노래했다. 하림궁서 회맹을 준비하는 여러 사내의 마음이 들뜨기 시작했다. 두 나라의 왕이 만나는 중요한 자리였다. 당연히 음악과 춤은 정제된 격식을 갖추어야 했다. 우륵은 우아하면서도 지루하지 않은 선율로 연회를 준비했다.

이윽고 명농왕 일행이 하림궁에 도착했다. 하림궁은 고구려가 낭성 아래 한수 가에 지어놓은 국원(國原) 지역의 치소(治所)였다. 국원은 고구려가 장수왕 이후 점령했던 낭성을 비롯한 한수 상류 일대를 모두 포함하는 지역을 말했다. 신라군이 고구려군과 큰 싸움 없이 국원의 중심지인 낭성을 점령했기에 고구려의 관청을 그대로 사용했다. 현판은 떼어내고 하림궁이라는 새로운 현판을 급히 달았다. 신라의 임금이 머무는 곳이니 궁이라고 불러야 마땅했다.

명농왕은 화려한 치장을 한 황금색 갑옷을 입고 달기장군을 비롯 여러 무장을 데리고 하림궁으로 들어왔다. 명농왕은 보위에 오른지 삼십

년이 다 되어가는 노회한 왕이었다. 풍채도 당당했거니와 나이 오십이 넘어, 일거수일투족에는 제왕의 연륜이 담겨있었다. 반면 진흥왕은 아직 어린 티가 나는 이십 대 청년이었다. 나이로 보자면 진흥왕이 명농왕의 아들뻘이었지만, 회맹은 제왕과 제왕의 만남의 자리였다. 긴장은 했을지라도 큰 덩치의 진흥왕 역시 몸짓은 당당했다. 말 또한 위엄이 있었다. 진흥왕이 먼저 운을 떼었다.

"어서 오십시오, 폐하. 먼 길 오시느라 수고가 많으셨습니다."

"아닙니다, 오히려 나보다 더 먼 곳에서 오시지 않았습니까? 초대에 응해주셔서 감사드립니다."

"초대라니요? 제가 초대한 거지요. 대왕을 뵙고 싶어서 제가 초대를 했습니다."

"그런가요? 하하하. 누가 초대한들 어떻습니까? 여기 들어오면서 현판을 보았더니 하림궁이더군요. 급히 물가에 궁을 마련하셨습니다."

"고구려 관아를 급히 궁으로 바꾼지라 누추하기 짝이 없습니다. 신라의 궁성이야 백제에 비할 수 있을까마는 여긴 더욱 초라합니다. 흉보지 말아주십시오."

"흉이라니요. 이곳은 풍광이 아주 좋습니다. 나이가 드니 풍광이 눈에 들어오더군요. 신라 국왕 폐하께서는 아직 시퍼렇게 젊으시니, 이 늙은이의 마음을 모르실 겁니다."

두 왕의 대화는 서로 주도권 다툼을 하느라 함부로 샅바를 주지 않았다. 이사부를 필두로 배석한 두 나라의 장수들 사이에도 팽팽한 긴장이 흐르고 있었다. 그때였다. 가야금의 선율과 함께 화려하게 차려입은 무희가 연회석 앞에 등장하여 춤을 추기 시작했다. 우륵의 제자 이문이었다. 하늘에서 방금 하강한 선녀인 듯 이문은 사뿐사뿐 발걸음을 움직이면서 뭇시선을 사로잡았다. 느리게 시작한 몸짓은 점점 빨라지더니 마지막에는 몸이 바닥에 닿아 엎드리면서 끝이 났다. 마지막 부복의 몸짓은 왕에게 예를 차리는 의미였다. 이문이 물러가자 이어 가야금의 선율이 조용히 이어졌다. 음식도 먹고 이야기도 하라는, 우륵이 음악으로 보내는 신호였다.

"신라의 음악과 춤이 대단하오. 우리 백제에서도 듣지 못했소이다, 그려."

"저들은 대가야에서 우리 신라에 귀부한 사람들이지요. 그래서 우리 신라에서는 저 악기를 가야금이라 부른답니다."

"아하, 그렇군요. 어쩐지 비파와도 다르고. 선율도 귀에 익은 듯하면서도 새로워서 좋았습니다. 저들을 우리 백제에도 빌려주시지요."

"대왕의 청을 어찌 거절할 수가 있겠습니까만, 우륵이 이미 연로하여 백제까지 나들이할 수 있을지는 모르겠습니다."

명농왕은 대가야 악사가 백제가 아니라 신라에 귀부한 사실이 언짢았다. 어찌 무도한 신라 따위에 귀부한단 말이냐. 악공이 많고 음악이 화려하기야 백제에 비할 수가 없다. 춤사위도 감히 신라와는 비교할 수도 없다. 그러다가 명농왕은 그게 진흥왕의 계략임을 깨달았다. 가야에 대한 주도권을 신라가 가지고 있음을 말하지 않는가. 가야 사람의 음악을 들려주는 이유는 바로 가야에 대한 주도권 주장이다. 애송이가 보통이 아니다. 명농왕은 기 싸움을 할 때가 아니라는 생각이 들었다. 바로 용건을 말해야 한다.

"하하, 그건 그렇고, 내가 신라 대왕께 바로 청을 올리겠소. 우리 백제가 조상의 무덤이 있는 땅을 빼앗기고 눈물로 세월을 보낸 지가 벌써 75년이 지났소. 내 아버지 무령왕께서도 결국 소원을 이루지 못했소. 나도 늙었구려. 죽기 전에 어서 조상님의 고토를 회복하고 싶소. 마침 돌궐이 가을에는 고구려를 공격한다고 하오."

"조상님을 모시는 것보다 더 중요한 게 어디 있겠습니까? 대왕의 꿈을 이루셔야겠습니다. 우리 신라가 무엇을 도와드릴까요?"

"군사를 보내주시오. 우리 백제군이 한성을 공략하고 강 건너까지 진격할 거요. 신라는 백제의 후군이 되어주시오. 앞장서라는 말은 하지 않겠소."

"후군? 후군이라……"

"왜 후군이 마땅하지 않으면 선봉으로 나서도……"

"아닙니다. 대왕. 선봉이냐, 후군이냐, 그게 문제가 아닙니다. 이번 전쟁은 고구려군이 쳐들어와서 방비하는 싸움이 아니라, 우리가 쳐들어가는 형국이니 땅과 사람을 빼앗는다 말입니다…… 그러니……"

"허허. 그러니 뺏은 땅과 사람은 어떻게 하느냐, 그것을 묻고 싶은 게지요?"

"하하, 바로 그렇습니다. 얻는 게 있어야 전쟁에 나선 군사들도 이해를 합니다."

"신라는 여기 국원부터 우두군(牛頭郡)을 비롯하여 평원군까지 6군을 차지하세요. 넓고 광활한 땅입니다."

"우두부터 평원까지라…… 그거 좋습니다. 그곳은 넓고 광활하긴 하지요. 제가 잘은 모르지만, 그곳은 심산유곡이 대부분이 아닙니까? 사람은 적고 산림은 무성하여 거의 무인지경(無人之境)인 땅이지요. 하루를 걸어가도 사람 사는 인가 한 채 만나기 힘들고…… 가끔 사냥꾼이나 심마니는 만날 수 있겠지요. 그런 땅을 전리품으로 내놓기는 아무리 본인이 신라의 왕이라 해도 백성들에게 부끄럽습니다. 백제야 인구가 많고 농사 잘되는 평지 땅이 많아 늘 풍족하지만, 우리 신라는 그렇지 못해 늘 굶주리는 형편입니다. 대왕께서 저에게 인심을 베푸시지요."

"하하하, 신라의 대왕께서도 공부를 많이 하셨군요. 그럼 신라가 원하는 땅이 어디인지 말씀해 보시지요."

"우리 병부령이 말하기를 고구려가 차지하고 있던 잉근내군, 술천군, 금물내군, 개차산군[28]은 여기 국원과도 가까우니 신라 땅이 되면 좋겠다고 하더군요."

명농왕은 잠시 생각을 했다. 처음 주겠다는 6개 군은 땅만 넓었지 실속이 없다. 그것도 고구려군을 물리치고 올라가야 한다. 땅이 넓으니 전선은 턱없이 길어지고 넓어진다. 고구려군이 대응하기에 따라 신라는 수렁에 빠질 공산이 있다. 진흥왕이 새로 요구하는 네 개의 군은 실속 있는 땅이다. 어찌 이 정도까지 준비하였을까? 하지만 이 정도는 양보해야 한다. 그곳을 신라에게 주어도 한수 일대를 차지하면 백제로서는 남는 장사다.

"좋소이다. 그렇게 합시다. 역시 대왕과 직접 이야기를 하니 모든 게 시원시원하게 잘 풀립니다."

---

28) 잉근내군, 술천군, 금물내군, 개차산군은 각각 현재의 지명으로 말하면 괴산군, 여주시, 진천군, 안성시 죽산면

"고맙습니다. 우리 신라는 약조를 지켜 백제의 충실한 후군이 되겠습니다."

고구려 공격 날짜를 정하고 큰 선에서 앞으로 가질 몫에 대한 나눔이 끝나니 낭성회맹은 실질적으로 끝이 났다. 명농왕은 음식도 먹는 둥 마는 둥 하고 급히 돌아갔다.

명농왕 일행이 간 다음에 진흥왕은 이사부와 거칠부를 불러 회맹의 결과에 대해 말했다.

"어떻소. 당초 거칠부가 제시했던 땅을 모두 말했소. 그 명농왕이라는 자가 보통이 아니야. 이사부장군, 내가 잘했소?"

"잘하시고 말고요. 폐하께서 적절히 잘 대응하셨습니다. 4군은 실속 있는 땅입니다. 정말 잘하셨습니다."

"모두 병부령이 알려준 대로 한 겁니다."

"거칠부가 세운 전략입니다. 폐하."

"하하. 그게 다 같은 거지요. 병부령, 이제 어찌해야 하나요?"

"지금 대당 군사를 다 동원하면 2만이 됩니다. 대당 군사를 여기 국원에 머물게 하고 군량을 비축해놓아야 합니다. 올가을 추수 때는 이곳 창고를 먼저 채워넣어야 합니다. 군량을 계속 비축하여야지요. 중간중간 사용할 수 있는 성에 군량을 이동시킬 계획도 짜놓아야 합니다."

"병부령께서 어련히 알아서 하겠습니까? 백제 왕도 갔으니 우리 장수들과 연회를 다시 열어 술과 함께 가무를 즐기고 싶소. 병부령은 어떻소?"

"폐하의 뜻을 따르겠습니다. 소장도 목이 칼칼하여 한잔 생각이 굴뚝 같사옵니다."

"그럼 어서 술상을 차리라 하지요."

진흥왕은 연회가 무르익자 다시 우륵과 그의 제자 이문을 불러 춤을 구경하고 노래와 함께 가야금 소리를 들었다. 진흥왕은 우륵의 연주를 여러 번 청해 듣고는 연회가 파할 무렵 우륵을 가까이 불렀다.

"우륵 선생, 오늘 연주는 잘 들었소. 그래 신라로 귀부하여 불편한 게 없었소? 청이 있으면 말해보시오."

"황송하옵게도 폐하께서 이렇게 배려해주시니 무엇이 불편하겠습니까? 다만 소신이 나이가 있는지라 이미 귀는 어둡고 손은 굳어가고 있습니다. 마침 폐하께서 저를 이곳 국원까지 데리고 오셨습니다. 와서 보니 이곳 경치가 천하일품이라, 폐하께서 허락하시면 이곳에 머물면서 여생을 보냈으면 합니다."

"그게 뭐 어렵겠소. 그렇게 하시오. 내가 이곳에 그대가 머물 집을 마련하라 이르겠소. 다만 서라벌에도 음율을 아는 악사가 있어야 하니, 사람을 뽑아서 그대에게 보내겠소. 잘 가르쳐서 그대의 음악이 신라에서도 세세손손 이어지도록 하시오. 그리고 이문은 더 가르칠 게 있소?"

"이문은 이미 다 가르쳤으니 서라벌로 데려가시옵소서. 서라벌에서 쓰임이 많겠지요. 소리와 춤을 업으로 하는 사람은 남녀를 불문하고 사람들 속에 있어야 외롭지 않습니다. 다른 사람의 즐거움을 자신의 즐거움으로 삼아 사는 사람들이지요."

10

진흥왕이 서라벌로 돌아간 이후 이사부는 국원에 머물면서 휘하 여러 장수와 함께 대당 군사들을 조련하고 면밀하게 북진 계획을 짰다. 강철 같았던 이사부도 예순여섯이 되자 많이 약해졌다. 낮에는 꼬박꼬박 졸기 일쑤였고, 밤에는 오히려 잠들지 못했다. 거칠부가 늘 이사부를 염려했다. 아들이나 다름없었다. 5월 더위가 한창일 때 서라벌에서 이사부에게 급한 연락이 왔다. 진흥왕의 어머니 지소태후가 위독하며, 지소태후가 혼수상태에서 이사부를 찾는다는 전갈이었다. 이사부는 거칠부와 같이 조반을 들다가 그 소식을 듣고는 밥상에 수저를 떨어뜨렸다. 이사부의 손이 심하게 떨리는 것을 거칠부는 보았다.

"장군님, 장군님."

거칠부의 부름에도 이사부에게는 응답이 없었다. 거칠부가 자리에서 일어나 이사부에게 다가서자 그제야 이사부의 대답이 들렸다.

"그래, 나는 괜찮다. 잠시 정신이 나갔었나 보다."

"장군님 정말 괜찮으십니까? 군의를 부를까요?"

"아니야. 괜찮아. 늙으면 가끔 이러니 염려 말거라."

"그래도……"

"아니다, 당장 서라벌로 갈 테니 채비를 하라고 이르게. 부관과 시종 두엇만 데리고 떠나겠네."

"혹 모르니, 경호할 장수를 데리고 가야 합니다. 군의도 데리고 가야지요. 그래야 제가 마음이 편합니다."

"알았다. 혹 내가 9월까지 못 돌아올지도 모른다. 우리가 짜놓은 계획대로 실행하고, 돌발적인 상황이 벌어지면 자네가 판단해서 대당을 지휘하게. 내 부월(斧鉞)을 자네에게 주고 가겠다. 아니, 그럴 게 아니다. 당장 전군의 장수를 들라 하라."

이사부의 명이 떨어지자 한 시진도 안 되어 거칠부를 비롯한 대당의 여덟 장수가 모였다. 거칠부, 구진(仇珍), 비태(比台), 탐지(耽知), 비서(非西), 노리부(弩里夫), 서력부(西力夫), 비차부(比次夫), 미진부(未珍夫) 등이었다.

"내가 서라벌에 다녀올 일이 있다. 태후께서 위독하셔서 아무래도 내가 가보아야겠다. 내가 8월까지 돌아오지 못하면 거칠부가 전체 대당을 지휘하여 북진하라. 제장(諸將)은 함께 의논하여 대처하되 최종적으로는 거칠부의 명에 복종한다. 알겠는가?"

"명을 따르겠습니다."

모든 장수가 동시에 대답했다.

"거칠부는 이 부월을 받으라."
"명을 따르겠습니다."

이사부는 부월을 거칠부에게 주고 하림궁 마당으로 나왔다. 거칠부의 명으로 날랜 기병 50여 명과 군의와 경호대장 무력이 대기하고 있었다.

"어서 가자."

늙은 백발의 장수 이사부에게 어디서 힘이 났는지 이사부는 병사들과 함께 말을 타고 달리기 시작했다. 중간중간 쉼도 있었지만 빠른 속도로 서라벌로 향해, 나흘 만에 서라벌에 도착했다.

이사부는 집에 들러 목욕을 하고 관복으로 갈아입은 다음 입궁하여 태후전에 들었다. 혼수상태에서 며칠을 지내다가 태후가 막 깨어난 참이었다.

"태후마마, 이게 무슨 일입니까?"

태후는 겨우 입을 달싹거려 이사부를 가까이 오게 했다.

"이사부 오라버니, 오셨군요. 오라버니를 보지도 못하고 죽을까 봐 걱정했습니다."
"죽긴 왜 죽어요. 태후, 그런 소리 마시오."

"아닙니다. 갈 때가 되었습니다. 기력이 없고, 정신이 자꾸 빠져 나갑니다. 아버지가 자주 보이구요."

"무슨 말도 안 되는 소리. 내가 태후를 돌보리다."

그때였다. 폐하께서 납신다는 시종의 말이 들렸다. 이사부는 일어나서 진흥을 맞이했다.

"이사부장군, 오셨군요. 어머니께서 찾았습니다."

"폐하께 먼저 사죄를 드립니다. 군영에서 폐하의 명도 받지 않고 이탈하여 이렇게 달려왔습니다."

"아니오, 장군. 내가 전갈을 보냈소. 나도 어린아이가 아니니, 걱정 마세요, 장군."

"황송하옵니다, 폐하. 전장을 다니느라 소꿉친구인 태후마마와는 오래도록 이야기도 나누지 못했습니다. 이왕 서라벌에 왔으니 늙은이끼리 옛이야기나 실컷 하렵니다."

"그렇게 하세요. 전장 걱정은 말고 궁에 머물도록 하세요."

"거칠부에게 부월을 인계하고, 모든 조치는 해놓고 왔으니, 9월 고구려 진격은 큰 걱정 안 하셔도 될 줄로 아옵니다. 여기서도 전장을 챙기겠습니다."

"그렇게 하세요. 장군께서 오셨으니 어머니는 자리에서 훌훌 털고 일어나시겠지요."

"그럼요, 그렇게 되어야지요."

진흥은 나가고 태후와 이사부 둘이 태후 침전에 남았다. 이사부는 태후의 손을 잡고 말했다.

"여전히 손도 고우신데, 죽는다니 그게 무슨 말씀이오?"

"오라버니께서 또 저를 놀리시는군요."

"놀리다니요. 태후께서 오래오래 사셔야지요. 내가 아직 이렇게 건강하지 않소?"

"오라버니, 내가 그때 삼촌과 혼인하지 않겠다 하고 궁을 나가버렸더라면…… 우리, 부부가 되었겠지요?"

"그랬겠지요. 하지만 태왕께서 내 목숨을 거두려 했겠지요."

"그래도 설마 그리까지 하셨겠어요?"

"이제 와 생각하면 이래도 한평생 저래도 한평생인데, 둘이 살았으면 더 좋았겠다는 생각도 합니다."

"오라버니, 이제 무슨 소용이 있겠어요? 그래도 저는 과분하게 사랑을 받으며 살았습니다. 고맙습니다."

"고맙기는. 더 오래 살아야지. 나도 전장에서 물러나 태후와 이야기나 하고 남산 자락과 천경림을 거닐고 그렇게 살다가 가고 싶구려. 태후만 좋다면. 다 늙은 우리에게 누가 뭐라 하겠소?"

"그렇기는 합니다. 저도 털고 일어나 오라버니와 같이 꽃구경도 하고 같이 거닐고 싶네요. 오라버니, 부탁이 있습니다."

"뭐요? 꽃을 꺾어오리까?"

"그게 아니라 내가 죽으면 내 무덤에 오라버니의 칼을 넣어주세요. 저승에서도 오라버니의 칼이 날 영원히 지켜줄 거예요. 오라버니가 옆에만 있으면 나는 어디라도 두렵지 않습니다."

"꼭 그렇게 하리다. 나는 죽어서도 당신을 지키겠소."

태후는 그로부터 한 달을 더 살았다. 태후의 마지막은 아들인 진흥왕과 숙흘종, 그리고 딸 만호공주가 지켰다. 이사부도 옆에서 임종을 지켰다. 지소태후는 법흥태왕의 딸로 태어나 삼촌 사부지 갈문왕과 결혼해 삼남이녀를 두었으나 위로 아들과 딸은 일찍 죽었다. 둘째 아들인 진흥이 왕위를 이었으니 태후가 되어 섭정했다. 진흥이 성장하면서 친정을 하자 태후전으로 물러나 평화로운 노년을 보내다 이 해에 죽었다.

태후가 죽자 이사부는 왕에게 자신이 태후의 장례를 주관하게 해달라고 간청했다. 보통은 왕이나 왕비가 죽으면 나이 든 대아찬급의 신하가 장례를 주관했다. 이사부가 적임이기는 했지만, 북쪽 고구려 전선이 문제였다. 왕은 결단을 내렸다. 이사부에게 태후의 장례를 준비하도록 허락했다.

태후가 죽고 난 뒤 이사부는 한결 쓸쓸하게 보였다. 말수가 현저하게 줄어들어 하루에 몇 마디도 안 하고 지냈다. 혼자서 중얼중얼하는 게 아마도 죽은 태후와 이야기를 주고받느라 그렇다는 소문이 궁중에 떠돌았다. 이사부는 어떤 날은 물력과 이야기했고, 어떤 날은 지소공주와 이야기했다. 어릴 적에 물력과 함께 공주의 무덤에 들어갈 말다래 장식용 비단벌레를 잡으러 다닐 때의 꿈을 꾸기도 했다. 그런 꿈을 꾸고 잠에서 깨면 이사부는 한줄기 눈물을 흘렸다. 모두 갔구나, 하고 이사부는 중얼거렸다. 이사부만 남기고 모두 이사부에게 짐을 떠넘기고 떠나갔다.

이사부는 태후의 무덤 자리를 손수 살피고 매일매일 무덤에 들어갈 부장품이 잘 되어가는지, 무덤에 쌓을 강돌은 잘 준비가 되어가는지를 감독했다. 이사부가 직접 감독을 하니 일은 더욱 빨리 진척되었다. 이사부는 왕을 찾아가 태후의 능에 자신의 이름을 새긴 큰 칼을 하나 넣어도 되겠는지를 물었다. 진흥왕은 혼란스러워졌다. 이름이 새겨진 큰 칼은 무덤 주인의 칼을 의미한다. 부인의 능이면 칼이 들어가지 않는다. 만약 지소태후의 능에 칼을 넣는다면 아버지 사부지 갈문왕의 이름이 새겨진 칼을 넣어야 마땅하다. 그런데 이사부의 이름이 새겨진 칼을 넣는다고? 왕은 순간적으로 이사부가 나이가 드니 망령이 났나 하고 생각했다. 궁중에 떠도는 소문에는 이사부가 시도 때도 없이 지소를 부르면서 중얼거리고 다닌다고, 망령이 들어도 단단히 들었다고 했다. 진흥왕이 망설이고 있으니 이사부가 청을 이었다.

"폐하, 태후마마의 능에는 칼이 필요 없거나 필요하다면 사부지 갈문왕의 이름이 새겨진 칼을 넣어야 마땅하지만, 태후마마는 생전에 소장에게 부탁하기를 소장의 이름이 새겨진 칼을 넣어달라 하셨습니다. 저의 칼이 문지기가 되어 태후마마를 지켜드려야 합니다."

"그래요? 어머니가 그렇게 말씀하셨다고요? 병부령의 말씀이니 당연히 믿어야지요. 그럼, 그렇게 하세요. 아니 그 칼은 내가 만들어 드리겠소."

진흥왕은 왕실 장인이 만들어 놓은 장도에 尔斯智王(이사지왕)[29]이라는 글짜를 새겨 넣게 했다. 이사부를 왕이라 하지 않고 왕비의 무덤에 칼자루를 넣을 수는 없었으므로 이사지왕이라는 글자를 새기게 했다. 칼이 완성되자 왕은 이사부를 불러 칼을 하사했다.

"여기에 이렇게 명문을 새겼소. 尔斯智王(이사지왕)이라고."
"이사지왕이라니요? 가당치 않습니다, 폐하."

---

29) 경주 금관총에서 발견된 환두대도에 새겨진 명문

"아니오, 이사부장군의 노고에 내가 더욱 감사하고 싶습니다. 그리고 왕이라 불러도 됩니다. 이사부장군도 갈문왕이나 마찬가지. 안 그렇습니까? 핏줄로 보아도 그렇고 공적으로 보아도 그렇습니다. 장군도 아시겠지만, 우리 신라 왕실의 법도가 왕비의 무덤에는 왕에 걸맞은 부장품을 넣어야 하지 않습니까? 그러니 칼도 이렇게 만들었습니다."

"참으로 황송하옵니다. 황송하옵니다. "

이사부는 진흥왕에게 엎드려 한참을 울었다.

"백제와 약속한 날이 다 되었구려, 병부령."

"폐하, 이제부터 제가 전선의 상황을 챙기겠습니다. 장례는 내년이니 천천히 준비를 철저히 하겠습니다."

그제야 이사부는 정신이 들었다. 아득히 젊은 날 실직주 군주가 된 이후 거의 50년 동안 신라의 모든 전장을 누비고 다녔다. 말 위에서 잠을 자고 밤이슬을 맞으며 신라 강역을 누비고 다녔다. 바다와 산야를 종횡하며 적과 맞섰다. 장수야말로 이사부의 길이 아니었던가. 지소태후로 말미암아 잠시 정신이 흐려졌다. 이사부는 전장으로 가야지, 하면서 일어서다가 바로 쓰러져버렸다.

이사부가 궁에서 혼절하자 월성이 난리가 났다. 어의가 와서 황급히 진맥하였다. 어의는 나이가 있는 데다 피로가 누적되어 잠시 혼절했다고 왕에게 말했다. 하지만 이사부는 깨어나지 않았다. 이사부는 깊고 깊은 잠을 잤다. 긴 잠을 잤다. 지소부인과 손 붙잡고 아득한 저승길을 동행하는지도 몰랐다.

II

드디어 출전(出戰)이다. 명농왕은 한밭의 벌판에서 2만의 백제 군사와 5천의 가야군사를 보면서 속으로 중얼거렸다. 얼마나 기다렸나. 아버지 무령왕의 뜻이었다. 본인이 왕이 된 지도 27년이 지났다. 웅진에서 사비로 도읍지를 옮긴 이유도 바로 오늘의 출전을 위함이었다. 배후에 있는 도읍지를 안정시켜놓고 적을 친다. 오래전 할아버지 개로왕이 적에게 참살당하자 백제는 정신없이 후퇴하여 웅진으로 도망쳤다. 다 되갚아주리라. 우리가 도망쳤던 그 길로 북진한다. 앞에 걸리면 모조리 참살한다.

명농왕은 선봉장에 가마(哥麻)장군, 기마대장에 마무(馬武)장군, 보병대장에 고분(高分)을 세우고, 가야의 군사들은 중군에 속하게 하면서 중군장으로는 백전노장 달기를 임명했다. 태자 창(昌)은 사비에 머물면서 혹 모르는 고구려의 우회 공격에 대비하게 하고, 군량미 조달 등의 후속 병참 일을 맡겼다. 오래 준비된 공격이었기에 한밭부터 각 진격지 곳곳에 있는 백제의 성과 보루에는 군량미가 충분히 쌓여있었다. 전투병이 식량을 무겁게 짊어지고 전쟁터로 나가면, 전쟁에서 힘을 제대로 쓰기도 전에 지친다. 전투병은 전투 때 최대의 힘을 쓸 수 있게 힘을 비축시켜 두어야 한다.

명농왕의 계획대로 백제와 가야의 연합군은 거침없이 북진을 시작했다. 명농왕은 고구려 기마병의 전격전에 휘말려 한성을 빼앗겼던 일을 잊지 않고 있었다. 고구려 철갑기병의 기동력과 돌파력을 백제가 감당해낼 수 없었던 게 바로 패인이었다. 명농왕은 그런 전철을 밟을 수는 없었다. 기마병에는 기마병으로 맞서야 했다. 사비로 도읍을 옮긴 후 주력했던 게 바로 철갑기마병 양성이었다. 백제는 1만 철갑기마병을 양성했다.

명농왕의 군대는 한밭을 출발하여 하팔(河八)과 매홀(買忽)[30]을 지나 탄천으로 행군했다. 대병이라 평지를 따라 행군하여 한성에 이르는 길을 택했다. 가는 길에 큰 산과 고개가 없어 행군 속도는 빨랐다. 고구려군이 막아서지도 않았다. 명농왕은 의아스러웠다. 매홀 정도에서는 고구려 군대가 막아설 줄 알았다. 하지만 고구려 군대는 모두 한성으로 철수한 듯했다. 고구려군이 사용했던 보루나 막사를 보면 황급히 철수한 흔적이 역력했다. 고구려군은 지고 갈 정도의 군량만 가지고 가고 나머지는 불태웠다. 고구려군의 막사에는 무기를 제외한 기물들이 매캐한 연기를 내며 타고 있었다.

"달기장군."

"말씀하시옵소서, 폐하."

"고구려 군대가 왜 모두 철수해버렸을까? 보루와 성을 연결해서 싸우면 백제군의 피해도 상당했을 테고, 진격 속도도 늦어졌을 거 아닌가.

---

30) 하팔은 현재의 평택, 매홀은 오산, 수원 일대

혹시 대군이 어디 숨어있다가 우리 후방을 공격하는 건 아닐까?"

"그건 아닐 겁니다, 폐하. 저도 그게 의심스러워 척후를 계속 내보내고 있습니다만, 고구려군은 모두 한성 방향으로 철수한 게 분명합니다. 아마도 탄천 벌판에서 우리 백제군과 한판 붙자는 전략일 수도 있습니다."

"그럼 기병끼리 붙어 승부를 내자?"

"그렇습니다. 고구려는 워낙 기병이 강하고 기병 전술에도 능하니까요."

"그렇지. 한판으로 끝장을 보자 이거지?"

"그렇습니다."

"알았네, 그럼 차근차근 대형을 유지하면서 선봉과 중군의 거리를 적당히 유지하고 행군하게. 빨리 움직여 말과 병사들이 지쳐서는 곤란해."

"명을 받들겠습니다."

그 무렵 고구려 평양에서는 평성왕(平成王)[31]이 신하들과 거듭 대책을 논의하고 있었다. 남쪽 변경에는 백제의 명농왕이 대군을 이끌고 쳐들어왔다. 거의 동시에 북서쪽 변경에는 돌궐이 국경을 넘어 신성(新城)을 공격해왔다. 아래위로 적을 맞았으니 고구려의 위기였다.

돌궐은 위나라가 강할 때는 위나라의 위세에 눌려 지내던 유목인들이었다. 돌궐은 유목인이면서도 특이하게 쇠를 잘 다루어 금산(金山) 일대의 야철을 녹여 무기나 농기구를 만들어 다른 유목 족속들에게 공급하였다. 위나라가 혼란해지자 돌궐 부족의 군장이었던 토문(土門)은 돌궐 부족을 통합하여 왕이 되었다. 토문은 위나라와 사돈이 되면서 더욱 세를 과시하고 싶어졌다. 돌궐이 고구려를 건드려 제대로 자신들의 위세가 먹히면, 돌궐은 그것만으로도 북방의 새로운 강자로 부각한다. 고

---

31) 평성(平成)은 양원왕의 이름

구려는 돌궐에 사신을 보내 토문을 달래려고 했다. 하지만 토문은 돌궐을 형님의 나라로 예를 다하고 조공을 바치라고 요구했다. 고구려로서는 치욕이었기에 도저히 들어줄 수 있는 조건이 아니었다. 고구려는 돌궐과의 협상이 틀어지자 돌궐의 침략에 대비해 신성과 백암성을 수리했다.

고구려가 북방의 나라와 전면전을 벌인 건 실로 오래간만이었다. 고구려는 광개토대왕 이후 150년 이상을 북방 족속에게 침략받지 않았다. 신성은 돌궐의 악착같은 공격에도 잘 버티었다. 돌궐은 신성을 쉽게 함락할 수 없음을 알고 군사를 빼서 백암성을 공격했다. 평성왕은 고흘(高紇)장군에게 병사 1만을 주어 백암성을 공격하고 있는 돌궐의 뒤통수를 치게 했다. 한편으로 자신도 1만의 군사를 이끌고 한수 바로 위의 남평양성으로 내려갔다. 고구려는 장수왕 때 점령한 한수 바로 이북 아차산 일대를 남평양성이라 이름했다.

백제 명농왕의 기병과 고구려 철갑기병은 탄천 벌판에서 대치했다. 백제의 선봉장 가마장군과 기병대장 마무장군은 어서 빨리 공을 세우고 싶었다. 가마장군과 마무장군의 말이 고구려 기병대로 돌진하자 백제 기병들도 함성을 지르며 적진으로 일제히 달려들었다.

전투에서는 적의 화살이나 창칼이 한 치만 비켜나도 산다. 반대로 운 나쁘게도 비켜날 것이 한 치만 바로 들어와도 죽는다. 전장에서 병사들은 늘 불운이 자신을 덮칠까 봐 두려움에 떤다. 전투는 죽음을 동반하기에 늘 두려울 수밖에 없다. 그 두려움을 이겨내면 살고, 이겨내지 못하면 죽는다. 선두에서 용감하게 돌격하는 용사가 있으면, 그 용사의 기운이 모두에게 전해져서 모두가 용감한 병사가 된다. 용감한 군대가 죽음도 불사하고 달려들어 한쪽 진영을 무너뜨려 사상자가 나기 시작하면, 당하는 쪽은 공포가 삽시간에 군대 전체에 퍼진다. 공포를 느끼면 바로 오합지졸이 되어 제각기 자기 목숨을 살리기 위해 도망가기 시작한다. 이때부터 인간 사냥이 시작된다.

백제의 가마장군과 마무장군이 죽음을 불사하고 고구려의 철갑기병 진영으로 돌진하여 진을 무너뜨렸다. 한때 무적이었던 고구려의 철갑기병은 같은 철갑으로 무장한 백제 기병이 죽기 살기로 달려들자, 처음에는 당황했고 다음에는 겁을 집어먹었다. 그러고는 도망쳤다. 기병은 적에게 뒤를 보이면 이미 죽은 목숨이나 마찬가지다. 고구려 기병이 꽁무니를 빼자, 백제 기병은 잔인한 살육전을 전개했다. 말과 인간이 넘어지면서 뒤엉키고 싸우고 죽이는 동안에 상당수 고구려 기마병은 그 틈을 이용해 도망쳤다. 고구려 병사들은 꽁무니를 빼서 한성 남성으로 들어가버렸다.

명농왕은 탄천 벌판 기병 싸움에서 고구려를 제압했다. 이어 바로 한성 아래에 진을 쳤다. 명농왕은 한성을 바라보았다. 자신은 태어나서 처음 보는 성이었다. 한성은 명농왕의 조상이 정사를 펼쳤던 백제 5백 년의 도읍지였다. 개로왕 할아버지가 부하에게 붙잡힌 곳이 아마도 이쯤이겠지. 여기서 붙잡혀 저 강을 건너 저 산 아래서 참수당했을 테지. 본적도 없는 할아버지지만 그때의 광경이 명농왕의 눈앞에 그려지는 듯했다. 고구려가 한성을 점령한 뒤 북성은 불에 타버려 폐허가 되었다. 남성은 고구려가 수리하고 보강하여 자신들의 성으로 사용하고 있는 터라 남성을 공략하기는 쉽지 않았다.

남성의 고구려군은 사기가 땅에 떨어졌다. 한성 이남에 있는 고구려군을 모두 모아 탄천에 방어선을 쳤건만 백제의 기병에게 여지없이 돌파를 당했다. 넓은 벌판에서 기병끼리 싸워 패한 일은 처음 있는 일이었다. 고구려 군부는 몹시 당황스러웠다. 남은 병사는 모두 한성으로 도망쳐 성안에 웅거했다. 좋은 소식도 전해졌다. 강 건너 남평양성으로 1만 구원병이 오고 있다는 소식이었다. 평성왕이 직접 오고 있다고 했다. 그렇다고 명도 받지 않고 함부로 성을 버리고 도주할 수는 없는 일이었다. 그때 평성왕의 명이 하달되었다. 성을 버리고 강을 건너 본진에 합세하라는 명이었다. 고구려 병사들은 밤을 이용해 성을 빠져나가 배를 타고 한수를 건너 남평양 본진에 합류했다.

명농왕은 고구려의 한성 병사들이 야음을 틈타 북문을 열고 도주하고 있다는 보고를 받았다. 달기장군은 성을 포위하고 북문도 막아서서 모조리 참살하자고 했다. 하지만 명농왕은 한성이 전쟁터가 되는 게 싫었다.

"그냥 두어라. 성을 그대로 보존하는 게 더 중요하다. 저건 고구려의 성이 아니다. 본디 백제의 도읍지다."

만약 백제군이 공격하면 남성은 쑥대밭이 되거나 철수하는 고구려군이 불을 지를지도 모를 일이었다. 백제군의 공격이 없으면 고구려군은 몰래 빠져나가기 위해 성을 잘 보전해둔 채 달아날 터였다. 과연 명농왕의 생각대로였다. 고구려군은 성은 그대로 두고 황급히 빠져나갔다. 고구려군이 완전히 빠져나가고 난 뒤 다음 날 아침 명농왕은 서문을 통해 한성으로 들어섰다. 들어서면서부터 명농왕은 굵은 눈물을 떨어뜨렸다.

"마침내…… 한성을 되찾았구나. 할아버님께 고할 수 있겠구나."

장수왕이 공격하여 북성을 불태우고 남성을 점령한 게 개로왕이 죽던 해이니 실로 76년 만에 조상의 고토를 회복했다. 그날 이후 백제는 도읍을 두 번이나 옮겼다. 여러 왕이 신하들에게 시해되었다. 명농왕의 아버지 무령왕이 들어서서야 백제는 겨우 나라다운 나라가 되었다. 그리고 드디어, 드디어 오늘이었다. 명농왕 자신이 한성을 되찾았다. 마침내 고토를 회복했다. 이제 조상님들에게 떳떳하겠다.

명농왕은 여러 장수를 데리고 중전(中殿)으로 들어갔다. 고구려도 중전을 잘 보존하여 사용했다. 건물이 훼손되지는 않았다.

"바로 여기구나. 내 할아버지가 정사를 보던 곳이."
"폐하, 감축드리옵니다. 이런 날이 드디어 왔사옵니다."
"폐하, 감축드리옵니다."

달기장군의 말에 따라 여러 장군이 입을 모아 축하 인사를 했다.

"달기장군, 남성에서 서쪽으로 조금만 가면 우리 조상님들의 돌무지무덤이 있다고 들었다. 마음이야 지금 당장 달려가고 싶다. 하지만 아무리 전장터라도 제사상에 올릴 제물이라도 마련해야 하지 않겠는가? 어서 준비해서 돌무지무덤으로 가서 제사를 지내도록 준비를 해주게."
"명을 받들겠습니다."

명농왕은 돌무지무덤에 제사를 지내러 가기 전에 제물을 마련하는 시간에 군사들을 푹 쉬게 했다. 세작이 보내온 정보에 의하면 평성왕은 돌궐이 쳐들어온 백암성에는 고흘장군을 보내고, 남평양으로는 직접 1만의 보병을 이끌고 왔다고 한다. 평성왕이 강을 건너 백제와 전투를 할지 아니면 남평양만 지키려 할지 그건 아직은 모른다. 명농왕은 둘 다 자신이 있었다. 아직 전투에 투입되지 않은 신라의 병력은 그대로 남아 있다. 백제와 가야 연합군도 거듭된 승전으로 인해 사기가 매우 높다.

명농왕은 때를 보고 있었다. 평성왕은 남평양성에 도착해 군사들을 쉬게 하고 한수 남쪽에서 패전하여 후퇴한 병사들을 독려했다. 평성왕은 아차산에 여러 개의 보루를 세우고 백제 기병의 도강에 맞서 목책을 설치했다. 명농왕은 평성왕이 방어전에 대비하자 오히려 안도했다. 아마 북쪽 변경에서 돌궐과 계속 싸움이 벌어져 고구려가 남쪽 전선에서 공세적으로 나오지 못할지도 몰랐다. 백제도 여러 군을 점령하면서 재빨리 공격하느라 전선이 길어져 정비가 필요했다.

명농왕은 조상들의 돌무지무덤 한쪽 옆에 비록 규모는 작아도 참수당해 죽은 개로왕 할아버지의 능을 만들면서 시간을 보냈다. 돌방에 들어갈 부장품을 당장 구하기 어려워 할아버지의 인형을 만들어 가묘에 집어넣었다. 여드레 정도를 그렇게 시간을 보냈을까? 드디어 초겨울이 되니 한수에 새벽 안개가 자욱이 깔리기 시작했다.

백제 보병은 안개가 앞을 분간하기 힘든 새벽에 일제히 강을 건너 고구려 진지를 공격했다. 날이 밝자 백제군은 고구려군의 방해 없이 모두 강을 무사히 건넜다. 말과 군량도 무사히 강을 건넜다. 명농왕은 아차산이 남쪽으로 뻗는 양 갈래 줄기 사이에 위치한 남평양성 아래에 백제와 가야 연합군 2만 대군을 집결시켰다. 강 건너 남쪽에는 신라의 2만 대군이 도착해 있었다.

명농왕은 모든 장수를 불러 모았다.

"이곳에서 나의 할아버지 개로왕께서 적의 칼에 무참히 돌아가셨다."

장수들은 명농왕의 비장한 말에 아무런 말도 할 수 없었다. 목젖을 삼키며 명농왕의 다음 말을 기다렸다.

"저 성에 고구려의 왕이 있다. 제장들은 죽음을 각오하고 이번 전투에서 반드시 승리하라. 병사들에게 일러라. 고구려의 왕을 사로잡으면 큰 상을 내리겠다. 할아버지의 원수를 갚자."

백제군의 공격이 시작되었다. 남평양성은 남쪽만 길게 토성으로 쌓여 있었다. 서쪽과 동쪽과 북쪽은 아차산의 줄기였다. 남평양성을 공략하는 방법은 두 가지였다. 희생을 각오하고 산을 기어올라가 보루를 점령해 아래로 내려가는 방법과 남쪽 토성에 군사력을 집중시켜 넘어서는 방법이었다. 명농왕은 가야 병사들에게는 동쪽 산을, 가마장군에게는 서쪽 산 공략을 맡겼다. 산은 가파르고 보루가 요소요소에 있어 대단히 무모한 공격이었다. 하지만 적의 병력을 붙들어놓는다는 면에서 반드시 시도해야 할 공격이었다. 명농왕의 주력군은 남쪽 토성을 공격하기 시작했다. 투석기가 제작되면서 백제군의 공격은 활기차게 시작되었다. 하지만 고구려군의 반격도 만만찮았다. 고구려군도 역시 투석기로 돌을 날렸다. 백제군의 피해도 상당히 늘어났다. 운제차를 동원하여 토성 벽에 사다리를 걸쳐 놓고 몇 번의 총공격을 감행했으나 고구려군은 잘 버티면서 백제군의 공격을 막아냈다. 사흘째 되는 날이었다. 백제군은 불화살을 날리면서 화공과 동시에 야간 공격을 시작했다. 명농왕은 그날 밤 안으로 반드시 남평양성을 점령하라 명령했다. 백제군의 함성이 어둠 속에서 울렸다. 투석기에서는 불과 기름이 뒤섞인 볏짚 뭉치가 성안으로 날아 들어갔다. 사흘째의 공격으로 고구려 병사들은 매우 지쳐있었다. 토성벽 어느 한쪽에서 사다리로 백제 병사가 밀고 올라갔다. 일단의 병사들이 성안에 들어가기 시작하자 전투는 성안 여러 곳에서 접근전으로 바뀌었다. 이대로 가다가는 고구려 평성왕의 안위가 불안했다. 고구려의 장수들은 평성왕을 겹겹이 에워싸고 담을 넘어 북쪽 보루로 올라갔다. 평성왕이 조그만 남평양성에서 옥쇄할 수는 없는 일이었다.

고구려군은 만일을 대비하여 왕이나 군사가 북으로 철수할 수 있는 산길을 닦아놓았다. 평성왕과 많은 군사는 그 길로 북으로 철수했다. 백제군은 평성왕과 고구려군을 쉽게 추격할 수가 없었다. 보루에서는 여전히 고구려 군사가 남아 항전을 계속했기 때문이었다. 하지만 아차산의 보루는 아래에서 보급이 없으면 오래 버틸 수가 없다. 물이야 비축해 두었다 하더라도 길어야 열흘 정도면 고갈되었다. 군량도 마찬가지였다. 연결된 보루성은 어느 한쪽만 무너지면 연쇄적으로 무너지게 되어 오래 방어하기도 곤란했다. 백제군이 보루 점령을 시도하자 어느 날 밤 고구려군은 감쪽같이 북쪽으로 도주하고 말았다. 보루에 있던 병사들은 왕과 주력 병사들이 북으로 후퇴할 시간을 벌어주고 자신들도 사라져버렸다.

쑥대밭이 된 남평양성에서 물러나 명농왕은 강을 건너 되찾은 한성으로 돌아왔다. 신라의 거칠부가 명농왕을 찾아왔다.

"폐하, 감축드리옵니다. 얼마나 기쁘시겠습니까? 76년 만이라구요?"

"하하하, 그렇소. 거칠부장군. 76년 만에 고토를 찾았소. 다 잡은 평성왕을 놓친 게 좀 원통하기는 하지만. 하하하."

거칠부는 명농왕이 다소 과장되게 웃는다고 생각했다.

"우리 신라가 나서야 할 때가 되었습니다."

"그렇게 하도록 하시오. 우리 백제 병사는 남평양성과 여기 한성에 주둔하기로 하겠소. 물론 나야 사비로 곧 돌아가겠지만."

"어디까지 갈 수 있을지는 모르지만, 갈 데까지 밀고 올라가보려 합니다."

"혹 고구려의 도읍지까지 가는 게 아니오?"

"고구려가 그렇게 호락호락한 나라가 아니질 않습니까?"

"그렇긴 하지."

거칠부는 한수를 건너 아차산 동쪽 연안으로 군사들을 상륙시키고 곧장 북으로 나아갔다. 고구려 병사들이 이미 철수했으므로 전투다운 전투는 없었다. 신라 군사들은 매성(買省)을 거쳐 마홀(馬忽)까지 거침없이 올라갔다. 마홀을 지나 양골(梁骨)[32]에 이르렀을 때 어디선가 승려들이 나타나 거칠부 앞을 가로막았다. 군사들이 승려들을 제압하려 했으나 거칠부는 뭔가 짚히는 데가 있어 군사들을 제지하고 승려들을 데려오라고 했다. 그중에 한 승려를 보고 거칠부는 깜짝 놀랐다.

---

32) 매성은 현재의 양주, 마홀은 포천, 양골은 영평

"아니, 혜량법사가 아니시옵니까? 여긴 어쩐 일로 오셨습니까? 전쟁이 한창인데."

"거칠부장군, 지난 을축년에 평양에서 장군을 만났을 적에 드린 말씀을 기억하십니까?"

"기억하다마다요. 어찌 목숨을 살려주신 은인의 말씀을 잊어버리겠습니까? 그간 별고 없으셨습니까?"

"허허. 별고가 있으니 소승이 이렇게 길가에서 장군을 기다리고 있었지요."

"그렇습니까?"

"주위를 물려주시지요. 잠시 소승이 장군의 관상을 봐드리리다. 지난번에 잘못 봐 드린 것 같아서요. 하하하."

"장수의 상이라 하셨는데 장수가 되었으니 틀린 것도 아닙니다."

거칠부는 혜량이 뭔가 긴요한 말을 하려 한다는 것을 눈치챘다. 거칠부는 길가 민가를 찾아들어가 주위를 물리고 혜량과 마주 앉았다.

"스님, 무슨 말씀입니까?"

"소승이 며칠 전 고구려의 폐하를 알현했습니다. 폐하께서 소승에게 이르시더군요. 신라의 거칠부장군을 찾아가 아주 비밀리에 제안을 해보라고 하셨습니다."

"저를 찾아서요? 그 참."

"우리 고구려도 눈과 귀가 있답니다. 장군이 지난 을축년에 평양에 왔다가 살아간 이유가 다 있겠지요. 아직도 소승이 장군을 살렸다고 생각하십니까?"

"아니, 그럼. 누가? 설마!"

"그것이야 다 지나간 일이니 덮어두고요."

"좋습니다. 어떤 제안인지 말씀하시지요."

"고구려와 신라는 예전에 형제처럼 지냈습니다."

"그렇습니다. 하나 그게 문제가 되었지요. 고구려는 형, 신라는 아우였다는 게 문제였지요."

"바로 그겁니다. 그래서 이번에는 고구려와 신라가 친구처럼 지내자는 게 고구려 폐하의 뜻입니다."

"친구처럼요?"

"그렇습니다."

"친구라…… 뜻은 잘 알겠습니다. 하지만 이게 상당히 구체적인 조치가 필요한 사항이라서요."

"소승도 잘 알지요. 폐하께서는 임진수와 대탄강[33]을 경계로 하고 고현(高峴) 아래까지는 양해를 하시겠다고 합니다. 물론 남평양을 신라가 차지해도 반대하시지 않으시겠답니다."

"남평양도요? 그래요? 분명히 그렇게 말씀하셨습니까?"

"그렇습니다."

"좋습니다. 하지만 이건 제가 마음대로 결정할 수 있는 사항이 아닙니다. 병부령께서 계시면 당장 가부를 알려드릴 수 있겠으나 지금 서라벌에 계십니다. 군사들을 이곳에 주둔하게 하고 서라벌에 다녀오겠습니다. 아니 그럴 게 아니라 법사께서도 서라벌에 함께 가시죠. 흥륜사에 주석하면서 불법을 설하실 덕이 높은 스님이 우리 신라에는 없습니다. 법사께서 가시면 저희 폐하께서 대단히 기뻐하실 게 분명합니다. 스님

---

33) 현재의 한탄강

께서 신라의 중생도 보살펴주셔야겠습니다."

"하하, 소승이 무슨 덕이 있겠습니까? 하지만 부처께서도 도를 전하라 하셨기에, 불제자로서 제가 신라에 필요하다면 당연히 가겠습니다."

거칠부는 전체 장수를 소집하여 상황을 설명했다. 고구려가 신라와 손잡자고 하니, 서라벌로 가서 폐하와 병부령의 재가를 받아와야겠다. 그동안 구진, 비태, 탐지, 비서, 노리부, 서력부, 비차부, 미진부 장군에게 점령할 땅을 알려주었다. 거칠부는 왕의 재가가 내려진다고 보고 우선 땅부터 점령해놓고 보자는 심산이었다.

"여러 장군은 각자 맡은 곳으로 가서 점령하되 혹 고구려 병사들이 있으면 해치지 말고 북으로 가게 해주기 바라오. 점령한 곳은 고구려의 성이나 보루를 활용하여 우리 신라의 요새로 튼튼하게 고쳐 쌓기 바라오. 우리의 발길이 닿은 그곳이 모두 신라의 강역이오."

거칠부는 그렇게 단속을 한 뒤, 혜량법사 일행과 함께 서라벌로 향했다. 서라벌에 도착하자 거칠부는 혜량법사를 수레에 태워 월성으로 입궁시켰다. 혜량법사는 황금빛 금란가사를 어깨 위에 두르고 진흥왕을 배알하였다. 기력을 회복한 이사부도 배석한 자리였다. 진흥왕은 혜량법사에 대한 여러 이야기를 이사부에게 들어 익히 알고 있었다. 진흥왕은 왕좌에서 내려와 반가운 친구를 만나듯 혜량의 손을 잡으며 말했다.

"오, 그대가 바로 혜량이구려. 혜량이야. 반갑고도 반갑소이다."

"소승이 폐하를 뵙습니다."

"그래, 서라벌에 오신 걸 환영하오. 오느라고 힘들지 않으셨소?"

"거칠부장군이 워낙 길잡이를 잘하여서 제 집에 오듯 편안히 왔습니다."

"그래요? 그럼 여기가 법사의 집이요. 그리고 혜량법사."

"하명하시옵소서. 폐하."

"우리 신라는 흥륜사를 크게 지었소. 나의 아버님이 승려가 되어 돌아가셨고, 나의 어머니 역시 마찬가지요. 불법으로 우리 신라를 뒤덮게 하고 싶단 말이오. 하나 지금 우리 신라에는 아직 배움이 짧은 스님들만 계시오. 부디 혜량법사께서 서라벌에 머물면서 불법을 백성들에게 알려주시오."

"미천한 소승이 어찌 그렇게 할 수 있겠나이까? 소승은 그저 염불 한 자락 하나이다."

"아니오. 혜량법사께서 서라벌에 머물기만 한다면야 우리도 고구려처럼 백좌강회를 열 수 있지 않겠소? 지금 우리 스님으로는 그게 어려워요."

"백좌강화야 언제든지 가능합니다. 나아가 팔관법회(八關法會)도 열 수가 있겠지요. 폐하께서 이렇게 불법에 열심이면요."

"팔관법회도? 그거 대단합니다. 혜량법사. 당장 오늘부터라도 준비해주시오. 내 그대를 승통(僧統)으로 삼아 우리 신라에 부처님의 빛이 가득하도록 하겠소. 광명(光明)이 그대와 함께 우리 신라에 찾아왔소."

혜량은 승통으로 삼는다는 말에 깜짝 놀랐다. 신라에 머물면 자신에게 어떤 역할이 주어질 줄은 알았지만, 그 정도인 줄은 몰랐다. 승통이라면 중의 왕이다. 그래, 그렇다면 신라에 머물면서 할 일을 해보자, 부처의 법이 동방으로 온 이유를 내가 증명해보자, 이런 생각을 했다.

"혜량법사는 오늘부터 바로 흥륜사에 주석하시오. 같이 온 그대들의 제자들도 함께 해주길 바라오. 부디 우리 신라의 광명을 축수하고 신라를 불국(佛國)으로 이끌어주시오."

"폐하의 환대가 송구하옵니다. 다만 한 가지, 신라와 고구려가 군사를 동원하여 원수처럼 대치하고 있어서, 큰 싸움이 일어날까 염려되옵니다. 그것이 두렵사옵니다."

"허허. 나라의 흥망은 하늘에 달려있다고 했소이다. 만약 하늘이 고구려를 미워하지 않는다면 내가 어찌 고구려의 망함을 바라겠소. 너무 염려 마시오."

"폐하의 크나큰 은혜를 어찌 다 갚을 수 있을까마는 백골난망의 마음으로 충심을 다해 갚겠나이다. 나무아미타불."

공식적인 환대가 끝나고 정청의 병부령 방에서 이사부와 거칠부는 혜량을 다시 만났다. 이사부가 혜량에게 물었다.

"법사, 신라와 동맹을 맺는다면 고구려는 고현 아래의 땅은 양해하겠다, 이 말씀이 확실하오?"

"그러합니다. 단 임진수와 대탄강 너머로는 욕심을 내지 말라는 뜻입니다. 또 하나는……"

"또 하나는?"

"백제가 이번에 뺏아간 남평양과 그 아래 땅 6개군을 신라가 차지해도 양해를 하겠다고 하셨습니다."

"남평양 아래 6군까지?"

"그렇습니다."

"음……"

이사부는 잠시 눈을 감았다. 북쪽 변경에서 돌궐과 싸우는 처지의 고구려는 적을 하나라도 줄여야 한다. 아무리 고구려라 하더라도 북쪽의 돌궐과 남쪽의 백제, 신라, 가야, 심지어 왜국까지 적으로 두고서야 어찌 국가의 편안함을 장담하겠는가. 가야와 왜국은 백제와 연합국이라 하더라도 신라만이라도 적군(敵軍)에서 우군(友軍)으로 돌릴 수만 있다면 고구려로서는 큰 부담을 덜게 된다. 만약 백제와 신라가 싸운다면? 그럴 땐 고구려에게 금상첨화다. 어부지리도 이런 어부지리가 없다. 남쪽 변경은 전혀 신경을 쓰지 않고 북쪽만 집중하면 된다.

신라는 어떤가? 고구려를 우군으로 삼으면 백제와는 적국이 된다. 그게 신라로서는 매우 부담스럽다. 하지만 한수 하류와 남평양과 백제가 차지한 6군과 이번에 신라가 새로 점령한 10군을 합치면, 새로 얻는 땅은 과거의 신라 전체 강역보다 더 넓다. 하지만 그렇게 되면 백제와 고구려가 서로 맞대는 변경이 사라진다. 신라가 두 나라와 다 변경을 맞대야 한다. 두 나라를 동시에 상대해야 한다는 말이다. 신라가 그렇게 해도 견딜 수 있을까? 이사부는 자신이 살아있으면 그걸 감당할 수 있겠다고 생각했다.

"내 나이 예순여섯이라."

"네? 무슨 말씀이신지?"

거칠부가 이사부에게 물었다.

"아니다. 혼잣말을 했다. 내가 죽으면 거칠부가 감당하겠지만, 자네 마저 죽으면 누가 감당할꼬?"

"무슨 말씀인지?"

"아니다. 그냥 해본 소리다."

그때 혜량법사가 웃으며 말했다.

"하하하. 그건 그때 사람이 할 일입니다."

이사부는 혜량이 자신의 걱정을 알고 말했다는 느낌을 받았다.

"역시 법사는 단수가 높으시오."

"하하하. 장군님, 중은 일하지도 않고 싸우지도 않고 늘 공밥을 먹고 삽니다. 그러니 눈치가 없으면 굶어 죽기 딱 맞지요. 특히 높으신 분들 의 눈치를 잘 보지요."

"하하하. 역시 그렇군요. 혜량법사 눈치가 대단하오. 그럼 내가 그대 에게 묻겠소."

"그리하십시오, 장군님.

"그대는 신라에 계속 머무시겠소? 아니면 돌아가시겠소?"

"신라에 머물겠습니다."

"알았소. 눈치 빠른 법사가 신라에 머물겠다고 하니, 신라가 이기겠 소. 나는 마음을 정했지만, 이 일은 중차대한 일이오. 이 일만큼은 폐하께 재가를 받아야 하겠소. 내일 아침에 내가 흥륜사로 가겠소. 스님께서는 흥륜사가 거처이니 그게 편할 것이오."

이사부와 거칠부는 다시 진흥왕을 찾았다. 왕은 하루에 두 번씩 이사부가 찾아온 일은 매우 이례적이었으므로 매우 중요한 일이 생겼으리라 짐작했다. 이사부는 내관이나 시종을 모두 물리고 일절 접근하지 말라고 했다. 시위대 초병에게도 멀리에서 경계하라 했다. 그만큼 긴밀한 논의여서 혹 세작들에게 정보가 샐까 염려했기 때문이었다.

"이사부장군, 도대체 무슨 일인가요?"
"폐하, 고구려에서 고깃덩어리를 던졌사옵니다. 이 고깃덩어리를 물면 배는 부르나 두 마리 늑대는 피가 나도록 싸워야 합니다."
"무슨 말인지 쉽게 말해보시오."
"거칠부 자네가 폐하에게 말씀드리게."
"네, 장군님, 그렇게 하겠습니다. 고구려는 우리가 죽령 이북에서 고현 아래까지 10군을 점령하라 했습니다. 또 백제가 이번 싸움에서 점령한 6군을 우리 신라가 차지해도 좋다고 하였습니다."
"뭐라고요? 백제가 차지한 땅을 우리 신라가 차지해도 좋다고 했다고?"
"그렇습니다. 남평양과 한성까지 전부입니다."
"그래? 남평양까지?"
"그렇습니다."
"그러면 그 땅을 두고 백제와 피나게 싸워야 한다는 말씀이지요? 병부령."
"그렇습니다, 폐하. 만약 우리가 고구려의 제안을 받아들여 남평양과 한수 아래의 땅을 다 차지한다면 우리는 변경이 훨씬 넓어집니다. 언젠가는 두 나라를 상대해야 할 때가 올지도 모릅니다."

진흥왕이 잠시 생각을 가다듬는 동안에 거칠부가 말했다.

"폐하, 두 가지 경우를 생각하면 쉬울 듯합니다. 첫째 고구려의 제안을 거절하고 백제와 함께 계속 고구려를 적으로 삼는다, 철령 이북 고현은 점령하되 앞으로도 고구려를 계속 압박한다. 둘째 고구려의 제안을 수용하여 한수 6군을 우리가 점령하고 고구려와는 동맹을 맺고 백제와는 일전을 각오한다."

진흥왕이 말했다.

"잘 알았소. 백제와 싸우면 우리가 이길 수 있소? 병부령."
"폐하, 모릅니다. 알 수 없습니다."
"아니 그러면 당연히 고구려의 제안을 거절해야 하지 않겠소? 이길 확신이 없는 싸움을 하자는 건 아니지요?"
"폐하, 제 짧은 생각으로는 첫째의 경우라도 백제는 우리를 공격합니다. 시간문제일 뿐입니다. 백제가 한수 일대를 장악하고 국가를 더욱 튼튼히 하게 되면 다음은 우리를 집어삼키려들 게 뻔합니다. 지난 내물왕 때 그랬잖습니까? 그땐 고구려 광개토왕이 워낙 강해서 우리를 구원했습니다만, 이제 고구려가 약해졌습니다. 우리는 백제, 가야, 왜국 세 나라를 상대로 싸워야 할 게 분명합니다. 그렇다면 고기를 배불리 먹고 힘을 키워서 백제와 싸우는 게 낫다는 생각입니다. 더군다나 이번 고기는 영양가가 매우 높은 고기입니다. 사실 이번 전쟁에서 백제가 차지한 6군은 고기의 피와 살이고, 우리가 차지한 10군은 뼈와 가죽입니다.

한수 하류를 장악하면 여러 이점이 있습니다. 한수 하류 일대는 인구도 많고 땅도 비옥합니다. 우리가 차지한 10군에 비할 바가 아닙니다. 더 중요한 건 한수를 통한 뱃길입니다. 한수와 바닷길이 연결되지요. 그러면 백제를 남해와 서해 두 방향에서 위협할 수 있습니다. 또한 우리는 저 바다 건너 제나라나 양나라와도 직접 통교가 가능해집니다. 이게 바로 우리 신라가 늘 원했던 꿈같은 일입니다. 어차피 백제와의 싸움은 서로서로 목숨을 건 백척간두의 싸움입니다. 백제와는 서로 국가의 명운을 걸고 싸워야 합니다. 백제가 힘을 더 키우기 전에 우리가 선수를 치는 게 오히려 낫습니다."

"듣고 보니 병부령의 말이 맞소. 거칠부장군은 어떻게 생각하시오?"

"폐하, 저도 이사부장군님과 생각이 같사옵니다. 백제와 우리가 같이 성장하면 언젠가는 싸우게 될 게 틀림없습니다. 우리가 한수 일대를 장악하면 우리는 백제를 북과 동에서 양갈래로 압박할 수 있게 되니 오히려 더 유리할 수 있습니다."

"알겠소. 그럼 병부령, 말을 듣고 보니 장군의 말이 맞소. 어차피 백제와 싸워야 한다면, 우리 배부터 불려놓아야지. 역시 이사부장군이오. 장군의 생각대로 하시오."

다음 날 아침 일찍 이사부는 거칠부를 대동하고 흥륜사로 갔다.

"법사님께서는 서라벌에 와서 첫날밤을 보내셨구료. 잘 주무셨습니까?"

"첫날밤에 설레서 어떻게 잘 자겠습니까? 하하"

"스님께서도 농담을 하십니다."

"하하, 그건 그렇고 안색이 좋으십니다. 역시 폐하께서 재가하셨군요."

"하하, 역시 눈치가 빠르십니다. 저는 중은 못 하겠습니다. 눈치가 도통 없어서요."

"소승은 거칠부장군이 고구려에 중 차림으로 왔어도 장수임을 알아보았지요. 안 그렇소? 거칠부장군."

거칠부가 대답했다.

"그렇습니다. 그리고 보니 혜량법사께서 눈치가 보통이 아닙니다."

거칠부가 혜량에게 다시 말했다.

"폐하께서는 고구려와 우호를 다짐하셨습니다. 우리 신라는 백제가 점령한 남평양을 비롯한 6군을 빼앗아야 합니다. 신라가 백제와 혈투를 벌여야 하겠지요. 그건 신라가 원하지 않는 그림입니다. 제가 생각하기로 만약 고구려군이 같이 움직여주면 우리 신라의 부담이 적어집니다. 지금 백제에서는 굉장히 이상하게 생각할 게 틀림없습니다. 제가 전장에서 혜량법사와 사라져버렸지요. 누군지는 몰라도 백제 세작들이 신라군 내부에도 들어와 있을 게 틀림없습니다. 세작이 보기에 지휘관이 전선을 이탈하여 서라벌로 갔다면 중차대한 일이 발생했다고 생각하겠지요? 보통 중요한 일이 아니면 그러지 않습니다."

혜량이 받아서 말했다.

"그렇겠지요. 거칠부장군이 고구려의 중과 함께 서라벌로 가서 바로 입궁을 했다? 왜? 이게 무엇일까? 이런 논의가 며칠 있으면 백제 조정에서 있을 거고 설왕설래 말이 많을 겁니다."

거칠부가 침을 꼴깍 삼키며 말했다.

"바로 그겁니다. 백제는 고구려와 신라의 밀약을 짐작할 게 틀림없습니다. 고구려와 신라가 군사동맹을 맺었다. 그리고 두 나라의 대군이 6군을 점령한 백제를 친다, 신라군이 백제군의 퇴로를 차단하고 고구려군이 북에서 내려온다. 이렇게 되면 지금 6군을 점령한 백제군은 독 안의 쥐가 됩니다."

"알았습니다. 이렇게 작전을 짜고 전개를 하면 백제군은 후퇴할 거란 말이지요. 그럼 신라군이 무혈입성한다, 이거군요."

"백제가 그렇게 나오면 정말 좋겠지요. 만약 철수하지 않고 버티면 전쟁을 해야지요. 단 어떤 경우에도 전쟁이 끝나면 고구려군은 원래 국경으로 돌아간다고 약조를 해주셔야 합니다. 물론 전투는 우리 신라군이 할 겁니다."

"알았습니다. 고구려군이 꼭두각시 노릇 한번 하는 거니, 고구려 폐하도 이 조건을 받아들이실 겁니다."

이사부가 말했다.

"이게 보통 일이 아니오. 백 년 이상 신라는 백제와 동맹 관계를 맺고 서로 신의를 지키며 군사 협력을 해왔소. 백제가 당하면 신라가 구원하고 신라가 당하면 백제가 구원하며 세 나라 사이에 힘의 균형을 유지해 왔단 말이오. 그 구도를 깨고 신라가 고구려와 힘을 합친다면, 세 나라 사이에 어떤 일이 벌어질지는 지금으로서는 아무도 모르오. 신라나 고구려 모두에게 앞으로의 백 년을 좌우할 중요한 결단이란 말이요. 내가 혜량법사를 못 믿는 건 아니지만, 법사가 나의 수족도 아닐진대 어찌 혜량법사에게 다 맡겨놓을 수 있겠소. 내가 고구려에 다녀오리다. 가서 고구려 폐하를 알현하고 우리 폐하의 뜻을 전달하겠소.”

“그렇게 하시지요. 이번에 같이 온 저의 제자에게 장군을 수행하라 이르겠습니다. 제가 가면 더 번거롭기도 하거니와 이목도 많고, 또 폐하께서 하명하신 법회 준비도 해야겠기에, 부득이 그렇게 하셔야겠습니다.”

혜량의 전송을 받고 이사부는 곧 북의 전선으로 떠날 채비를 했다. 거칠부는 걱정이 되어 이사부를 만류했다.

“장군님, 어찌 그 먼 길을 장군님께서 직접 가려 하십니까? 제가 얼른 다녀와도 됩니다.”

“아니다. 내가 가서 마무리하마. 그래야 이 계략이 성공한다.”

“네?”

“내가 가야 백제가 분명히 속는단 말이다. 우리가 고구려와 동맹을 맺고 백제를 공격하려는 음모를 꾸미는 것처럼 보여야 한다. 우리가 백제와 동맹을 맺은 게 백 년이야. 백 년 동안 사귀던 친구가 나를 배반하고 적이 된다면 쉽게 믿겠어? 내가 직접 가서 고구려 왕을 만난다면?”

“알겠습니다. 대장군께서 가시면 이야기가 달라지죠. 백제는 필시 무언가 있다. 그게 나려동맹이 아닐까? 이렇게 생각할 게 틀림없습니다.”

"그리고 내가 돌아온 다음에 군사들을 움직여 금현성과 도살성에 우리 군사를 집중하고 고구려 군대가 남평양 쪽으로 내려오면?"

"백제는 눈물을 머금고 군사를 물릴 겁니다."

"그거야. 바로. 그렇게 전쟁 없이 실속을 차리자구. 한수 하류를 신라 강역으로 만들면 신라는 더 강해져. 강해진 힘으로 장차 바짝 독이 오를 백제를 대비하자고."

"알겠습니다, 장군님."

"가자. 어서."

12

해가 바뀌고 임신년[34] 정월에 백제의 명농왕은 이상한 보고를 받았다. 고구려 평양에 나가 있는 세작으로부터 신라의 병부령 이사부가 비밀리에 평양에 와서 평성왕을 만났다는 보고였다. 아니, 이게 무슨 말인가? 병석에 있던 이사부가 왜 갑자기 한겨울에 고구려에 가서 평성왕을 만나?

명농왕은 한성에 주둔하고 있던 달기대장군을 급히 사비로 불렀다. 태자와 함께 달기와 최근의 신라 동향을 점검해야 할 형편이었다.

"폐하, 급히 찾으신 까닭은 무엇이온지요?"

"대장군도 어느 정도 알겠지만 지금 신라와 고구려가 이상하오. 그걸 짚어보고 대비를 해야 하겠소."

"저도 이상하다고 생각하고 있사옵니다."

"뭐가 이상한지 말해보시오."

"지난 11월에 거칠부가 이끄는 신라군이 우리와 약속대로 고구려 10

---

34) 552년

군을 거침없이 공략하여 그 땅을 취했습니다. 그런데 이상한 건 그들끼리 전투다운 전투가 거의 없었다는 점입니다. 신라군은 고구려군과 약속이나 한 듯이 임진수와 대탄강을 경계로 더 나아가지 않고, 북으로는 고현까지 손쉽게 점령했습니다. 여러 장군은 바로 흩어져서 10군에 거점을 마련하고 성을 쌓고 하여 신라의 영토로 만드는 작업을 진행하였습니다."

"그것이야 크게 이상하진 않지. 점령지에 성을 쌓고 백성들을 교화하고 영토작업을 하는 건 우리도 마찬가지잖소?"

"그렇기도 하지만 전투가 종결되기 전에 너무 빨리 진행되어 의아하게 생각했습니다. 또 하나는 거칠부가 양골에서 고구려 스님 일행을 만났다 합니다. 거칠부는 스님 일행과 함께 급히 서라벌로 가서 진흥왕을 만났다고 합니다."

"고구려의 스님에 대해서는 좀 알아보았나? 어떤 중인지? 고구려 중이라면 이가 갈려. 예전에 할아버지를 속여 먹은 놈이 바로 고구려의 중이지. 도림이라고 했지, 아마."

"폐하, 그렇긴 합니다만 그 일은 그만 잊어버리시는 게……"

"잊어야 좋겠지만 어찌 그 일을 잊을 수가 있겠소? 안 그러냐? 태자."

"소자도 그 일을 생각하면 이가 갈리는데 아바마마께서는 오죽하겠습니까?"

"그렇다. 잊을 수가 없다. 그래 이번 중은 어떤 놈이요?"

"원래 평양 영명사 법주로 있던 스님으로 혜량이라 하였습니다."

"법주라면?"

"불법을 잘 알아서 불사(佛事)를 주관하거나 회상(會上)의 높은 어른으로 추대된 스님을 말합니다. 혜량이 고구려 왕실의 불사를 여러 번 주관하여 평성왕과도 가깝다고 합니다."

"그럼 평성왕의 심부름을 할 수 있겠구만."

"그러하옵니다."

"그럼, 태자가 정리해보라."

"아마도 평성왕의 제안을 혜량이 거칠부에게 전했고, 그게 매우 중요한 제안이라 거칠부는 급히 서라벌로 가서 신라 왕에게 전달했음이 틀림없습니다. 신라에서는 이사부를 보내어 평성왕에게 화답했구요."

"태자, 그 제안이 무엇일까?"

"아직 짐작이 잘 가질 않습니다. 고구려가 어떻게 해서 순순히 신라에게 땅을 내주었는지 알 수 없습니다. 친구가 아니라면 그렇게 할 리가 없지 않습니까?"

"친구? 만약 친구라면?"

"그렇게 할 수 있습니다."

이번에는 달기장군이 말했다.

"폐하, 고구려는 돌궐과의 싸움에서 대승했다고 합니다. 고구려 장군 고흘이 백암성을 치는 돌궐의 배후를 급습하여 1천여 명의 머리를 베었다 하옵니다."

"그래? 그건 언제 소식이오?"

"사흘 전 세작들이 한성에 와서 전해준 소식입니다."

"그렇다면 고구려는 한숨 돌리게 되었다는 말이군. 북쪽 변경이 편안해졌다……"

갑자기 태자가 벌떡 일어나며 말했다.

"폐하!"
"말해보라, 태자."
"아무래도 저들이 동맹을 맺은 듯하옵니다."
"동맹?"

명농왕은 깜짝 놀랐다. 어렴풋이 안개가 자욱하게 끼어있다가 갑자기 안개가 걷히고 사물을 명확히 볼 수 있을 때의 느낌이었다. 명농왕의 입에서 신음소리가 흘러나왔다. 왕은 무겁게 입을 뗐다.

"동맹이라. 그렇구나. 그들이 동맹을 맺은 게 틀림없다. 고구려가 양쪽에서 몰리니 땅을 떼어주고 중을 보내 협상을 시도했다. 고구려 왕의 제안이 완전 뜻밖이라 거칠부는 본인이 결정할 수 없어 급히 서라벌로 가서 진흥왕에게 보고했다. 신라는 그 제안을 거절하지 않았다. 어떻게 그걸 알 수 있나?"
"이사부가 평양에 갔기 때문입니다."

태자의 대답이었다.

"맞다. 그렇다. 만약 거절이라면 늙은 이사부를 보낼 필요가 있겠느냐. 수락했으니 이사부가 가서 협상했겠지. 큰일이다, 큰일. 이 때려죽일 놈들이 있나. 신라 이 배은망덕한 녀석들, 작년 3월 낭성 하림궁에서 나와 회맹을 하지 않았더냐. 일 년도 안 되어 나를 배신해? 당장 신라로 군사를 내어야겠다."

명농왕의 역정에 달기장군이 말했다.

"폐하, 고정하시옵소서. 그게 고구려가 노리는 유인책인지도 모릅니다. 우리가 신라를 침공하면 고구려가 다시 남평양과 한성을 빼앗으려 남하하겠죠. 아니 그렇다고 봐야 합니다."

"그럼, 배신한 신라를 두고 보자는 말이야? 진흥왕 그 놈의 뼈를 갈아 마셔도 시원찮다."

신라의 배신은 명농왕으로서는 참으로 참기 어려웠다. 어떻게 뺏은 고토이냐. 몇 년 만에 탈환한 조상의 무덤이냐. 가야와 왜국을 달랜 세월이 얼마이냐. 애송이 진흥왕에게 웃는 낯으로 도살성과 금현성을 내주었다. 그랬건만, 그렇게 했건만, 배신이라고? 반드시 응징하고 말리라. 배신자의 말로가 어떤지 보여주고야 말리라. 내 발 앞에 꿇려 땅바닥에 머리를 찧고 조아리게 만들고 말리라. 이 괘씸한 녀석! 명농왕은 부들부들 떨면서 깊은 생각에 잠겼다. 왕의 눈치를 보다가 태자 부여창이 조심스럽게 입을 열었다.

"폐하, 제가 좀 더 알아보겠나이다. 너무 노여워하셔서 옥체를 상하면 안 되옵니다. 심기를 편안히 하시면 소자가 반드시 복수하겠나이다."

"태자가? 태자가 올해 스물일곱이지. 그럴 나이도 되었다. 군사를 지휘할 나이가 되었어. 그래, 태자가 그렇게 말해주니 아비가 든든하다."

"황공하옵니다."

"대장군은 한성으로 가지 말고 당분간 사비에 머물라. 태자와 함께 고구려와 신라를 면밀하게 감시하라."

이틀 후 명농왕은 태자와 달기를 불렀다.

"태자, 알아보았느냐?"

"네, 폐하. 알아보았더니 신라가 배신한 게 틀림없습니다. 정황 증거도 그렇고 세작들의 보고도 그렇습니다. 더욱 염려되는 게 있습니다."

"더욱?"

"그렇습니다. 신라가 상주(上州)[35]에 군사력을 집중시키고 있습니다."

"상주에?"

"그렇습니다. 신라는 대당군을 편성하여 작년 원정군의 주력으로 삼았습니다. 이번에 군단을 하나 더 만들어 상주에 주둔하면서 이름을 상주정이라 한다고 합니다."

"병사는?"

"확실하지는 않지만 1만은 넘는다고 합니다. 2만이 될 수도 있습니다."

"상주는 관산성과 삼년산성과 바로 연결되지 않느냐?"

"그렇습니다."

"폐하, 저도 한 말씀 올리고자 합니다."

"대장군도 말해보시오."

"태자마마께서 말씀하신 대로 신라의 배반이 확실합니다. 신라는 우리 백제의 공격을 막기 위해 상주정을 창설한 듯합니다."

"공격을 막기 위해?"

---

35) 현재의 경북 상주시

"그렇습니다."

"아바마마, 저는 오히려 반대가 아닐까 우려가 됩니다."

"반대?"

"그렇습니다. 상주정은 우리 백제를 공격하기 위해 만든 군단입니다. 상주에서 관산성으로 나오면 바로 한밭이고 웅진이고 사비입니다. 한밭으로 나와 우리 백제군을 두 동강 낼 수도 있습니다. 방어보다는 공격을 위한 군단입니다."

"대장군은 태자의 말이 맞는 것 같소?"

"태자전하의 말이 옳습니다. 제가 틀린 말을 했습니다."

태자가 이어서 말했다.

"고흘장군의 1만 기마대가 남평양성으로 떠났다는 첩보가 들어와있습니다. 이를 종합하면 첫째 상주정의 신라군이 삼년산성을 거쳐 한밭으로 진출하면서 우리 백제군의 허리를 자른다. 둘째 북부 10군을 확보한 신라의 대당군이 한성으로 진격한다. 셋째 고구려 고흘장군의 1만 기병대가 남평양성으로 진격한다. 이렇게 전개되리라고 봅니다."

"그렇다면, 어떻게 해야 하느냐? 한성에 있는 2만 5천 병력과 사비에 있는 3만 병력으로 충분히 막아낼 수 있겠느냐?"

"그렇지 못합니다. 신라가 우리의 허리를 자르고 들어오면 한성에 있는 우리 2만 5천 병력은 고구려와 신라군의 협공을 받게 되어 고전을 치를 게 뻔합니다."

"그럼 어떻게 해야 하는가?"

"하팔 아래로 철수해야 합니다."

"철수? 철수라고? 76년 만에 회복한 고토에서 1년도 못 버티고 철수하자고?"

"그렇습니다, 폐하."

"그게 진정 태자의 생각이냐?"

"그러하옵니다."

"대장군도 그렇게 생각하오?"

"그렇습니다. 태자전하께서 옳으신 판단을 하셨습니다."

명농왕의 머리는 태자의 판단이 옳다는 생각을 했다. 하지만 마음은 그게 아니었다. 그 땅을 다시는 내어주고 싶지 않았다.

"조상의 무덤과 궁궐을 싸우지도 않고 내어주자고?"

"싸우면 우리 백제군이 포위되어 곤경을 치를 가능성이 많아집니다. 아바마마, 이번엔 물러났다가 다시 찾아오면 됩니다. 영영 포기하자는 게 아닙니다."

"그래? 어떻게?"

"소자가 차차 더 확실한 계획을 세우겠습니다. 신라의 배신을 확실하게 응징하겠습니다."

명농왕은 눈을 감고 생각했다. 평생을 살면서 이루고자 한 일이었다. 가야와 왜국과 신라의 힘을 백제가 하나로 묶어 마침내 한성을 회복하고 남평양성을 돌파했을 때, 명농왕은 드디어 삶의 첫 번째 목표를 달성했다고 생각했다. 마지막 목표는 좀 더 북상하여 쌍현성을 돌파하여 평양성까지 진격하는 일이었다. 마침내 동방의 모든 나라가 백제의 발아래 머리를 조아리고 조공을 바치는 그런 나라로 웅비(雄飛)하고 싶었다. 그 꿈이 신라의 배신으로 깨어지기 일보 직전이었다. 하지만 현실은 현실이다.

"좋다, 태자. 배신에는 응징이다. 확실하게 응징해야 한다. 그러기 위해선 왜국 병력도 필요하다. 태자, 왜국에 사신을 파견하여 병력을 보내 달라고 하라. 지금 왜국에서 가장 반가워할 건 불경이나 불상이다. 왜국의 소아도목이 불상을 간절히 원하지 않았더냐. 사비 장인들을 시켜 금동불상 한 구를 조성하여 왜국으로 보내라."

"명을 받들겠습니다."

"대장군은 한성 병력의 철수 준비를 하시오. 비밀리에 철수할 것도 없고 서두를 필요도 없소. 전리품을 잘 챙기시오."

백제가 신라의 동향에 신경을 곤두세우고 있는 만큼 신라도 백제의 일거수일투족을 엄중하게 감시하고 있었다. 달기가 느닷없이 한성에서 사비로 갔을 때, 거칠부는 백제가 미끼를 물었다고 짐작했다. 백제는 신라의 배신을 눈치채야만 했다. 신라로서는 눈치채이지 않도록 노력하는 것처럼 보이면서 결국은 백제가 배반을 눈치채게 하는 게 중요했다.

낚시할 때 얕은 입질에 물고기가 미끼를 물었다고 착각하고 챔질하면, 오히려 미끼를 설문 물고기가 놀라서 도망가는 수가 있다. 미끼를 확실하게 물고 고기가 돌아설 때까지 기다려야 한다. 그때 챔질해야 한다. 그 기다림은 초조함이기도 하지만 또한 낚시의 묘미이기도 하다. 이사부가 던진 확실한 미끼는 바로 고흘장군의 1만 기마병이었다.

이사부가 평양성에 도착했을 무렵 평양성에는 고흘장군이 백암성에서 돌궐에 대승을 거두었다는 소식이 막 전해졌다. 이사부는 평성왕을 만난 자리에서 평성왕에게 신라가 신호를 보내면 고흘장군의 1만 기마병을 남으로 보내달라 요청했다. 고구려와 신라가 다시 동맹을 맺는 마당에 백제로부터 가해질 위험 부담을 신라가 떠안아야 하는 만큼, 그 정도의 수고는 고구려가 해주어야 한다고 평성왕을 설득했다.

평성왕은 고흘장군의 승전보에 기분이 좋았다. 이사부가 직접 평양으로 와서 또한 기분이 좋았다. 백제보다는 신라와 국경을 맞대는 게 고구려에게 위험 부담이 적다. 백제는 언제나 골치 아픈 녀석들이다. 조상의 원수를 갚겠다고 달려드는 녀석들이다. 신라에게 한수 일대의 땅을 준다고 하면 신라는 허겁지겁 달려들 게 뻔했다. 중국과의 교류에 신라가 얼마나 목말라 하는지 평성왕은 잘 알고 있다. 신라가 그 땅을 삼키면 백제와는 원수가 된다. 이보다 더 좋은 이간책이 어디 있는가? 둘이 고구려에 덤비다가 둘이 서로 싸우게 되면 고구려로서는 그보다 더 좋을 수가 없다. 평성왕이 혜량법사를 보내 신라에 동맹을 제안한 이유였다. 더군다나 신라의 진흥왕은 하늘이 고구려를 미워하지 않는다면 신라도 고구려를 미워하지 않겠다고 했다지 않는가.

위나라가 사라지고 제나라가 들어서긴 했지만, 북방의 여러 종족이 언제 어디서 고구려를 위협할지 모르는 상황이다. 이번에는 다행히 돌궐에게 대승을 거두었지만, 앞으로도 대비해야 한다. 남쪽 변경마저 어지러우면 고구려로서는 대단히 곤란하다. 고기를 신라에게 주어 백제와 서로 뜯어먹게 만든다면, 두 승냥이가 앙칼지게 싸우게 만든다면, 그게 바로 고구려가 원하는 최상의 그림이다. 평성왕은 이사부에게 말했다.

"장군, 장군의 청을 받아들이겠소. 평양으로 통기를 하면 우리 군사

1만을 바로 내려보내겠소."

"고맙습니다, 폐하. 흉내만 내지 마시고 실제 전투도 좀 해야 백제가 속겠지요."

"하하, 전투까지 하라고? 내 그렇게 명하리다."

평성왕은 신라에서 통기를 하면 고흘장군이 공격하겠다고 약조를 했다. 이사부는 평성왕에게 감사의 예를 올리며 앞으로도 신라가 위급할 때면 대국(大國) 고구려의 도움을 요청하겠다고 말했다. 평성왕은 대국의 할 일을 하겠다고 답했다. 이사부는 기분좋게 협상을 마무리하고 서라벌로 돌아갔다.

이사부는 서라벌에서, 달기장군이 사비로 갔다는 거칠부의 보고를 받고 바로 흥륜사로 갔다.

"혜량법사, 제자를 잠시 고구려로 보내야 하겠소. 신라가 허약해서 보약을 좀 먹어야겠소이다."

"알았습니다. 고흘장군이 바쁘겠군요."

혜량의 제자 스님이 평양에 들어가면서 바로 고흘장군의 1만 군사가 남정을 시작했다. 그 소식은 바로 사비에 있는 명농왕에게 전해졌다. 명농왕은 피눈물을 머금고 남평양성과 한성과 6군을 점령한 병력을 하팔이남으로 철수하라 했다.

백제군이 철수하자 거칠부는 사태를 파악하고 이사부에게 재빨리 보고했다. 이사부는 삼년산성 성주로 나가있던 무력을 서라벌로 불렀다.

"무력, 오래간만이오."

"장군을 뵙습니다."

"그대의 형님은 작년 고구려 원정에서 큰 공을 세웠소. 형제가 이렇게 신라에서 큰 공을 세워주니 내가 큰 보람을 느낀다오."

"모두 장군님 덕입니다. 장군님이 저희를 알아주셔서 저희 형제가 맡은 일을 합니다."

"좋소. 삼년산성은 우리 신라에서 가장 튼튼한 성이오. 내부에서 무너지지만 않는다면 난공불락의 성이지. 삼년산성은 백제와 고구려를 공략하는 데 매우 유리한 위치에 있었소. 하지만 국원이 우리 손에 들어오면서 삼년산성에 병력을 그렇게 많이 주둔할 필요가 없어졌소. 지금 삼년산성에는 병력이 얼마가 있소?"

"본성에 약 8천이 있고 인근 여기저기 다 합치면 1만 명 정도입니다."

"좋소. 그럼 삼년산성에 1천만 남겨두고 주력 군사는 주둔지를 옮기시오."

"어디로 옮기는 겁니까?"

"남평양성과 한성이오."

"네? 그곳은 백제가 점령한 곳이 아닙니까?"

"그렇지. 백제가 점령했지. 하나 백제군이 지금 하팔 이남으로 철수하고 있소. 삼년산성 병력을 주축으로 하여 그곳에 새로운 군단을 하나 창설할 계획이오. 아직 이름을 붙이지는 않았지만 새로 얻은 영토이니 신주(新州)라 하고 군단은 신주정(新州停)이라 하면 좋을 듯하네."

"신주정이라. 정말 잘 되었습니다. 우리 신라로서는 새로 얻은 땅에 설치하는 군단이니 이름이 어울립니다. 소장도 후방에 상주정을 설치한다고 해서 이게 백제를 압박하는 거다, 이렇게 짐작은 했는데, 역시 맞아떨어졌군요."

"그렇지. 고구려가 도와주었지. 남평양성 바로 위까지 군대를 보내주고."

"그랬군요. 백제군이 허리가 잘릴까 봐 철수하는군요. 신주에 가서 제가 할 일은 무엇입니까?"

"한성이나 남평양성에 연연하지 말고 그 일대 전체를 장악하시오. 한수의 수운을 이용할 수 있으면서 방어에 좋은 성이 있는지를 물색하여 튼튼한 방어 진지를 구축하시오. 규모가 작은 산성이라도 좋소. 군량과 물자도 비축해야 하고. 내가 왜 무력장군을 신주정 장군으로 보내는지 아시겠소?"

"네? 저는 그저 제가 용맹하니…… 아니 모르겠습니다. 장군님, 알려주십시오."

"그대는 남가야의 왕자였지. 나와 만난 게 한 20년 되지요?"

"하하, 장군님은 왜 옛 이야기를 하십니까? 부끄럽게요."

"그게 아니요. 남가야가 어떤 나라요. 물길 따라 물자를 운송하여 먹고 사는 나라가 아니었소?"

"그렇습니다. 남가야는 그런 나라였습니다."

"바로 그거요. 신라에서 물길의 중요성을 알고 잘 활용할 장수는 바로 그대요. 한수가 얼마나 큰 강이오. 그 강을 우리가 장악한단 말이오. 물길의 중요성을 모르고 활용을 못 한다면 우리 신라에게 이번 신주 점령은 큰 의미가 없소. 백제와 원수가 되어가면서 신주를 차지해야 하는 이유는 바로 물길이요. 나아가 양나라나 새로 강국이 된 제나라와 통교를 할 발판을 신주에서 마련하란 말이오. 동해함대는 백제의 바다를 거쳐야 하기에 서해까지 편하게 올 수가 없소. 그렇다면 우리는 서해 함대도 창설하여 고구려와 백제와 본격적으로 맞서야 한단 말이오. 그걸 하란 말이오. 우리가 신주를 어떻게 활용하느냐에 따라 신라의 운명이 달라질 거요. 우리가 백제와 120년 동안의 동맹을 끊고 비밀리에 고구려와 손잡았소. 그 이유는 바로 한수가 포함된 신주 때문이요. 아시겠소?"

무력은 이사부의 말을 듣던 중에 가슴에 무엇인가 뜨거움이 치고 올라오는 것을 느꼈다. 그 뜨거움은 건장한 장군의 얼굴로 흘러내리는 눈물로 바뀌어다. 이 노장군이 또 나를 울리는구나.

"왜 우시오? 무력장군."

무력은 무릎을 꿇고 이사부에게 머리를 조아렸다.

"장군님, 고맙습니다. 신라 사람도 아닌 저를 이렇게 믿어주시고 일을 맡겨주십니다. 사내는 자기를 알아주는 사람을 위해 죽는다고 했습니다. 죽을 각오로 해내겠습니다. "
"일어나게 이 사람아, 무력. 멀쩡한 사람이 죽긴 왜 죽어. 신라 사람이 아니니 더 일을 맡겨 신라 사람이 되게 해야지. 신라와 가야는 하나가 되어야 우리 모두가 살아남아. 우리가 백제나 고구려에 비해 약하기 때문에 그래. 무력, 자네는 잘할 거요."

무력은 이사부의 명을 받고 서둘러 삼년산성의 병력을 이끌고 백제군이 철수한 한성과 남평양을 점령했다. 대당의 병력을 지원받아 백제가 차지했던 한수 일대와 한수 남쪽의 6군마저 모두 점령했다.

그렇게 하여 신라의 강역은 박혁거세가 나라를 세운 이래 가장 넓어졌다. 한수의 하구까지 장악하여 신라는 양나라나 제나라와 직접 통교할 수 있는 길이 처음으로 열렸다. 고구려와 백제에 부탁하여 사신을 파견할 이유가 없어졌다.

이사부는 진흥왕에게 보고를 올렸다.

"폐하, 신 병부령 겸 상대등 이사부가 아뢰옵니다. 우리 군부가 심기일전하여 충심으로 애쓴 결과 죽령부터 고현까지, 아울러 금현성과 도살성 이북 한산군, 율진군, 주부토군, 당성군, 백성군, 개차산군을 다 우리 신라의 강역으로 폐하께 바칠 수 있게 되었사옵니다. 주둔지에는 장수들의 지휘하에 병사들이 새로 성이나 목책을 쌓고 관리를 보내 호구를 작성하고 있습니다. 머지않아 백성들의 살림살이도 안정이 되어 폐하의 백성으로 거듭나게 하겠사옵니다."

"상대등, 수고가 많았소. 고맙소, 다, 그대, 상대등 덕이요. 그대가 젊은 날 실직주 군주로 나간 이래 우산국과 가야 여러 나라를 정벌하더니 북으로 중원까지 진출하여 한수까지 나아갔구려. 대단하오. 내 그대를 위해 비록 어머니의 상중이라 하나 큰 잔치를 벌일까 하오. 이번에 얻은 땅을 장수들과 귀족들에게 골고루 나누기도 해야겠고."

"폐하, 말씀만 들어도 고맙습니다. 하나 상중이시니 자제하는 게 좋을 듯하옵니다."

"아니오, 내가 들은 바로는 어머니의 장례는 상대등께서 너무 잘 준비를 하여 벌써 모든 부장품이 다 준비가 되었다지요, 이사부장군."

"저승에 가실 분에게 해드릴 게 이것저것 많습니다. 아직 서너 달이 남았으니 더욱 박차를 가하겠습니다."

"하하, 상대등께서 이렇게 열심히 하시니 내가 뭘 할 게 있겠소. 마침 상대등의 생일이 다음 달이니 내 겸사겸사 잔치를 벌이겠소. 상대등은 더는 사양하지 마시오."

진흥왕은 이사부의 거듭된 사양을 무시하고 승전을 기념하기 위한 이사부의 생일잔치를 열었다. 잔치하면서 치하하고 이어서 장수들에게 논공행상을 시행하였다. 논공행상이야말로 장수들의 사기진작에 필수적인 요소였다. 왕은 월성으로 여러 장수와 귀족을 모두 다 초대하고 우륵에게 음악을 배우러 갔던 계고(階古), 법지(法知), 만덕(萬德)을 불렀다. 작년에 신라 사람으로서 음악과 가무에 소질이 있는 세 사람을 선발해 낭성의 악사 우륵에게 음악을 배우게 했다. 이번 잔치를 맞이해 그들을 서라벌로 불러 음악을 관장하게 했다. 계고는 가야금을 연주했고, 이어 법지가 노래를 불렀다, 만덕은 춤을 추었다. 우륵에게 1년 동안 배워서 크게 실력이 향상되었기에 왕은 매우 기뻐했다.

"낭성에서 듣던 음악과 크게 다름이 없구나."

왕은 그들에게 후하게 상을 내리고 이문을 불러 춤을 추게 했다. 만덕의 춤은 남자의 춤이라 장중하고 절도가 있었다. 반면 이문의 춤은 여름날의 꾀꼬리같이 경쾌하고 화려한 춤이었다. 이문이 춤을 추자 주연이 더욱 무르익어 군신들이 즐겁게 음주가무를 더하여 격식없이 놀았다. 이윽고 거나하게 취한 이사부가 벌떡 일어나 노래하며 학이 팔을 벌리고 훨훨 날아가는 형상을 하며 춤을 추었다. 이사부가 그런 모습을 보인 건 처음이었다.

그날 잔치에서 통음을 했건만 다음 날 이사부는 일찍 일어나 지소태후의 능자리로 갔다. 어젯밤 학이 되어 훨훨 지소에게 날아갔으니 지소태후가 아침에 무얼 말할까 궁금해서였다.

"그래 춤이 보기 좋았다구요? 허허. 지소부인, 날 놀리시는구료……"

능에서 잡역을 하는 인부들은 혼잣말을 하는 이사부장군이 실성을 했나 하고 뻔히 쳐다보았다. 이사부는 그러거나 말거나 혼자서 중얼거리다가 웃다가 점심때가 다 되어서야 능자리를 떠났다.

지소태후의 장례일은 칠월칠석날로 정해졌다. 신라도 예전처럼 산 사람을 죽여 순장하지는 않아도 지소태후의 능은 갖은 부장품으로 화려하게 채워졌다. 가장 화려한 건 금제 왕관이었다. 법흥태왕의 딸이자 사부지 갈문왕의 부인이자 진흥왕의 모후이니, 그보다 더 귀한 신분은 신라에는 없다. 진흥왕은 금 세공인에게 지금까지 신라에서 만든 왕관 중에 가장 크고 화려하게 왕관을 만들라고 지시했다. 금 세공인은 자신의 혼을 바쳐 세상에서 가장 아름다운 왕관을 만든다는 각오로 왕관을 만들었다. 지소태후의 시신에 씌워진 왕관이 내뿜는 화려한 황금빛은 모든 시선을 잡아끌었다. 그 왕관을 한번 본 사람들은 왕관의 영롱함에 넋을 잃었다. 그 밖에도 수많은 부장품이 무덤으로 들어갔다. 칼자루 끝이 둥근 큰 칼은 금방 눈에 띄었다. 尒斯智王(이사지왕)이라고 명문이 새겨진 칼이 지소부인의 머리 위에 놓였다.

한낮이 되어 태양이 머리 위로 떠 오르면서 장례의 마지막 절차가 시작되었다. 법흥태왕 때부터 왕과 왕후의 장례는 스님이 집전하여 불교

식으로 진행되었다. 수많은 스님이 염불하는 가운데 장엄 염불을 마지막으로 모든 절차가 끝났다.

이사부도 진흥왕 뒤에 앉아 지소태후의 마지막을 지켜보며 속으로 지소에게 말했다.

"잘 가시오, 지소. 그대 비록 나의 지어미는 아니었어도, 내 마음에 그대를 넣고 평생을 살았구려. 그대의 혼백은 어디로 가는 거요? 저 진달래 꽃비 내리는 서역 언덕인가. 그 어디를 가더라도 내가 따라가리다. 내 곧 따라가리다. 다음 생에는 늘 그대 곁에 있겠소. 부디 잘 가시오."

13

진흥왕은 상주정 장군으로 우덕(于德)과 탐지(耽知)를 각각 임명했다. 상주(上州)는 과거 사벌주라 하였지만 상주로 이름을 고쳤다. 27년 전인 을사년에 이등장군을 사벌주 군주로 임명한 이래 신라의 북쪽 변경 군사기지로 활용하다가 백제와의 전쟁을 염두에 두고 상주정(上州停)이라 이름하고 군사력을 대폭 강화하였다.

상주정에 군사를 보강하여 배치한 건 한성 6군을 차지하기 위한 전략이기도 했다. 백제는 상주정 출범을 파악하고 백제군의 후방을 차단당할까 염려하여 한성 6군을 포기했다. 백제는 신라의 상주정과 고구려 고흘장군의 1만 기마대의 양쪽 동시 공격을 두려워했다. 백제의 기마병도 고구려에 버금가지만 그래도 고구려의 기마대는 여전히 두려웠다. 과거 여러 번 고구려 기마대에 당해 나라의 존망이 경각에 달렸기도 했기 때문이었다. 이번에 그런 전철을 또 밟을 수는 없었다.

그렇기는 하여도 싸움 한 번 하지 않고 멀쩡하게 땅을 내어주고 후퇴한 형국이라 명농왕의 속은 쓰릴 대로 쓰렸다. 명농왕은 시종에게 소의 쓸개를 종지에 담아 오게 했다. 침상 옆에 두고 아침에 일어날 때마다 쓸개 맛을 보며 오만상을 찌푸렸다. 명농왕이 쓸개 맛을 본다는 소문은 금방 퍼져나갔다. 부여창 태자가 명농왕에게 달려갔다.

"아바마마, 이게 무슨 말입니까? 어찌 쓰디쓴 쓸개 맛을 보고 계십니까?"

"태자도 와신상담(臥薪嘗膽)이란 말을 알렸다?"

"알다 뿐이겠습니까? 멀쩡한 땅을 신라에게 뺏기고 얼마나 원통하면 폐하께서 쓸개를 맛보시나이까? 소자의 가슴도 찢어질 듯합니다."

"그런가? 내 이 심정을 귀족들과 장수들도 알아야 한단 말이다."

"그들도 백제의 신하인데 어찌 모르겠습니까? 폐하, 저도 비록 부족하지만 장성하였으니 폐하의 뜻을 알겠나이다. 쓸개 맛을 보면서 복수를 다짐했던 월나라 왕 구천이 오나라의 부처를 죽였듯이 저도 백제의 뒤통수를 친 진흥왕에게 복수하겠나이다. 그러니 쓸개를 물리소서."

"아니다. 내가 쓰디쓴 쓸개 맛을 보면서 복수를 다짐해야 태자도 그렇고 장수들도 바짝 정신을 차린다. 내 스스로의 다짐이기도 하다. 복수할 방법을 어서 강구하라."

"하오나 폐하, 우리가 너무 그렇게 복수를 공표하고 나가면 신라가 오히려 잘 대비할까 두렵습니다. 신라는 산성을 여럿 쌓고 지키기만 한다 해도, 신라를 공략하기는 쉽지 않을까 염려되옵니다."

"그렇기는 하지. 신라를 속일 방안을 찾아봐야겠다. 신라를 안심시킨 다음에 기습하는 방법도 좋겠지."

"소자도 그렇게 생각하옵니다. 신라는 워낙 약은 놈들이라 잘 속을지는 모르겠습니다."

"왜국에 보낸 금동불상은 잘 도착하였다더냐? 태자."

"잘 도착하긴 하였사온데, 좀 이상한 일이 일어났습니다."

"이상한 일?"

"왜국 왕 광정이 매우 기뻐했다고 합니다. 뛸 듯이 기뻐하면서 불상을 모실 절을 지으려고 했답니다. 하나 불법을 반대하고 왜국의 잡신(雜神)을 모시는 신하들이 반대를 심하게 했다고 합니다."

"그런 멍청한 놈들이 있나. 그래 도목은 불법을 신실하게 믿는 사람이 아닌가. 전번에 백제에 다녀갔던 목씨 후손 말이야. 그 도목은 무엇을 하고 있었고?"

"소아도목(蘇我稻目)은 불법을 믿을 뿐만 아니라 궁중에 절을 짓자고 했지만 잡신파들이 워낙 완강하여 목숨을 걸고 반대를 했다고 합니다. 아직 왜국 사람들이 잡신들을 믿는 사람들이 많아서 왜국 왕도 내놓고 도목의 편을 들지 못했습니다. 그게 그 정도로 끝나면 좋았었는데……"

"무슨 일이 일어난 거냐?"

"그렇습니다. 소아도목이 그 불상을 자기 집에 모셨다고 합니다. 그런데 그 무렵부터 왜국에 전염병이 심하게 돌자, 잡신파들이 그 불상이 전염병의 근원이라고 소문을 내어 불상은 인근 강에 던져버리고 집을 불태웠다고 합니다."

"이런, 이거 큰일이구나. 잡신파들이 소아도목을 견제하려는 거야. 잡신파들은 우리 백제도 멀리하려고 할 거야."

"그렇겠지요."

"바로 사신을 보내라. 도목에게 황금을 넉넉하게 보내고. 칼 잘 쓰는 무사 두어 명도 도목에게 보내주어. 도목이 버티고 실권을 잡도록 도와주어야 해."

"그렇게 하겠사옵니다."

"왜국 광정왕에게는 고구려와 신라가 동맹을 맺어 백제가 곤경에 빠졌다고 하고, 우리가 신호를 보내면 바로 군사를 보내달라고 해. 광정왕에게는 양나라에서 들여온 비단도 보내주고."

"얼마나 보내달라고 할까요?"

"다다익선(多多益善)이야, 많으면 많을수록 좋겠지."

해가 바뀌고도 명농왕은 여전히 신라의 동향을 예의주시하였다.

신라는 강역이 확장되어 잔치 분위기였다. 게다가 왕이 기다리던 첫 아들이 태어났다. 왕실의 기쁨은 더욱 넘쳐 흘렀다. 진흥왕은 날로 팽창하는 신라의 국세에 걸맞게 월성 동쪽에 막 태어난 태자를 위해 동궁을 짓기로 했다. 왕이 담당관에게 궁을 지으라고 명한 며칠 후였다. 백성들은 바로 그 동궁 터에서 누런 용이 나타나 하늘로 올라갔다고 했다. 왕은 혜량법사를 불러 동궁 터에 누런 용이 나타났다가 하늘로 올라간 게 무슨 조화냐고 물었다.

혜량법사는 누런 용은 왕실을 수호하는 용으로 길한 징조라 했다. 원래 그 터가 지대가 낮은 습지라 사람이 살기에는 좋지 않으니 동궁보다는 절을 지으면 딱 좋겠다고 말했다. 이름을 황룡사라 하고 대찰을 지으면 신라 왕실은 대대로 큰 복락(福樂)을 누릴 게 확실하다고 말했다. 진흥왕은 그곳에 흥륜사보다 더 크고 보기 좋은 황룡사를 지으라고 명했다.

진흥왕이 첫아들을 보았고 이어 황룡사라는 대찰을 짓는다는 소식은 명농왕의 귀에도 들어갔다. 명농왕은 그날도 쓸개즙을 맛보며 인상을 쓰다가 신라 소식을 듣고 무릎을 딱 쳤다. 그래, 바로 그거다. 명농왕은 바로 달기장군을 불렀다.

"폐하, 부르셨나이까?"

"오, 그래, 달기장군. 서라벌에 다녀오셔야겠소."

"무슨 일로 제가 가야 하옵니까?"

"진흥왕이 첫아들을 보았다 하오. 이를 축하하는 사절로 다녀오시오. 동맹국끼리 어찌 장자(長子)의 탄생을 축하하지 않을 수 있겠소?"

"그렇다고는 하나 이미 신라는 백제를 배반하고……"

"그렇지. 하나 아직 신라도 백제도 서로를 배반했다고는 하지 않았소. 여전히 동맹국이란 말이오."

"그렇기는 하오나……"

"그러니 장군이 사신으로 가서 득남을 축하하고 내 선물을 전달하시오. 아울러 제안도 하시오. 신라가 차지한 한성 6군을 돌려달라고 하시오. 그 땅은 우리 백제의 고토이며 조상의 무덤이 있는 땅이라 백제로서는 도저히 신라에게 양보할 수 없는 땅이라 하시오."

"알겠사옵니다. 그렇게 하겠사옵니다. 하나 신라가 무슨 핑계를 댈지 모르나 그 땅을 돌려주지 못하겠다고 하면 어떻게 할까요?"

"분명 뭔가 핑계를 대겠지. 뻔뻔스럽게 어떤 핑계를 대는지 보자구."

달기는 서라벌로 가서 이사부를 만났다. 이사부에게 축하의 인사를 전한 다음 한성 6군을 돌려달라고 했다. 이사부는 돌려줄 수 없다고 일언지하(一言之下)에 거절했다. 달기는 백제와 신라가 오랫동안 서로 의지하며 동맹을 유지해왔는데 어찌 하루아침에 배신할 수 있냐고 따졌다. 이사부는 달기의 말을 다 듣고 천천히 대답했다.

"충분히 백제국이 신라에게 배신을 따질 수가 있소. 우리가 한성 6군을 점령한 이유는 백제국도 이미 알고 있는지는 몰라도 사실은 고구려와 약조를 했기 때문이요."

달기는 신라와 고구려가 밀약했다는 사실을 알고 있었지만, 이사부가 이토록 쉽게 실토를 할지는 몰랐기에 살짝 당황했다. 달기는 그 사실을 몰랐다는 듯이 깜짝 놀라며 되물었다.

"아니 신라가 고구려와 약조를 해요? 어찌 그럴 수가 있습니까? 신라는 우리 백제와 동맹국이 아닙니까? 동맹국이 적국과 약조를 하여 동맹국의 땅을 가로채는 게 말이나 됩니까?"

달기는 이사부가 답할 게 없어 궁색해지리라 생각했다. 고구려와 약조한 사실을 토설한 이상, 아무리 이사부가 뻔뻔하다 해도 유구무언(有口無言)일 게 분명했다.

"어허, 달기장군, 흥분하지 마시고 내 말을 잘 들어보시오."
"말씀해 보십시오, 이사부장군."
"우리 신라군은 백제와 약속대로 고구려 변경으로 밀고 올라갔소. 그때 거칠부장군에게 고구려의 스님이 나타났다오. 이 스님이 고구려 평성왕의 밀사였소."
"밀사요?"
"그렇소. 고구려 평성왕은 그 스님을 통해 우리에게 제안했지. 임진수와 대탄강을 경계로 더 올라오지만 않는다고 약조를 하면, 그 아래 땅과 고현 아래의 땅을 신라에게 양도하겠다고 말이오. 그런데 그 양도에는 조건이 붙어있었소. 백제가 점령한 한성과 그 주변 6군을 신라가 차지하라는 거요."

"아니 이사부장군님, 그게 말이 되는 말입니까? 제가 그 말을 믿으라구요?"

"믿건 안 믿건 사실이요. 거칠부장군이 그걸 어찌 혼자 결정할 수 있겠소? 진중에서 서라벌까지 급히 달려와서 나와 폐하께 고했지, 어떻게 하면 좋겠냐고."

"우리 폐하께서는 백제와의 약조가 있는데 신의를 지켜야 한다고 하셨지. 내가 폐하께 간언을 하고 우겼지. 고구려의 제안을 받아들이자고 말이요."

"아니 장군님께서요?"

"그렇지. 내가 그랬지요. 그래서 결국 폐하께서도 수긍하시고 고구려와 약조를 하게 되었다오."

달기는 이사부가 이렇게 뻔뻔한 사람인지는 몰랐다. 신의를 배반하고도 얼굴색도 변하지 않고 배신을 공공연하게 말하고 있다. 기가 막혔다.

"장군께서 신의를 지키지 않으셨군요. 그럼 그 땅을 백제에 돌려주시지요."

"그럴 수는 없소. 고구려와 약조를 했다지 않소. 신라가 차지하기로 했다고."

"아니, 그런 막무가내가 어디 있습니까? 120년 동안 피로 맺은 백제와의 약속은 헌신짝처럼 내버리고, 120년 동안 원수로 지냈던 고구려와의 약조는 지켜야 한다구요?"

"달기장군, 장군이 화내고 흥분하는 건 내가 충분히 이해하오. 하지만 잠시 내 말을 들어보시오."

"말씀하십시오."

"장군, 내 나이 예순여덟이오. 이태만 지나면 칠십이란 말이오. 내가 약관의 나이 때부터 전쟁터를 누벼왔소. 내가 운이 좋고 천시를 잘 만나 이제까지 전쟁터에서 적군에게 한 번도 무릎을 꿇어본 적이 없소. 하지만 나를 따르는 수많은 병사가 전쟁 중에 전장의 귀신이 되었소.

원혼(冤魂)이 되었단 말이요. 그 병사들만이 아니오. 그 병사의 부모는 자식을 잃고 통탄을 했고, 지어미는 지아비를 잃고 땅을 치며 울부짖었소. 그 자식은 아비를 잃은 설움에 평생을 눈물짓고 살아간다오. 이게 어디 신라 병사만 그렇겠소? 백제 병사도 그렇고, 가야 병사도 그렇고, 고구려 병사도 그렇소. 내 군사가 죽인 적국의 병사가 수만이 넘을 거요. 그 적국의 병사가 다 그렇단 말이요. 모두 전장의 고혼(孤魂)이 되어 구천을 떠돌고 있을 거요. 내가 이 나이가 되니 그게 너무 가슴이 아픈 거요. 그래서 내가 부처님께 늘 용서를 빈다오. 어떻게 하면 안 죽이고 안 싸울 수 있는지를 부처님께 묻고 있다오."

"그것까지는 좋습니다. 저도 장수라 장군님의 마음을 충분히 이해하겠습니다. 그러나 그렇다고 해도 신의를 지키지 않고 남의 땅을 가로챌 수는 없는 일이지요."

"그럴지도 모르지요. 하지만 달기장군, 내 말을 마저 들어보시오."

"말씀하십시오."

"신라와 백제와 고구려 삼국이 서로 변경을 맞대고 으르렁거리면서 살아온 게 얼마나 되는지 아시오? 무려 5백 년이오. 5백 년 동안 때로는 신라와 고구려가 한 편이 되고, 때로는 신라와 백제가 한 편이 되어 싸움을 벌여왔소. 신라와 백제가 원수처럼 싸운 일도 수없이 많다오. 더군다나 백제와 고구려는 지금도 원수 사이지. 지금 백제 폐하의 할아버지께서도 불행하게 전사하시지 않으셨소? 고구려 왕이 화살을 맞고 죽은 일도 있소. 왕조차 그렇게 죽었으니 백성이야 오죽하겠소? 신라와 백제와 고구려 백성이 왜 그렇게 으르렁거리며 서로를 못 잡아먹어 안달이오? 싸움을 그치고 모두 평화롭게 살면 얼마나 좋겠소? 부처님께 내가 물으니 세 나라가 평화롭게 살라고 하시더군요. 그러면 가야까지도 편안해져서 이 땅에 사는 모든 백성에게 평화가 온다고 하더군요. 그게 불국토라고 하더군요."

"부처님이 그렇게 말씀을 하세요?"

"그렇지, 고구려에서 온 혜량법사가 그렇게 말하더군. 혜량이. 그게 부처님의 뜻이라 하시더군요."

"그렇다면 더욱 평화를 지키기 위해 백제 땅을 돌려주셔야겠군요. 어서 돌려주십시오."

"달기장군, 아직도 내 말을 못 알아들으시는군요. 자, 보시오. 백제와 고구려가 서로 변경을 맞대고 있는 이상, 이 땅에 평화는 없소. 조상의 목을 친 원수인데 그대의 백제가 가만히 있겠소? 그럼 또 백제의 공격을 받은 고구려가 가만히 있겠소? 고구려와 백제가 싸우면 우리 신라가 또 고구려와 싸우게 되오. 전쟁의 악순환이 이렇게 무한으로 계속된단 말이오. 그게 바로 백제와 고구려의 업(業)이오.

지난 수백 년간 고구려와 백제는 늘 국경을 맞대고 있으니까 싸웠단 말이오. 하지만 우리 신라는 백제와 국경을 맞대고 있으면서도 싸우지 않고 있고, 그건 고구려와도 마찬가지가 아니오. 그러니 신라가 중간에서 완충 역할을 하면 누구도 싸우지 않는단 말이오. 그럼 백제와 신라와 고구려, 나아가 가야에까지 평화가 온단 말이오. 죽을 병사도 없고 한탄할 부모도 지어미도 자식도 없어진단 말이오. 내가 우리 폐하께 그렇게 말씀드려서 재가를 받았소. 고구려의 평성왕도 좋다고 약조를 했소. 그러니 그대 백제만 남았소. 내가 백제로 가서 그대의 폐하를 알현하고 이 말씀을 드리려 했더니, 마침 장군이 잘 와주셨소. 백제가 현재의 변경을 그대로 유지하기로 약속한다면 모든 나라에는 평화가 오는 거요."

"장군의 말씀이 기가 막힙니다. 그러니 결국 안 돌려주겠다는 말씀이네요."

"안 돌려드리는 게 아니라 못 돌려드린다는 겁니다. 이게 모두 평화를 위한 거요. 살생을 막자는 거요. 그렇게 되면 백제는 고구려와 다투지 않아도 되지요. 백제도 이길지도 질지도 모르는 전쟁을 안 해도 된단 말입니다. 아시겠소? 백제에게 더 도움이 된다니까요. 가서 그대의 폐하께 분명히 그렇게 전하시오. 우리 신라가 중간에서 싸움을 말리겠노라고. 그리고 백제가 원한다면 얼마든지 조상님의 능에 와서 제사를 지내도 좋소. 우리 신라는 백제의 누가 와서 제사를 지낸다 해도, 군사를 보내 안전하게 호위해 드리겠소."

"이사부장군께서 그렇게 나오시니 더 말해 무엇하겠습니까? 제가 백제로 돌아가 저의 폐하께 장군의 말씀을 그대로 전하겠습니다."

달기장군은 사비로 돌아와 명농왕과 태자에게 이사부의 말을 그대로 전했다.

"무어라, 이사부가 백제를 위해 우리 한성 땅을 점령했다 하였느냐? 이게 말이나 되는 소리냐? 귀신 씨나락 까먹는 소리 아니더냐?"

"그렇습니다. 말도 안 되는 소리입니다. 땅 욕심이 나서 점령해놓고 평화가 어쩌니, 업이 어쩌니 잔뜩 괴상한 소리를 늘어놓은 겁니다. 어떻게 해야 할까요?"

명농왕은 한참을 생각하다 말을 꺼냈다.

"우리가 갈 길은 두 가지다, 하나는 굴욕을 참고 받아들이는 거지. 하나는 신라와 전쟁을 하는 거다."

태자가 말했다.

"이대로 참고 갈 수는 없습니다. 그렇게 되면 오히려 신라가 우리를 압박하려 들 겁니다. 철저히 응징해야 합니다."

"우리가 신라와 전쟁을 하면 이길 것 같으냐?"

"이길 수 있습니다. 아니 이깁니다. 우리와 신라의 병력은 엇비슷하나, 가야와 왜국의 병력을 지원받으면 우리가 이깁니다. 소자가 출정하겠습니다. 당장 명령을 내려주십시오."

"아니다, 태자. 전쟁할 때 하더라도 깊이 헤아려 신중해야 한다. 적을 안심하게 한 뒤 기습을 한다면 더욱 승산이 높아지지."

"어떻게 말입니까?"

"달기장군, 한 번 더 서라벌에 다녀오게."

"네, 저야 얼마든지 가면 되겠지만 어떤 연유로 갑니까?"

"가서, 백제도 이사부의 평화 제안을 수락한다 하시오."

"아니 되옵니다, 아바마마. 있을 수 없는 일이옵니다."

"어허, 태자. 가만히 있거라. 달기장군은 서라벌에 가서 양국이 앞으로도 다투지 말고 평화롭게 지내자고 하고, 그런 화평한 동맹을 변함없이 지켜나간다는 증표로 사돈을 맺자고 하시오."

"네? 사돈이라면?"

"아직 시집가지 않은 내 딸이 있지 않소. 그 아이를 진흥왕의 배필로 맺어줄까 하오. 그러면 진흥왕이 내 사위가 되는 셈이지."

"폐하, 정말로 그렇게 해도 괜찮으시겠습니까?"

"아바마마, 그건 아니 될 말씀이옵니다. 어찌 저의 누이를……"

"태자는 가만 있으래두."

"태자전하의 말씀을 귀담아 들으소서, 폐하."

"허허, 나도 괜찮지는 않지. 달기장군. 그러나 고육지책이란 말이 있지 않소? 어떤 계책이라도 조금이라도 도움이 될 만할 계책을 짜내야 한단 말이오. 저들을 안심시켜 방심을 노리려면 이 계책보다 더 좋은 게 있겠소?"

"그렇기는 하오만……"

"열 손가락 깨물어 안 아픈 손가락이 있겠소? 백제를 위해서는 어쩔 수가 없소. 알겠소? 달기장군."

"네, 폐하. 눈물이 나옵니다, 폐하."

"그리고 태자야. 나도 생각 같아서는 지금 내가 당장 군사를 몰아 서라벌로 가고 싶다. 하지만 신라와 전쟁을 한다면 필사의 전쟁이야. 변경의 땅을 뺏고 뺏기는 전쟁이 아니란 말이다. 누가 죽느냐, 그 전쟁이다. 그러니 우리는 더 준비해야 해. 시간이 더 필요하다는 말이야. 저쪽을 안심시키고 우리는 준비할 시간을 벌고, 혼인보다 더 적합한 게 또 있겠느냐?"

"폐하, 소자의 생각이 짧았사옵니다. 용서하여주십시오."

"달기장군은 서라벌로 떠나라."

달기는 명농왕의 명을 받고 그 길로 서라벌로 달려가 이사부를 만났다.

"저의 폐하께 이사부장군님의 말씀을 전하니, 오히려 무척 기뻐하셨습니다. 더군다나 제사 지낼 때 군사를 보내 호위까지 맡아주시겠다니 더욱 감사하다고 하셨습니다."

"허허, 이렇게 고마울 데가 있나. 백제의 폐하께서 이해해 주시니 기쁘기가 한량이 없소. 역시 그대 나라의 백성들이 칭송하는 대로 성왕(聖王)이시오. 나라가 업을 끊고 해탈의 경지에 들자면 그 방법밖에 없소. 모두 장군께서 심부름을 잘해주신 덕이오. 지난번에 오셨을 때는 서라벌 법주도 한잔 못 하고 가셨지요? 이번에는 흠뻑 취하시고 즐기다가 가세요. 내 살아보니 삶이 그리 길지 않아요. 금방 갑니다. 돌아서면 백발이구요."

달기는 이사부가 너스레를 떨며 친절을 베풀자 속으로는 욕을 하면서도 겉으로는 웃을 수밖에 없었다.

"이사부장군님, 저의 폐하께서는 이왕 이렇게 평화를 약속한 김에, 더욱 양국의 관계를 돈독하게 하자고 하셨습니다."

"더욱? 그거 좋지요."

"저의 폐하께서는 양국이 혼인하여 사돈을 맺자고 하셨습니다. 그것보다 더 양국 관계를 돈독하게 하는 게 어디 있겠습니까?"

"혼인을?"

"그렇습니다. 신라의 폐하가 아직 젊으시니, 신라의 폐하만 좋다면 우리 폐하의 따님을 신라로 시집보내겠다고 하셨습니다."

이사부는 명농왕의 혼인 제안을 전혀 예상하지 못했다. 뜻밖의 제안이라 그 속에 담긴 뜻을 생각했다. 얼른 답이 나오지 않았다. 명농왕은 도대체 무슨 생각을 하는 것일까? 땅을 돌려주기 싫어 평화니, 업이니 했을 때는 백제와의 전쟁도 각오했다. 백제가 쳐들어온다 예상하고 군사들도 배치했다. 한데 자신의 터무니없는 말에 맞장구를 치고 한술 더 떠 혼인이라. 명농왕은 역시 보통 상대가 아니다.

이사부는 왕실 혼사의 일이라 진흥왕뿐만 아니라 여러 원로가 함께 의논해서 결정해야 하니 객청에서 기다려달라고 했다. 달기는 객청에서 우륵에게 음악을 배웠다는 계고의 가야금과 이문의 춤을 즐기면서 서라벌의 법주를 마셨다. 좋은 술과 아름다운 여인의 춤과 심금을 파고드는 가야금 소리를 함께하니, 달기도 그 순간에는 모든 시름을 잊었다. 법주는 이사부의 자랑처럼 달면서도 부드러웠다. 술이 입에 붙었다. 달기가 서라벌의 법주를 거나하게 마시고 단잠을 자는 동안 이사부는 거칠부와 함께 입궁했다.

진흥왕은 먼저 물었다.

"그래, 백제에서 사신이 왔다면서요."

이사부가 대답했다.

"그렇습니다. 달기장군이 왔습니다. 두 번째입니다."

"그래 무어라 하던가요? 처음엔 땅을 돌려달라고 했다면서요."

"제가 좀 억지를 부렸습니다. 땅은 돌려줄 수 없고 오히려 신라가 한성과 6군을 가지고 있어야 삼국 사이에 평화가 온다구요. 우리가 고구려와도 약조했다고 말했습니다."

"아니, 그렇게 다 말해도 괜찮습니까? 고구려와 약조한 건 비밀리에 하기로 하지 않았습니까?"

"그랬지요. 하지만 비밀이라 해도 우리가 한성 6군을 점령한 이상 다 드러나게 되어있습니다. 오히려 눈 가리고 아웅하는 격이 됩니다."

"그렇긴 하지요. 우리가 고구려와 약조한 것을 백제가 어찌 모를 수 있겠습니까? 그랬더니 백제가 어찌 나왔습니까? 우리가 배반한 게 틀림없는데. 우리는 저들이 쳐들어올까 미리 대비하고 있었잖습니까?"

"소신도 땅을 돌려줄 수 없다고 하면서 삼국의 평화를 위해 그렇다고는 했지만, 사실은 궁색한 답변이었습니다. 그런데 백제가 뜻밖의 제안을 했습니다."

"뜻밖의 제안?"

"그렇습니다. 땅을 돌려주지 않으면 전쟁을 하겠다고 나올 줄 알았는데 명농왕께서 딸을 폐하께 주겠다고 합니다. 폐하께서 장가를 한 번 더 들게 되었습니다. 하하."

"그게 무슨 말이오? 내가 장가를 가야 한다고?"

"그렇습니다. 혼인하여 양국이 동맹을 더욱 공고히 하자는 제안입니다. 혼인보다 더 양국을 결속하는 건 없지요."

"그게 말이 되는 소리요? 백제가 어찌 그리 나올 수 있나요?"

"저도 그게 의아합니다."

"상대등, 혹시 저들의 기만이 아닐까요?"

"아마도 그렇겠지요. 혼인을 통해 안심을 시킨 후 기습하려는 전략일 수도 있고, 아니면 말 그대로 평화를 원할 수도 있지요."

"아닐 겁니다, 상대등. 어찌 조상의 묘가 있는 땅을 빼앗겨 놓고 친하게 지내자고 할 수가 있겠어요?"

"그렇게 보아야겠습니다. 역시 폐하의 판단이 옳으십니다. 하지만 굳이 우리가 혼인을 거절할 필요는 없습니다. 폐하께서 젊으시니, 장가 한 번 더 가셔야겠습니다."

"내가 내 입으로 어찌 가고 싶다고 하겠소. 그 문제는 상대등께서 알아서 하시구료."

"폐하, 그렇게 하겠사옵니다. 추수가 끝나고 추워지기 전에 10월쯤 해서 길일을 잡겠습니다."

진흥왕과 이사부의 오고 가는 말을 듣고 있던 거칠부가 말을 꺼냈다.

"이사부장군님, 아울러 백제의 혼사 제의는 우리 신라의 한성과 6군 점령을 용인한다는 의미입니다. 백제에게 그것을 약조하라고 할 수는 없으니 이참에 우리의 점령을 확실히 할 필요가 있겠습니다."

"그렇지, 좋은 생각이야. 거칠부장군, 폐하께서 왕명으로 그 땅이 우리 땅이라는 걸 확실히 하는 거지."

"그렇습니다."

"폐하, 한성 6군을 신주(新州)라 하고 군주(軍主)를 임명하십시오."

"좋지, 그렇게 합시다. 군주로는 누가 좋겠소?"

"이미 무력(武力)이 가있습니다. 무력이 용맹하고 또 물길을 잘 아니 한수의 장점을 잘 활용할 듯합니다. 그를 임명하면 좋겠습니다."

"그렇게 합시다, 상대등."

"그리고 또 하나 말씀드릴 게 있습니다. 혼인하면서 양쪽이 서로 침략하지 않겠다는 불가침 맹세를 하고 그걸 비석에 남겨두는 게 좋겠습니다."

거칠부의 말에 이사부가 바로 대답했다.

"그거 좋은 생각이다. 그렇게 못을 박아놓으면 백제는 한성과 6군을 돌려달라고 할 수 없게 된다. 지금의 변경대로 하면 우리에게 유리하다. 폐하, 그렇게 하는 게 좋겠지요?"

"물론이요. 역시 그대들이 신라의 기둥이요. 거칠부는 당장 초안을 작성하시오."

이사부는 거칠부에게 말했다.

"거칠부장군은 초안을 작성함은 물론 폐하의 뜻을 받들어 백제의 동향을 잘 살피도록 하게. 늘 긴장하여 대비해야 하네."

"명을 따르겠습니다."

이사부는 이튿날 오전 천경림 부근에 있는 객청을 찾았다.

"달기장군, 어제는 잘 주무셨소?"

"이사부장군님 덕에 좋은 술을 맛보았습니다. 법주는 백제의 술 못지않게 좋았습니다."

"그래요? 나도 백제 술맛 한번 보고 싶구료. 내가 늙어 백제로 갈 형편은 못되니, 10월에 한 동이를 부탁하오."

"하하하. 재가가 났군요. 벌써 택일까지 하셨단 말씀이네요. 10월이면 딱 좋지요. 아직 춥기 전이기도 하고. 단풍이 한창일 때 혼인이라."

"혼인도 좋지만 전쟁하기도 좋지요. 천고마비(天高馬肥)라 하지 않았소. 그렇지 않소? 달기장군."

달기는 속으로 뜨끔했다. 이 늙은 능구렁이가 백제의 속을 다 들여다보고 있다는 생각이 들었다. 달기가 말했다.

"하하, 말이 살이 찌면 북쪽 고구려가 싸우고 싶을 겁니다. 백제는 말이 별로 없어서."

"하하, 농담이오. 그건 그렇고 우리 폐하께서 백제에 부탁이 있다 하셨소. 우리 폐하께서 아들을 보셔서 궁성 동쪽에 동궁을 지으려고 했소. 무슨 일인지 그 터에서 황룡이 나타나 며칠 머물다가 승천을 했소. 무슨 조화인지 몰라 여러 사람에게 물어보았지요. 많은 사람의 뜻대로 그 터에 절을 짓기로 했소. 우리 폐하는 그 터에 큰 탑을 세우고 싶어 하십니다. 우리 신라에는 큰 탑을 제대로 지을 줄 아는 목수가 없단 말이오. 마침 백제의 공주님이 시집오시니, 그때 백제의 대목(大木)도 데리고 와주십사 하는 게 우리 폐하의 부탁이오. 사국(四國)의 화평을 기원할 큰 탑을 짓는 거니 이번 혼사의 취지와도 부합하지요."

"그렇게 말씀 올리겠습니다."

"그리고 사실은 이게 중요한데, 우리 폐하는 이 결혼이 서로 배필을 못 찾아서 하는 결혼이 아니니만큼, 이번 결혼은 두 나라의 우호를 다짐은 물론이거니와, 서로 침략하지 않겠다는 징표이며 맹세가 되어야 한다고 하셨습니다. 그걸 돌에 새기어 서라벌에 하나, 사비에 하나 이렇게 남겨두자고 하시네요."

"돌에 새겨 남겨요?"

"돌만큼 더 오래가는 게 있나요?"

"아, 네, 알겠습니다. 이사부장군님."

"돌에 새기는 건 시간이 걸리니 우리 신라에서 이렇게 초안을 잡았습니다."

"벌써요?"

"우리 폐하께서 성질이 급하십니다."

이사부는 품에서 종이를 꺼내 읽기 시작했다.

"신라왕백제왕 감소고우황천후토 양국수호 약위혼인 돈행대례 영고환맹 서왈 이성련인 기위진치 각수봉강 영무침벌 약리간위 급상구술 원간금석 용표란성 유투차맹 신기시극(新羅王百濟王 敢昭告于皇天后土 兩國修好 約爲婚姻 敦行大禮 永固歡盟 誓曰 異姓聯姻 旣爲脣齒 各守封疆 永無侵伐 若履艱危 急相救邱 爰刊金石 用表丹誠 有渝此盟 神祇是殛)."

"이사부장군님, 제가 배움이 짧아 그렇게 읽으시면 잘 모르옵니다."

"사실은 나도 어렴풋이 알 뿐이오. 거칠부장군이 대충 이런 뜻이라고 하였지. 신라 왕과 백제 왕은, 감히 하늘과 땅의 신께 고하나니, 두 나라가 우호를 닦아 혼인으로 맺어지니, 큰 예를 돈독히 행하여 영원히 우호의 맹세를 견고히 하노라. 맹세하여 말하되, 두 나라가 인척의 연을 맺어 이와 입술처럼 가까운 사이가 되었으니 각기 자신의 강토를 지키고 영원히 침략과 정벌이 없을지어다. 만약 어려움과 위태로운 상황에 처하면, 급히 서로 구호하고 도울지어다. 이에 금석에 새겨, 진실된 마음을 표하노니, 이 맹세를 저버리는 자 있다면 천지신명이 벌할지어다."

"이제 알아듣겠습니다. 이대로 저의 폐하께 전하겠습니다."

14

　백제의 명농왕은 막내딸을 서라벌로 시집 보내고 난 뒤에도 심기가 불편해서 속을 끓이고 있었다. 고육지계(苦肉之計)이긴 했지만 명농왕 자신의 말대로 열 손가락 깨물어 안 아픈 손가락은 없는 법이다. 사비 왕궁을 떠나 서라벌로 갈 때 하직 인사를 올린 딸의 얼굴이 자꾸 떠올라 스스로가 화가 났다. 그렇게까지 할 필요가 있었을까? 아니다. 계획을 성사시키면 딸을 다시 볼 수 있다. 지금은 아파도 나중에 웃는 날이 올 게다. 그날이 반드시 온다.

　명농왕은 신라에서 보내온 맹세문도 생각났다. 이 허무맹랑한 생쥐 같으니라고. 서로 침략하지 말자고 맹세를 해? 그걸 돌에 새겨? 그래 얼마든지 새기마. 돌이야 깨버리면 그만이다.

　명농왕은 혹시 신라가 의심할지 모르니 신라에서 보낸 조잡한 문장의 글을 돌에 새기라고 했다. 명농왕은 딸을 시집 보낼 때 진흥왕이 요청한 대목수도 몇 명 딸려 보냈다. 명농왕은 목수들에게 말했다.

　"신라 왕이 서라벌에 짓는 절에 우리 백제 목탑처럼 훌륭한 탑을 세우기를 원한다고 한다. 가서 신명을 다해서 사방에서 다 볼 수 있는 크고 큰 탑을 세워라. 그게 신라의 탑이라 해도 결국은 사해(四海)의 탑, 백제의 탑이다.”

태자는 아버지 명농왕이 무슨 말을 하는지 알아들었다. 고구려의 도림이라는 승려가 백제로 와서 증조할아버지인 개로왕과 바둑을 두면서 할아버지를 설득했다고 했다. 둑을 쌓고 아버지 무덤을 크게 만들고 궁궐을 수리하라고 했다고 한다. 그 부역을 백성들이 원망했다지. 아버지 명농왕은 그걸 생각하신 거다. 신라의 진흥왕이 늪에 자갈과 흙을 넣어 다져서 큰 절을 짓는다고 하니, 게다가 큰 목탑까지 세운다고 하니, 그걸 염두에 두셨던 게 분명하다. 신라의 백성들이여, 너희 왕을 원망하라. 나아가 만약에 백제가 서라벌에 쳐들어가 대가야국처럼 서라벌을 속국으로 만든다면, 그 탑은 백제의 탑이다. 신라인의 힘으로 백제의 탑을 미리 만드는 거다. 태자는 아버지의 생각을 그렇게 짐작했다.

명농왕은 해가 바뀌어 갑술년[36]이 되자 초조해졌다. 왕은 태자를 불렀다.

“우리가 여러 번 왜국에 사신을 보냈지 않았느냐? 왜국에서 병사를 보내달라는 우리의 요청을 왜 받아들이지 않는 거냐?”

“왜국에 전염병이 돌고 하면서 왜국의 국내 사정이 좀 복잡했습니다.”

“그 있지. 목씨의 후손, 그 자의 이름이?”

“소아도목을 말씀하시는 거지요?”

“그래 소아도목, 그 자에게도 사람을 보냈지?”

---

36) 554년

"그렇습니다. 지금 소아도목이 반대파들을 제거할 거사를 꾸미고 있습니다. 시간이 좀 필요하다 합니다."

"알았다. 하지만 소아도목이 완전히 왜국 조정을 장악할 때까지 마냥 기다릴 수는 없다. 다시 왜왕에게 사신을 보내 군사와 군수품을 보내달라고 해. 5월까지. 가야 병사도 마찬가지다. 대가야 이뇌왕이야 신라에 원한이 있으니 군사를 순순히 보낼 거야."

"5월입니까?"

"그렇다."

"그럼 6월에?"

"6월이면 덥고 태풍이 불지. 5월까지 왜국에서 군사가 와야 태풍의 피해가 없다. 한두 달 준비해서 7월이면 딱 좋을 거다. 더위도 한풀 꺾이고. 하지만 이건 태자 너와 나만 알아야 해. 7월에 사냥을 시작하자."

"폐하, 소자가 사냥을 진두지휘하겠사옵니다. 소자가 잡은 짐승으로 한성 조상전에 제사를 올려야겠습니다."

"그래, 태자가 그래야지. 아비는 늙었다."

백제가 왜국에 보낸 사신은 바로 기다리던 소식을 가지고 왔다. 왜왕이 군사 1천과 말 1백 필을 배 40척에 실어 보내겠다고 약조를 했다. 군사를 보내는 대가로 왜왕은 하급 관리들에게 글을 가르치는 오경박사(五經博士)와 승려, 천문을 관측하고 날짜와 시간을 알리는 역박사(曆博士), 병을 고치는 의박사(醫博士), 약을 짓는 채약사(採藥師), 음악을 담당하는 악사 여러 명의 교체를 요구했다. 명농왕은 전번에 파견한 오경박사 등이 몇 년을 왜국에 머물렀기에 교체를 약속했다. 그들을 왜국으로 떠나보내면서 삼귀(三貴)장군과 물부오(物部烏)장군이 인솔하게 했다. 이 두 장군이 왜군을 데리고 백제로 올 계획이었다.

　백제에서도 명농왕과 창태자와 달기대장군을 제외한 대다수는 백제가 신라를 공격하려고 철저히 준비하고 있는 사실을 잘 알지 못했다. 신라로 딸을 시집보낸 게 몇 달 되지도 않았기에, 다들 신라와는 사이좋게 지내는 줄 알았다. 하지만 삼귀장군과 물부오장군이 왜국 병사를 인솔해서 사비로 들어오자 백제의 민심이 뒤숭숭해졌다.

　곧 전쟁이 일어나며 싸움의 상대는 신라라는 소문이 파다하게 퍼졌다. 왜군을 인솔하여 백제로 온 왜장은 유지신(有至臣)장군이었다. 유지신은 호전적이며 당돌하게 보여 명농왕의 마음에 들었다. 명농왕은 유지신과 왜군을 격려하고, 그들을 배불리 먹였다.

　명농왕은 하루가 급했다. 왜군이 도착했다는 소문은 금방 퍼질 게 분명했다. 그러면 신라와 고구려가 대비할 게 뻔했다. 시간이 지나면 지날수록 딸을 시집보내면서까지 신라를 안심시켜놓았던 효과가 사라질 게 분명했다. 명농왕의 걱정대로 왜국에서 군사가 왔다는 정보는 금방 신라로 전해졌다. 이사부는 왜국 병사가 배 40척에 나누어 타고 사비에 도착했다는 보고를 받았다. 그는 바로 진흥왕에게 갔다.

　"폐하, 백제의 움직임이 이상합니다."

　"아니, 딸을 줄 때는 언제고…… 기어코 쳐들어오겠다는 거요? 정말 그렇게 할까?"

　"확실하지는 않습니다만 대비는 해야 합니다. 아군이 불리해지면 명활성을 다시 수리해놓겠습니다. 월성 둘레에 물길을 깊이 팠다 하더라도 월성은 아무래도 평지에 있는 성이라 불안합니다."

"명활성이야 여기 월성에서 반나절이면 갈 수 있는 곳이 아니오. 만약 적이 온다면 왕비나 부녀자들도 가야 할 테니까, 준비하면 좋겠지요. 상대등께서 불안하다면 그렇게 하시오."

이사부는 생각에 잠겼다. 아무래도 명농왕이 큰바람을 일으킬 공산이 컸다. 말로만 떠드는 사람이 있고, 조용하되 행동으로 움직이는 사람이 있다. 명농왕은 하늘을 나는 큰 새다. 날갯짓이 신라에까지 미칠 게 틀림없다. 이사부는 명농왕이 쳐들어온다면 한수일까, 서라벌일까를 생각했다. 한밭에서 금현성과 도살성을 공격하고 신라군의 허리를 잘라 죽령 이남으로 다시 신라를 몰아낸다. 이럴 가능성이 가장 컸다. 물론 관산[37]으로 들어오거나 대가야 쪽으로 우회해 서라벌로 바로 쳐들어올 수도 있다. 그럼 북쪽의 신라군을 사비로 진격시키면? 서로 아수라장이 되는 물고 물리는 싸움이다. 그렇게 되면 싸움은 매우 복잡한 양상으로 전개될 게 분명하다. 어떻게 되든 백척간두의 처절한 싸움이다. 이빨로 물어뜯고 발톱으로 할퀴고 서로의 목을 찌르는 혈전이다. 이게 신라와 백제의 마지막 싸움일지도 모르겠다. 다만 이상한 건 왜군이 왔다면 가야 병사도 움직여야 할 텐데, 대가야 쪽에서는 큰 움직임이 없었다.

명농왕 역시 가야가 답답했다. 늦어도 6월까지는 군사를 내라고 이뇌왕에게 사신을 여러 번 보냈건만 이뇌왕은 차일피일하면서 군사를 내지 않고 있었다. 명농왕은 달기를 다시 대가야로 보냈다. 이뇌왕은 달기에게 6월은 한창 농사철이라 군사들을 소집하는 게 너무 어렵다, 작년에 흉년이 들어 8월에 추수해야 그나마 군사를 움직일 수 있다고 통

---

37) 현재의 충북 옥천군 일대

사정했다. 달기가 보아도 가야 백성들의 움직임에 활기가 없었다. 겨우 보릿고개를 넘긴 게 분명했다. 사정은 백제도 마찬가지였다. 지난해 벼가 다 익고 난 뒤 큰바람이 불고 홍수가 나서 백제, 가야, 신라 모두 큰 피해를 보았다. 하지만 올해는 다행히 들판에 가득한 벼는 잘 자라고 있었다. 이뇌왕은 벼가 잘 자라고 있으니 풍년이 들면 1만의 군사를 보내겠다고 약속했다. 1만이라면 대가야가 동원할 수 있는 군사의 거의 전부였다.

달기의 보고를 받은 명농왕과 태자는 심사숙고했다.

"아바마마, 이뇌왕이 잔머리를 굴리고 있는 듯합니다."

"그래? 왜 그렇게 생각하느냐?"

"우리 백제는 7월에 신라를 기습하려고 했습니다. 왜군은 이미 들어와 있구요. 소문은 이미 신라에도 들어갔을 겁니다. 그럼 우리는 7월부터 전쟁을 해야 합니다."

"그렇지."

"추수가 끝나고 9월에 군사를 내겠다는 건 이미 승부가 끝난 다음에 군사를 보내겠다는 말입니다."

"그렇지. 잘 보았다. 흉년이 들어 추수 핑계를 대지만 실상은 싸움을 보고 눈치껏 병사를 움직이겠다는 게지. 7, 8월이면 이미 승부가 나지 않겠어? 백제가 이기고 있으면 병사를 많이 보내어 생색을 내고, 만약 백제가 불리하면 또 다른 핑계를 대겠지."

"못 믿을 인간입니다."

"아니다."

"네, 그럼 믿을 만한 인간입니까?"

"태자, 왕에게는 인간이 없다. 나라를 위한다면, 백성의 안위를 도모한다면 왕은 욕이라도 기꺼이 얻어먹어야 한다. 체면도 필요 없다. 약속도 배반할 줄 알아야 한다. 피도 눈물도 없어야 한다는 말이다. 그러니자기 나라 군사들의 목숨을 아끼려고 하는 이뇌왕을 나무랄 수 있느냐?"

"잘 알겠습니다. 그럼 우리는 언제 시작해야 할까요?"

"전쟁은 왕과 태자만이 하는 게 아니다. 여러 신하와 모든 백성의 마음이 합쳐져야 큰 전쟁을 한다. 귀족들과 백관들을 소집하라. 내일 사비성 남당에서 전쟁을 선포하고 바로 출정을 하자."

이튿날 남당에서 태자 부여창은 아버지를 대신하여 말했다. 배반한신라를 응징하여야 하며, 신라를 공격하는 것이 하늘의 뜻이라 천명했다. 하지만 조정의 원로대신들이 바로 말했다.

"태자시여, 작년에 큰바람이 불고 홍수가 나서 흉년이었사옵니다. 전쟁이란 무릇 군사가 배불러야 싸우는 법인데, 아직 가을 추수도 하기 전입니다. 부디 자중하시어 때를 노리심이 좋을 줄로 아뢰옵니다."

원로대신의 말에 태자가 발끈 화가 나서 받아쳤다.

"그대들이여, 이미 늙었구려. 작년에 흉년이 든 건 신라도 마찬가지거니와 들판이 넓은 백제는 흉년이라 해도 굶어 죽은 사람이 없고 또한군량미마저 충분하거늘, 어찌 겁부터 낸단 말이오. 당장 나가서 저 너른들판을 보시오. 백강 옆으로 넘실대며 자라는 푸른 벼를 못 보셨소? 곧벼가 패고 나락이 익고 추수를 할 거요. 바로 지금이 하늘이 우리 백제와 함께하는 때요."

전쟁을 좋아하는 신하들은 없다. 그들은 평화롭게 살고 싶었다. 나이가 들면 생각이 더 많아진다. 전쟁하러 가는 군사가 아들이고 사위이고 손자이기 때문에 더 그렇다.

"하오나 태자시여, 신라도 만만한 나라가 아니며 더군다나 병부령 이사부는 백전노장에 아직 한 번도 패배하지 않은 장군입니다. 그를 상대로 하자면 더욱 준비를 많이 하여 신중하여야 합니다."

"그 무슨 겁쟁이 같은 말이요? 이사부가 패배하지 않은 건 싸우기 힘든 싸움은 하지 않았기 때문이오. 내가 그 이사부를 패배하게 만들겠소. 아시겠소? 백제의 힘을 보여준단 말이오."

"그만, 그만. 그만들 하시오."

명농왕이 원로대신과 부여창 태자와의 설전(舌戰)에 역정을 내며 소리쳤다.

"태자도 원로대신에게 함부로 말하지 말라. 모든 대신은 들으시오. 내가 돌아가신 부왕으로부터 못이 박히게 들었던 게 누파구려 갱위강국(累破句麗 更爲强國)이라는 말이었소. 누차 고구려를 이기고 강국이 되었다는 뜻이오. 하지만 나의 부왕은 한성을 다시 빼앗지는 못했지. 부왕의 마지막 소원은 여러 대신이 더 잘 알 거요. 한성에 있는 조상 능에 제사 한 번 못 지내고 돌아가셨소. 내가 3년 전 신미년[38]에 마침내 한성

---

38) 551년

땅을 76년 만에 되찾았소. 하나 고구려와 밀약을 맺은 신라가 가로채버렸소. 늑대를 물리치고 사슴을 잡아놓았더니 승냥이가 물고간 셈이오. 자, 내가 그대들에게 묻겠소. 그 승냥이를 그냥 둘까? 그냥 두면 내 눈에 흙이 들어갈 때 내가 눈을 감을 수 있겠소? 내가 쓸개를 맛보면서 승냥이 사냥을 다짐한 게 하루 이틀이 아니오. 어찌 태자의 말이라고 함부로 반대한단 말이오? 이번 전쟁에 백제가 패할지도 모르오. 더 심한 고초를 겪을 수도 있소. 하지만 나는 싸워야겠소. 내 딸을 시집보내 신라를 안심시켰소. 나의 이 고육지책을 이해하지 못하겠소? 말해보시오. 누가 나를 반대하겠소? 태자를 반대할 대신은 다시 나와보시오."

명농왕의 위엄이 잔뜩 서린 말에 감히 아무도 나서지 못했다. 딸 이야기가 나올 때 명농왕의 목소리가 떨리기까지 했다. 사비 궁성 남당에 찬바람이 휙 하고 불었다. 달기대장군이 나섰다.

"폐하와 태자전하의 말이 옳으시옵니다. 선왕 폐하의 유지를 받듦은 우리 백제 모든 신하의 도리이옵니다. 또 저희 신하들이 신하된 도리를 다하자면 먼저 공격하자고 주청을 올려야 했습니다. 늦어서 오히려 저희가 용서를 비옵니다. 폐하, 용서해주시옵소서. 저희의 생각이 짧았사옵니다."

달기의 말 한마디로 모든 게 정리되었다. 명농왕은 그 자리에서 대소 신료들에게 전쟁 준비를 명했다. 신하들은 명농왕의 본뜻을 알았으므로 군소리 없이 전쟁 준비에 임했다. 태자는 먼저 준비가 끝난 사비 중앙군 중 동부군과 서부군을 이끌고 출정하고자 했다. 태자가 명농왕에게 말했다.

"소자가 먼저 관산으로 출정하여 신라군의 몸통을 둘로 갈라놓겠습니다."

명농왕과 태자와 달기는 신라를 공격할 때 어디부터 쳐들어가는가에 대해 심사숙고했다. 적을 이기자면 적의 약점을 찾아야 한다. 신라의 주력군은 대당군과 상주군이다. 신라의 최정예 대당군은 삼년산성과 북쪽 새로운 점령지인 한수 지역에 넓게 퍼져있다. 추풍령 아래 상주와 감문[39] 지역에 상주군이 있다. 상주군은 대당군에 못지않은 강한 군단이다. 나머지 신라군은 성을 위주로 한 방어군이어서 큰 위협은 되지 않는다. 백제의 주력군이 대당군을 피해 관산지역의 몇 개의 성을 돌파하고 추풍령을 넘어 감문으로 가기만 하면, 전쟁은 승리할 수 있다. 감문에서 신라의 상주군단과 백제군의 전투는 백제군에 승산이 있다. 상주군단을 돌파한다면 다음 서라벌까지는 성이 많지 않은 평지 지역이다. 속전속결로 진격할 수 있다. 남은 신라의 병력도 많지 않다.

신라를 공격하고자 했을 때 명농왕은 아예 한성 수복 따위는 바라지도 않았다. 바로 신라의 심장을 찌르자. 진흥왕의 목을 바로 따자. 그렇게 해야만 명농왕의 체증이 내려간다. 직성이 풀린다. 명농왕은 평생을 갈망하여 얻은 보물을 빼앗긴 복수를, 통쾌히 하고 싶었다.

그러나 관산을 돌파하여, 추풍령을 넘고 감문으로 나아가는 직접 공격은 문제가 있는 작전이었다. 달기장군은 대당군이 백제군의 배후를 공격한다면 어떤 대책이 있느냐 하는 점을 지적했다. 명농왕도 그게 걱

---

39) 현재의 경북 김천 일대

정이었다.

명농왕은 기만 작전을 구사하는 방법을 생각해냈다. 백제군이 관산의 변두리를 공격하면 신라군은 백제의 창칼의 끝이 어디로 향할지 헷갈릴 게 분명하다. 관산을 공격하면서 백제는 신라군의 허리를 잘라놓고 북으로 공격 방향을 틀어 삼년산성을 공격한다. 이어 백제군을 금현성과 도살성으로 보내면 신라군은 백제가 필시 원하는 건 한성 6군이라고 판단할 게 분명하다. 이 전쟁이 바로 한성 6군 때문에 시작되지 않았는가! 이게 바로 성동격서(城東格西)다. 관산을 공격하되 북쪽을 치는 척한다. 명농왕은 생각했다. 이 전쟁의 승패는 관산에 달려있다. 관산을 백제 수중에 넣으면 백제가 이긴다. 신라가 막아내면 백제는 대단히 어려워진다. 관산 아래로는 탄현과 진성, 위로는 삼년산성, 동쪽으로는 추풍령, 서쪽으로는 한밭이다. 관산을 둘러싸고 서남쪽은 백제의 성과 보루가, 동북쪽은 신라의 성과 보루가 즐비하다. 관산의 성만 점령하면 다음부터 전쟁은 유리해진다. 물자와 군량의 조달이 쉽다. 공격과 방어에 필요한 병사를 숨겨둘 수 있다. 관산이 바로 중원(中原)이다. 관산은 요충지 중의 요충지다. 명농왕은 이 전쟁에서 관산을 먼저 장악하는 자가 승리한다고 확신했다.

"태자도 관산이 왜 중요한지 잘 알 게다. 이 전쟁은 관산의 전쟁이다. 관산만 손에 넣으면 다음부터는 쉽다. 관산이 먼저 우리 수중에 들어와야 한다."

"명을 받들어 곧 승전보를 올리겠습니다. 염려 마십시오."

태자는 1만의 병력을 이끌고 한밭을 지나 관산으로 가는 두 갈래 길

중에서 남쪽 길을 선택해 진격했다. 대병을 만난 관산 외곽의 신라군은 적을 조금 상대하다가 부여창 태자의 적수가 되지 못함을 알고 관산으로 도망쳤다. 신라군은 관산을 빙 둘러싼 산성에서 백제군을 방어했다. 부여창 역시 맞은편 산에 보루를 쌓고 신라군을 공격하기 시작했다. 부여창은 관산 입구의 성을 점령하고서야 이 싸움이 쉽지 않음을 알았다. 성을 하나 점령한다 해서 그 일대를 모두 차지하는 게 아니었다. 관산의 지형상 연속해서 성이 나왔다. 하나를 점령하면 그 뒤에 성이 또 있었다. 그 성들은 모두 연계되어 있었다. 아무리 용감한 강군이라 해도 속전속결로 점령할 수 없었다. 태자는 빨리 이기는 전쟁을 하고 싶었으나 갑갑했다. 어서 관산 전체를 점령하고 삼년산성 쪽으로 병사를 보내야 한다. 그게 태자의 임무였다. 그렇게만 되면 명농왕이 관산 남쪽으로 돌아 추풍령으로 진짜 백제의 주력군을 우회시켜 서라벌로 바로 공격하게 되어있다.

관산에서 보낸 급보가 서라벌에 날아들었다. 마침 거칠부가 병부에서 급보를 받고 이사부에게 보고했다.

"드디어 올 게 왔구나."

"그렇습니다, 장군님."

"백제군이 어디로 향할 거 같으냐?"

"지금으로서는 알 수 없습니다. 관산을 공격하여 신라군의 허리를 자르고자 합니다. 그 다음은 아직……"

"북을 노릴지 남을 노릴지 모른단 말이지."

"그렇습니다. 작년에 딸을 주면서까지 맹약을 다짐했는데 설마 서라벌을 공격하지는 않겠지요."

"그런가? 그러나 오히려 반대로 그렇게 맹약을 다짐했기에 서라벌로 올지도 몰라. 나라 간의 약속은 다 기망(欺罔)이다. 속임수란 말이야."

"그럴지도 모르겠습니다. 그러면 우리는 두 방향에 다 준비를 해야 합니다만, 그게 어렵습니다."

"대가야의 동향을 살펴봐. 왜국 병사들이 사비로 들어왔다고 했어. 그렇다면 대가야 병사들도 분명 불렀을 거야."

"알았습니다."

"우선은 관산으로 병역은 더 보내지 말고, 관산에는 전령을 보내 적의 예봉을 막고 있으라고 해. 관산 전체가 쉽게 무너지진 않을 거야."

관산에서 치열한 싸움이 벌어지면서 부여창 태자의 선봉장인 무련 (武連)장군은 앞장서서 신라의 성 몇 개를 돌파했다.

7월에 시작된 싸움이 8월에 접어들었을 때다. 거칠부는 급히 이사부에게 대가야의 병사가 출정을 시작했다고 보고했다.

"역시 그렇구나. 대가야는 추수가 끝나자마자 움직이고 있어. 병사가 얼마나 된다더냐?"

"얼추 1만은 된다고 합니다. 대가야의 병력이 거의 모두 동원된 듯합니다."

"그렇구나. 이뇌왕이 얼마나 어리석은지 보여줄 때가 되었다. 신라를 배신하고 백제와 붙어먹더니 1만이나 보내?"

"그렇습니다. 1만은 대가야의 전체 병력이나 마찬가지입니다."

"상주정에 사람을 보내라. 우덕(于德)장군과 탐지(眈知)장군에게 상주정의 전 병력을 이끌고 진성(珎城)[40]으로 가라 해라. 대가야 병력은 진성을 통과해서 백제군과 합류할 거야. 진성 인근에 복병을 두어 우선 대가야 병사를 섬멸하라고 해."

"알겠습니다."

"지금 서라벌에는 병사가 얼마나 있나?"

"2만이 채 안 되옵니다."

"알았다. 1만은 만약을 대비해 서라벌에 두고 1만 병력은 지금 바로 출정한다. 내가 가겠다."

"그럼 서라벌에는 누가?"

"서라벌은 거칠부 자네가 지켜. 폐하를 잘 모시고."

"아니 그럴 게 아니고 제가 출정을 하고 장군께서……"

"아니야, 내가 간다. 예감이 좋지 않아. 저들의 꿍꿍이속을 모르겠어. 지금까지는 적들의 계략이 보였는데 이번에는 보일 듯 말 듯해. 내가 늙었나?"

"그럴 리가요."

"폐하를 모시면서 백성들이 불안하지 않게 흥륜사에서 기도 법회를 자주 열게. 그게 힘이야."

"부처님의 가호를 믿으십니까? 장군께서도."

"가호를 믿는 게 아니라 백성들의 믿는 마음을 믿는 거지. 그게 병사들에게 힘이 되는 거야."

"알겠습니다."

상주정의 1만 병력이 상주와 감문을 벗어나 추풍령을 넘어 진성으로

---

40) 현재의 전북 무주군과 충남 금산 일대로 추정.

이동한다는 정보는 바로 명농왕에게 전해졌다.

"바로 이거다. 신라놈들이 걸려들었다. 진성 부근에 덫을 놓고 가야 군사를 기다릴 거야. 우리가 그들을 먼저 친다."

명농왕은 달기장군에게 명하여 2만의 병력을 이끌고 재빨리 탄현을 넘어 진성 인근으로 스며들게 했다. 진성은 관산과 마찬가지로 사방이 산으로 둘러싸인 분지로 입, 출구가 세 곳밖에 없었다. 탄현으로 넘으면 한밭의 남쪽으로 통했다. 북동은 관산 아랫길로 추풍령으로, 남쪽은 가야국으로 통하는 고갯길이 열려있었다. 이 항아리 같은 곳으로 대군이 속속 집결하고 있었다.

산골짜기라 9월 초가 되니 이미 깊은 가을에 접어들어 새벽에는 서리가 내려 제법 추웠다. 부지런히 행군한 우덕과 탐지의 1만 군사는 진성에 도착했다. 진성에서 이사부의 명령에 따라 가야군의 동태를 감시했다. 진성 성주는 우덕과 탐지에게 하루 이틀만 지나면 가야의 병사가 진성으로 들어온다고 보고했다. 우덕이 탐지에게 말했다.

"탐지장군, 여기 진성은 성이 작아 우리 1만 군대가 머물기는 어렵소. 게다가 가야군이 늦어도 이틀이면 진성으로 들어온다지 않소. 우리가 군사가 많으니 복병보다는 가야군이 진성 가운데 들어오면 전면전으로 섬멸을 합시다. 내가 정면을 치겠으니, 탐지장군은 우측으로 돌아서 포위하면 한 놈도 살리지 않고 섬멸할 수 있소."

"좋습니다."

우덕과 탐지는 진성 중앙에 진을 치고 가야 병사를 기다렸다. 하지만 이틀이 지나도 가야 병사는 도착하지 않았다. 척후의 보고에 따르면 가야 병사는 진성 남쪽 골짜기 입구에 도착하고서 모두지 움직임이 없다고 했다. 분명 신라군이 진을 치고 기다리고 있다는 걸 눈치챈 모양이다. 그렇다고 마냥 기다리고 있을 수는 없었다, 가야군에게 발목이 잡혀 있다가는 관산의 후방이 허전해진다.

우덕과 탐지는 진을 버리고 남쪽 골짜기로 들어가 가야군을 급습하기로 했다. 신라군이 골짜기로 들어가 가야군을 뒤쫓는 바로 그때, 양쪽 산에서 낯선 군사가 나타났다. 백제군이었다. 백제군이 올 리가 없는 상황에서 백제군이 갑작스럽게 출현하자, 우덕과 탐지는 매우 혼란스러웠다. 백제군은 화살을 쏘고 돌을 굴리기 시작했다.

매복이었다. 신라군은 혼비백산하여 진성으로 후퇴하기 시작했다. 하나 진성에는 이미 백제군의 깃발이 휘날리고 있었다. 때를 맞추어 가야군도 북진하여 신라군을 압박하기 시작했다. 예봉이 꺾여버린 신라군은 우왕좌왕 갈팡질팡 백제군의 포위 작전에 말려들었다. 우덕과 탐지는 용감히 싸웠지만, 활로를 뚫지 못했다. 예기치 않은 여러 곳에서 적을 만난 신라군은 서서히 무너졌다. 신라군은 양쪽이 산으로 가로막힌 깊은 골짜기에서 도대체 어디로 도망가야 할지 알 수가 없었다. 많은 군사가 살육당하고, 그보다 더 많은 군사는 살기 위해 항복했다.

백제 가야 연합군의 대승이었다. 그날 하루 동안의 전투에서 신라군은 완전히 무너져 살아서 추풍령 쪽으로 후퇴한 병사는 탐지장군이 이끈 수천에 불과했다. 5천 이상의 병사가 목숨을 잃거나 포로가 되었다. 진성에 있던 백성들도 포로가 되어 백제군에 붙들려갔다. 진성 부근 목장에 있던 신라의 전투마 8천 필도 아울러 빼앗겼다.

달기장군은 승전보를 급히 명농왕에게 보냈다. 백성을 포함한 남녀 포로만 3만 9천이며, 말 8천 필을 획득한 대승이었다.

1만 병사를 이끌고 감문에 도착한 이사부는 실로 믿기 힘든 전황을 접했다. 자신의 명으로 가야 병사를 섬멸하러 간 상주정의 군대가 백제와 가야의 복병에 걸려 궤멸당했다. 우덕장군은 전사하고 탐지장군만 수천의 병사를 수습하여 겨우 살아 돌아왔다. 상주정의 정예병 1만 중에서 5천이 하루아침에 사라져 버렸다.

이 소식이 서라벌에 전해지자 서라벌 여기저기서 곡소리가 났다. 신라가 전쟁에서 대패하기는 실로 오랜만이어서 아무도 실감이 나지 않았다. 하지만 누구의 집 아들이 누구의 집 남편이 전장에서 죽거나 포로가 되었다는 소문이 나자, 대소신료들이 가만히 있지 않았다. 그들은 진흥왕에게 몰려가 이사부장군은 책임을 지고 물러나야 한다고 간했다.

"이사부의 나이가 칠십이라, 전장을 지휘할 장수로는 너무 늙었사옵니다. 그를 물러나게 하고, 백제와 화평하게 지낼 방법을 찾아야 합니다."

진흥왕은 물러서지 않았다.

"나는 이사부장군을 믿는다. 누가 이사부장군을 대신할 수 있단 말이냐? 이사부를 대신할 장수가 있으면 그를 내 앞에 데려와라. 내가 그를 병부령으로 삼겠다."

아무도 이사부를 대신할 장수를 천거하지 못했다. 마음속에 천거할 장수가 있다 하더라도 감히 말하지 못했다. 진흥왕은 거칠부에게 이사부를 위문하러 가라 했다. 거칠부는 감문으로 가서 이사부에게 말했다.

"아무리 대신들이 아우성이라 해도 폐하께서는 장군을 믿는다고 하셨습니다. 소신껏 하라고도 하셨습니다."
"하늘이 나를 버리시나, 부처님이 나를 버리시나."

이사부의 수염이 부들부들 떨렸다. 이사부는 생각했다. 대당군은 건재하지만, 서라벌 쪽 방비가 약하다. 신라군을 궤멸한 백제 장수가 감문으로 쳐내려오면, 서라벌 1만 병사와 상주정 패잔병으로 막아내기는 어렵다. 새로 확보한 죽령 북쪽과 한수 지역의 영토는 서라벌이 건재하다는 전제하에 필요한 영토다. 서라벌을 잃으면 신라 자체가 사라진다. 그나마 관산이 아직 버티고 있어 다행이었다. 관산이 무너지면 추풍령도 금방 뚫린다. 이사부는 관산으로 병력을 보내 일부 다치거나 지친 병사를 교대시켰다.

패한 전투는 패한 전투다. 수습해서 정신을 바짝 차리고 다음 단계로 나아가야 한다. 아직 전쟁은 끝나지 않았다. 이사부는 신주의 무력장군에게 급히 연락군관을 보내 고구려에 청병하라고 지시했다. 무력은 이사부의 지시를 바로 수행했다. 무력은 말을 달려 고구려로 건너갔다. 분초가 급한 일이니 시급히 고구려 군사를 일으켜 백제를 공격하라고 요청했다. 과거 고구려가 신라와 백제에 쳐들어오면 신라와 백제가 서로 파병하여 도왔다. 고구려와 신라가 동맹을 맺은 이상 서로에겐 그런 의무가 있다고 무력은 말했다. 무력이 직접 움직이니 고구려에서도 바로 반응이 있었다.

방향이 다른 곳에서 혹은 예기치 못한 곳에서 적이 나타나면 전체적인 병력 운용이 흐트러진다. 그게 동맹국의 효과다. 이사부는 어릴 때 덕지장군을 따라 백제 구원을 하러 갔기에 그 효과를 누구보다 잘 알고 있었다.

백제의 명농왕은 진성 전투에서 대승을 거두면서 완전히 자신감이 생겼다. 태자가 관산에서 확실한 승리는 거두지 못했다 하더라도, 지금처럼 신라의 북쪽 대당군을 붙잡고 있으면 된다. 자신은 관산을 남쪽으로 우회해서 백강 상류를 지나 추풍령으로 바로 들어가면 감문으로 바로 진격할 수 있다. 감문의 신라군은 고작 1만에서 1만 5천이다. 그것도 패잔병들과 오합지졸이다. 비록 이사부가 있다 하나 이사부는 늙은이다. 이미 나이 칠십의 노인이다. 명농왕은 왜군을 태자에게 보내어 관산성 싸움을 독려하고, 자신은 군사를 이끌고 탄현을 넘어 진성으로 갔다. 새로 뺏은 진성에 진을 치면서 추풍령 침공을 계획했다.

그때 급보가 날아들었다. 고구려 기병 5천이 한수를 넘어 백제로 진격하기 시작했다는 거다. 이게 무슨 소리인가. 명농왕은 청천 하늘에 벼락이 치는 소식에 아연실색했다. 어찌 이럴 수가 있단 말인가? 고구려의 기병을 내버려두면 웅진과 사비로 바로 쳐들어올 수도 있다. 태자와 자신이 사비를 비웠으니, 신라의 신주 병력과 고구려군이 합세해 사비를 공격할 수도 있다. 그렇게 되면 오히려 백제의 사직이 위태로워진다. 지난날 고구려 기병에게 당하여 백제는 얼마나 많은 고초를 겪었던가.

"태자는 군사를 이끌고 가서 고구려군을 막아라."

부여창 태자는 관산에서 성책을 지키는 병사를 제외하고 5천 기병을 이끌고 한밭을 경유, 북상했다. 하팔을 지나 웅천성[41] 부근 벌판에 진을 쳤다. 태자는 행군하느라 지친 병사들을 쉬게 하고 하루를 기다렸다. 고구려군은 매홀[42]을 지나 웅천성 벌판으로 다가오고 있었다. 백제군과 고구려군은 웅천성(熊川城) 부근의 벌판에서 마주쳤다. 벌판이라 힘 대 힘의 대결이 예상되었다.

태자는 들판에 적의 기병을 막아낼 목책을 쌓고 군사들과 함께 먹고 함께 잤다. 10월이라 이미 늦가을, 지난 7월부터 전투에 임했으니 태자의 병사는 넉 달째 태자와 함께 전투 중이었다. 씻지도 못하고 야전에서 지내다 보니 태자도 병사도 이미 반은 짐승이었다. 태자는 7월부터 자신이 태자라 해서 더 좋은 잠자리를 가지지 않았다. 더 좋고 부드러운 음식을 먹지도 않았다. 병사들과 함께 움직이고 함께 잤다.

시월 보름날 해가 지고 밤이 시작되었다. 태자는 넓은 들을 바라보았다. 추수한 들판은 끝없이 넓고 아늑했다. 움직이는 사람은 아무도 없었다. 개소리조차 나지 않았다. 이게 바로 폭풍 전야로구나, 태자는 그런 생각을 했다. 아니나 다를까. 바로 고구려의 북과 요란한 나발소리가 들렸다. 백제군도 놀라서 북을 치면서 밤새 목책을 굳게 지켰다.

태자는 잠시 눈을 붙였다가 새벽에 일어나 적진을 바라보았다. 이미 넓은 들판에는 고구려 군사가 가득했다. 그들은 푸른 빛을 내뿜으며 자박자박 백제의 진영으로 다가오고 있었다. 날이 밝자 적장 5명이 말고삐를 나란히 하고 나타났다. 말의 콧구멍에서 김이 푸르릉푸르릉 올라

---

41) 웅천은 현재의 안성천 일대
42) 매홀은 현재의 수원 일대

왔다. 장수 중에 표범 꼬리로 기를 장식한 장수가 나와서 크게 외쳤다.

"하하하, 백제의 태자가 왔다고? 내가 애송이에게 문안 인사드리러 왔다. 앞으로 나서라."

태자가 분기탱천했다. 무련장군의 만류에도 태자는 기어코 말을 타고 나아가 외쳤다.

"내가 상대하마. 너 따위는 태자님의 상대가 아니다."
"너는 또 웬 애송이냐? 간도 크구나. 나는 고구려의 장군 진표(陳豹)다."
"하하, 겁나느냐? 나는 백제의 한솔(扞率)[43]이다. 너 정도는 한솔이 상대한다."
"하하하, 용기가 가상하다. 이 애송아. 감히 한솔이 장군에게 맞서다니, 바로 목을 베어주마."

양쪽 병사의 함성과 함께 두 장수는 서로에게 전속력으로 돌진했다. 몇 합을 부딪쳤다. 막상막하(莫上莫下), 용호상박(龍虎相搏)이었다. 진표가 말을 돌리더니 힘을 내어 다시 달려왔다. 진표의 장창이 태자의 갑옷을 뚫으려 하는 순간 태자가 아슬아슬하게 피했다. 동시에 태자의 장창이 진표의 옆구리를 뚫었다. 진표의 몸이 땅에 낙하하자 바로 태자도 얼른 말에서 내려 진표의 목에 칼을 내리쳤다. 태자가 돌아설 때 어느새 진표의 목은 태자의 장창 끝에 달려있었다. 태자는 장창을 높이 쳐들며 외쳤다.

---

43) 백제 16관등 중 제5품이다. 한솔은 은꽃으로 모자[冠]를 장식하였다.

"백제의 군사들이여, 돌격하라."

태자의 외침을 신호로 백제 군사들이 일제히 말을 달렸다. 태자는 북을 치면서 군사들을 독려했다. 진표가 백제의 하급 장수인 한솔에게 패하면서, 고구려 군사는 이미 상당히 위축되어 겁을 집어먹고 있었다. 진표는 고구려에서 패한 적이 없었던 용장(勇將)이었다. 백제군이 밀어붙이자 고구려군이 등을 보이기 시작했다. 사기가 오른 백제군이 벌판의 끝까지 추격했다. 고구려군은 뒤도 돌아보지 않고 달아나기 바빴다. 백제군은 웅천성 벌판 끝까지 추격했다. 고구려군이 백제군보다 더 빠른 속도로 달아나자 태자는 복병을 우려해 추격을 포기했다. 백제군은 벌판 끝에 진을 쳤다. 무련장군이 태자에게 물었다.

"태자전하, 왜 하급 장수인 한솔이라 하셨나이까?"
"하하, 내가 태자라고 했으면 고구려의 다섯 장수가 한꺼번에 덤볐겠지. 그랬다면 나는 이미 죽은 목숨이오. 내가 한솔이라 했으니 고구려 장수 한 놈만 덤볐지. 진표라는 놈이 무공이 제일 약했을 거야, 아마. 하하하."
"듣고 보니 그렇습니다."
"그리고 말이오, 고구려군은 자기 장수가 백제 하급 장수에게 죽었으니 바로 기가 팍 죽을 게 아니오. 그러니 무너지고 달아난 거야."
"하하, 태자께서 영명하십니다. 그런 뜻이 있었군요."
"그렇지, 그래도 운이 좋았지. 하하하."

15

고구려군의 대패 소식이 백제의 명농왕과 신라의 이사부에게 비슷한 시각에 전해졌다. 명농왕은 크게 기뻐하면서도 태자의 안위 때문에 격노했다.

"아니 장수 놈들은 다 뭘 하고 태자를 싸우게 해. 무련 이놈은 자기 몸을 아낀 모양이지. 장수가 안 말리고 뭘 했어? 태자가 이겼으니 망정이지 만약 태자가 당했으면 이 전쟁은 끝이란 걸 왜 모르나. 왜 태자는 그렇게 경거망동을 해. 태자가 장수가 되어 싸우는 전쟁이 어디 있단 말이냐?"

한편 이사부는 고구려군이 백제 태자의 분전(奮戰)으로 패하자 한수 이북으로 철수했다는 보고를 받았다. 이사부는 담담하게 한마디 했다.

"고구려군은 대충 싸우다 도망쳤겠지. 자기들의 싸움이 아니니. 그래도 다행이다. 그만큼 시간을 벌었다."

백제군이 웅천성 벌판에서 전투하는 동안 다수의 대당군이 철수하여 감문의 이사부 휘하로 모여들었다. 총병력이 2만 5천이 되었다. 무력이 지휘하는 신주 병력 1만도 삼년산성으로 철수하였다. 이사부는 안도의 한숨을 쉬었다. 거칠부도 이사부의 참모로 돌아왔다.

　　"이제는 싸울 만하다……"

　　이사부는 만일을 대비하여 이미 지난 신미년[44] 11월에 명활성을 보수하게 했다. 이피이리(伊皮尒利)와 서라벌 오대곡(烏大谷) 촌주 구리지(仇智支)는 이사부의 명을 받고 촌민을 동원하여 명활성 보수를 끝마쳤다. 3년 전의 일이었지만 잘한 일이었다. 혹시라도 신라의 모든 방어선이 무너져 서라벌까지 백제가 진격해 들어온다면 이사부는 명활성에서 최후의 일전을 벌이겠다고 각오했다. 전쟁의 승패는 아무도 모른다. 장수는 최후의 일까지 대비해놓아야 한다. 명활성까지 백제군이 들어와서는 절대로 곤란하다. 이사부는 명활성이 함락당하면 일어날 아비규환의 참혹한 광경을 떠올리며 치를 떨었다. 절대로 그렇게 되어서는 아니 되었다.

　　신라군이 진성 참패의 아픔을 삭이면서 다음 싸움을 준비하고 있는 동안, 부여창 태자는 회군하여 관산으로 들어왔다. 명농왕은 승전을 축하하며 전군이 흡족하게 먹을 수 있는 술과 떡과 고기를 잔뜩 보냈다. 태자의 백제군은 고구려군을 패퇴시키면서 기세가 잔뜩 올라갔다. 포상으로 배불리 먹기까지 했으니 더욱 사기가 고무되었다. 게다가 명농

―――――――――――――――――
44) 551년

왕은 태자에게 왜장 유지신(有至臣)이 이끌고 온 왜군 1천 명을 지원군으로 보충해주었다. 모든 여건이 다 좋았지만, 한겨울인 12월에 들어서자 태자도 초조해지기 시작했다.

태자는 지난 7월부터 두어 달을 공략하여 관산 서쪽 외곽에 보루를 쌓고 공격의 발판을 마련하였으나 관산 분지 전체를 장악하지는 못했다. 관산의 서쪽으로 들어가는 입구는 세 개의 토성이 오밀조밀 들어앉아 있었다. 세 성은 서로를 의지하면서 방어하고 있었다.

왜군 장수 유지신이 태자에게 물었다.

"소장의 부하 중에 불화살을 잘 쏘는 위사기(委沙奇)라는 병사가 있습니다. 큰 화살을 사용하는데 오백 보나 날아갑니다. 바람이 우리 쪽에서 저쪽으로 불 때, 화공으로 공격하면 어떻겠습니까?"

그 말을 듣고 무련장군이 말했다.

"좋은 생각입니다. 12월이면 북서풍이 매섭게 불 때가 있습니다."
"좋다. 기다리자."

마침 그날 해가 지고 유시(酉時)가 되자 서에서 동으로 바람이 불기 시작했다. 태자는 위사기를 불러 불화살을 쏘게 했다. 위사기는 큰 활시위를 잔뜩 당겨 화살을 하늘 높이 날렸다. 부는 바람에 화살은 성벽을 넘어 신라군의 관산 토성으로 날아 들어갔다. 위사기는 여러 발의 불화살을 여기저기 날렸다. 마침 마른 날이 계속되었던지라 맨 앞에 있던 관산 토성 짚단에 불이 붙었는지 성안에서는 불이 활활 타오르기 시작했다. 사방은 붉은 불빛으로 환하게 밝아졌다. 그것을 신호로 태자의 백제 군이 공격을 시작했다. 공격은 밤이 새도록 이어졌다. 유지신이 이끄는 왜군도 용감하게 토성을 기어올랐다. 백제와 왜군 연합군은 악착같이 방어하는 신라군의 저항을 물리치고 첫 토성에 이어 관산 분지 입구에 있는 세 토성을 완전히 장악했다. 날이 새자 윤곽이 드러났다. 성은 거의 불탔다. 여기저기 불에 그을린 신라군의 시체가 널브러져 있었다. 백제 연합군의 피해가 있어도 경미했다.

다음 날에도 부여창은 공격을 멈추지 않았다. 관산 분지 중앙은 시냇물이 흐르는 평지여서 방어가 쉽지 않은 곳이었다. 백제군은 관산 분지 중앙을 다 차지하고 동쪽 토성 아래에 집결했다. 토성이라 해도 두 개의 낮은 봉우리가 연결되어 있었다. 위로는 석축으로 보강하고 있어서 만만하게 보아서는 아니 될 성이었다. 동쪽에서 바라보면 바가지를 엎어 놓은 형상을 하고 있어 병사들은 그 성을 보자마자 함박성이라 이름 지었다.

토성에서 후퇴한 신라군과 함박성에 있던 신라군이 합쳐 결사 항전의 기세로 버티어 섰다. 성 곳곳에는 신라군 깃발을 나부꼈다.

함박성을 함락하면 백강 상류가 바로 나온다. 길은 삼년산성으로도 추풍령으로도 연결되어 있다. 백제군이 그토록 바라는 관산 점령이다. 신라군 허리를 잘라 신라군 전체를 두 동강으로 나누게 된다.

명농왕은 태자가 관산 입구의 세 성을 함락시키고 함박성을 공략한 다는 보고를 받자 매우 기뻐했다.

"함박성을 함락하면 관산을 다 장악한다. 관산을 장악하면 삼년산성으로 진군하라."

태자는 명농왕의 명을 받아 함박성 공세를 멈추지 않았다. 하지만 함박성은 준비가 잘되어 있는 성이었다. 두 개의 봉우리를 잇는 성곽이 튼튼했다. 무엇보다 강돌을 많이 준비해 백제 연합군이 접근하면 둥근 호박돌이 비처럼 쏟아져 접근이 어려웠다. 바람 부는 날 불화살을 쏘아 화공을 하면, 물동이의 물로 금방 꺼버렸다. 성에는 군량도 풍족하게 쌓여 있음이 틀림없었다. 태자는 도대체 누가 저렇게 철벽같이 버티고 있는지, 적의 장수가 궁금했다. 무련은 붙잡은 포로를 심문하여 적장의 이름을 알아냈다. 서력부(西力夫)라고 했다. 이사부의 신임을 받는 젊은 장수로 백제가 6군을 차지할 때 북진을 했던 장수 중의 한 명이었다. 이사부는 서력부를 함박산으로 투입해 결사 항전을 명했다고 했다.

"함박성이 무너지면 관산이 무너진다. 관산이 무너지면 신라가 두 동강이 난다. 함박을 지켜라."

이사부의 명에 따라 서력부는 죽을 각오로 성을 사수하고 있었다. 그렇다고 백제의 태자도 물러설 수 없었다. 죽느냐 사느냐의 피비린내 나는 싸움이 매일매일 벌어지고 있었다. 하지만 날이 가고 겨울이 깊어질수록, 병력이 적고 산성에 고립된 신라군이 불리했다. 마침 찾아온 강추위 때문에 강돌을 던지는 신라 병사들의 손이 얼어 터졌다. 거의 모든 병사가 손이 동상에 걸렸다. 그렇다고 삼년산성이나 추풍령 아래 이사부 본진에서 구원군을 보내기도 어려웠다. 관산에 접근하는 순간 어디에서 매복이 있을지 몰랐기 때문이다. 진성 전투에서 백제군의 매복에 걸려 대패를 당했기 때문에 이사부의 신라군은 매우 조심스럽게 움직였다. 관산 부근은 백강이 돌고 돌며 흘렀다. 높은 산과 계곡이 곳곳에 흩어져 있어 지형이 매우 복잡했다. 군사만 잘 배치하면 1백이 1천을 막고, 1천이 1만을 벨 수 있는 곳이 바로 관산이었다. 서력부는 봉화를 피워올려 구원을 계속 요청했다. 구원군은 좀체 나타나지 않았다.

삼년산성의 무력이 군사 5천을 이끌고 조심스럽게 함박성으로 다가섰다. 무력은 무엇보다 매복을 염려하여 천천히 이동했다.

태자가 함박성을 함락시키기 직전이라는 보고를 명농왕에게 보내왔다. 7월에 시작한 전쟁이 12월 중순에 들었다. 관산에서 백제와 신라군이 치열한 접전을 벌이는 사이 명농왕은 극비리에 진성에 들어와 있었다. 진성에는 가야군 1만과 백제군 1만이 대기하고 있었다. 새로 기병 5천을 명농왕이 데리고 왔다. 진성에 주둔하고 있던 달기대장군이 명농왕을 맞았다.

"폐하, 어서 오십시오. 기다렸습니다."
"달기장군, 준비는 끝났는가?"
"끝났습니다."

명농왕은 태자가 관산의 함박성을 공격하는 동안 진성에서 관산을 우회해 백강 상류에서 강줄기를 타고 내려가 길동군(吉同郡)[45]으로 바로 나아가고자 했다. 하지만 이 길은 대군이 움직일 수 없는 길이었다. 강 따라 길이 있긴 했으나 자주 끊길 뿐만 아니라 물을 건너야 하는 경

---

45) 현재의 충북 영동

우도 많았다. 달기장군에게 명농왕이 물었다.

"분명하지요, 장군?"
"분명합니다. 확실히 얼었습니다. 기병은 물론이고 수레를 실은 우마차도 지나갈 수 있습니다."
"좋다. 내일 갑시다."

명농왕이 노렸던 게 바로 이것이었다. 백강 상류에 얼음이 두껍게 얼어 강을 길로 활용할 수 있을 때까지 명농왕은 끈질기게 기다렸다. 관산을 완전히 점령하지 않고도 우회해 강에 언 얼음길을 따라 길동군으로 들어가면, 그때부터 추풍령은 하룻길이다. 추풍령부터는 내리막길이라 오히려 감문에 있는 적을 상대하기 쉽다. 강에 얼음이 완전히 얼지 않으면 이 길은 열리지 않는다.

2만 5천의 대병으로 감문의 이사부를 격파하면 서라벌까지는 거칠게 없다. 명농왕에게 신라로 시집갈 때 울면서 자신을 원망스럽게 쳐다보던 막내딸의 눈길이 생각났다. 애써 외면했지만 명농왕의 가슴에도 시퍼런 멍이 들었다. 아비가 되어서 한갓 필부도 그러지 않는데, 왕이라 하면서, 이역만리(異域萬里) 적국의 왕에게 딸을 보내다니. 이런 못난 아비가 있나. 곧 아비가 가마. 너를 데리고 오든지, 사위를 꿇려서 데리고 오든지. 네가 진짜 왕비가 되게 해주마.

다음 날 이른 아침부터 진성에서 출발한 백제의 대군은 투명하게 얼어붙은 백강의 얼음판을 행군하기 시작했다. 얼음판에 미끄러지지 않게 병사들은 짚으로 만든 설피를 신었다. 기병 역시 말발굽에 사용할 수

있는 설피를 만들어 짚으로 말 발목에 동여맸다. 군량과 보급품을 끌고
가는 수레는 바퀴 대신 고로쇠나무로 만든 썰매를 달았다. 그렇게 하니
빙판 이동이 용이해 행군 속도가 빨라졌다. 강을 따라 가니 오히려 언덕
을 오르내리지 않아 힘도 들지 않았다. 마침 날씨도 청명했다. 중군 지
휘부에서 명농왕 바로 뒤를 따르던 달기장군이 말했다.

"폐하, 어찌 이런 기발한 생각을 하셨사옵니까?"

"기발하다고? 이까짓 게 뭐 그리 대단하다고?"

"그래도 생각하기는 힘드옵니다."

"지성이면 감천이라고, 어떻게 하면 신라에 앙갚음을 하나 하고 골똘
히 생각하다 보니 그렇게 되었어. 확실히 행군 속도는 빠르구만."

"그렇습니다. 관산으로 돌아가려면 사나흘은 걸리고 그나마 아직 함
박성을 함락하지 못했습니다. 그 뒤로 삼년산성 병력도 있구요."

"그러니 우리가 강을 따라 내려가면 바로 길동군으로 들어가게 되지.
관산의 신라군을 완전히 따돌렸어. 게다가 감문의 신라군은 꿈에도 모
를 거야."

"그렇습니다, 폐하."

오후가 지나면서 추위는 사라지고 눈발이 날리기 시작했다. 명농왕
은 행군의 속도를 높였다. 강을 따라가는 길은 유려한 곡선을 그리며 휘
어지긴 해도 높낮이가 심하지 않아 행군 속도는 빨랐다. 명농왕의 대군
은 하루 행군에 길동군에 근접했다. 해는 보이지 않았어도 어둠이 들기
시작했다. 백강이 굽이굽이 흘러가다가 다시 굽이치는 곳에서 명농왕
의 대군은 강을 버리고 길동군으로 들어가는 길로 접어들었다. 조그만

산봉우리 두 개를 지나 작은 시내를 따라 길은 추풍령으로 이어져 있었다. 명농왕은 행군의 꼬리가 완전히 길동군으로 접어들자 숙영을 지시했다.

길동군은 워낙 산악지역이라 평지가 드물기는 했지만 그렇다고 아주 높은 산은 아니어서 백제군은 시냇물을 따라 형성된 길 따라 길게 진을 치고 숙영을 하기로 했다. 선봉군이 앞으로 나아가 있었다. 중군은 겹겹이 방어막을 치고 왕을 보호했다. 밤이 되자 눈은 그치고 날은 청명해졌다.

청명한 아침이었다. 병사들은 아침을 지어 먹고 행군을 시작한다. 명농왕은 일어나자마자 병사들의 안위를 살펴보느라 말을 타고 진중을 돌았다. 모두 이상 없었다.

길 멀찌감치 얼어버린 시냇가에 인가가 한 채 있어 명농왕은 인가에 사람이 사는지 알아보게 했다. 수행 군관이 인가에서 촌부를 잡아왔다. 명농왕이 물었다.

"너는 어느 나라의 백성이냐?"

"신라의 백성입니다."

"그래? 그럼 지금부터는 백제의 백성이 되어라. 알겠느냐?"

"알겠습니다."

"그래 이 마을의 이름이 무엇이냐?"

"직동(稷洞)이라 합니다."

"직동?"

"피를 많이 심고 피 농사가 잘된다고, 누가 직동이라 하라고 했습니다."

"그래, 흉년에는 피도 먹을 만하지. 피가 소화가 잘 안 된다는 말을 들은 적이 있구나. 알았다."

명농왕은 무심코 그를 보다가 깜짝 놀라 말했다.

"그런데 너는 농사꾼 같지가 않다. 눈빛도 심상치 않고 몸이 단단한 걸 보니 무예를 하는 듯싶다. 너는 누구냐?"

"저는 여기 직동에서 대대로 농사를 짓고 사는 농사꾼입니다. 칼도 잡아본 적이 없사옵니다."

"아무래도 수상하다. 이 놈을 묶어라. 내가 아침을 먹고 심문을 더 해보겠다."

병사들은 아침밥을 짓기 시작했다. 아침을 먹고 남은 밥으로는 주먹밥을 만들어 하루 먹을거리를 마련해야 했다. 길게 늘어선 겨울 골짜기에서 밥 짓는 연기가 가득 피어올랐다. 저녁까지는 추풍령에 도달해야 했기에 잘 먹고 준비를 단단히 해야 했다.

그때였다. 선봉군 앞쪽에서 시끄러운 소리가 들렸다. 시끄러운 소리는 곧 군사들의 함성으로 바뀌었다. 처음에 명농왕은 선봉군이 내는 소리인 줄 알았다. 하지만 아니었다. 소리는 점점 커졌다. 백제군 진영에 커다란 소란이 일어나기 시작했다. 고함소리와 병장기 부딪히는 소리가 일어났다. 이게 무어냐. 그때 달기장군이 다급하게 소리쳤다.

"폐하, 큰일 났습니다. 신라군입니다."

"아니 저들이 어찌 여기서 나와? 여기서 어찌 나타난단 말이냐?"

신라군의 출현이었다. 신라군은 긴 자루처럼 생긴 직동의 지형을 이용해 동쪽과 남쪽에서 백제군을 향해 화살을 쏘고 돌을 던지면서 진격해 들어왔다. 병사 숫자는 짐작하기조차 어려웠다. 얼추 수천 명도 넘는 것 같았다. 갑작스러운 적의 출현에 백제군은 우왕좌왕했다. 아침밥 짓기 직전이라 병장기를 챙기고 전투태세를 갖추느라 백제군은 다급해졌다. 명농왕은 갑자기 하늘이 노랗게 보였다. 아무 생각도 할 수 없었다. 어찌 이런 일이 일어난단 말이냐. 이건 거짓이야. 누가 거짓말을 하는 거야. 명농왕은 도저히 믿을 수가 없었다. 신라군이 신이 아닐진대 어찌 백강 얼음길을 타고 들어온 백제군을 포위할 수 있단 말이야. 이건 생시가 아니라 꿈이 틀림없어. 꿈이야 꿈. 그때 달기장군이 외쳤다.

"폐하, 제가 일단 퇴로를 뚫겠사옵니다. 다시 관산 쪽으로 되돌아나가야겠습니다."

달기장군은 군사의 후미 쪽으로 갔다. 직동 입구로 가서 관산으로 돌아나가기 위함이었다. 그러나 그곳에서도 함성이 일고 있었다. 이미 백제군 후미에도 신라군이 나타나 산 두 개를 점령하고 바윗돌을 굴려 퇴로를 막아버렸다. 그제야 달기장군은 백제군이 거대한 함정에 빠졌음을 알았다. 자루 모양의 지형에 양쪽 자루 끝을 묶어버리면 퇴로는 없어진다. 살아나려면 산을 넘어갈 수밖에 없다. 무엇보다 지휘부가 중간에 있어 전장 상황을 볼 수 없어 답답해 미칠 지경이었다. 지휘부의 명령이 없으니 각 부대들은 스스로 알아서 상황에 대처해야 했다. 하지만 알아서 할 수 있는 게 없었다.

"폐하, 후미에도 이미 신라군이 가득합니다."

"뭐라? 그럼 우리가 함정에 빠졌단 말인가?"

"그렇습니다. 하지만 북쪽 산 쪽으로 달아나면 됩니다. 저쪽은 산이 완만하고 능선이 길어서 매복이 어렵습니다."

"아니야. 저쪽이 더 큰 함정이야. 자루를 틀어막고 저쪽으로 몰아넣어 승부를 짓지 않겠나? 내가 적장이라면 그렇게 할 거야."

"하지만 관산 쪽과 추풍령 쪽은 다 입구가 좁아 돌파하기 어렵습니다. 제가 군사를 데리고 북쪽으로 가서 활로를 찾아보겠습니다. 폐하께서는 관산 쪽으로 탈출하십시오. 적군의 시선을 분산시켜야 폐하에게 활로가 생깁니다."

달기장군은 명농왕을 둘러싼 시위대에게 말했다.

"폐하를 모셔라. 관산의 태자님에게만 가면 된다."

달기장군은 보병대의 주력을 이끌고 북쪽으로 이어진 골짜기로 들어갔다. 뒤에서는 신라의 기마병이 추격하고 있었다. 골짜기는 두 갈래로 나 있었다. 달기장군은 군사를 둘로 나누어 후퇴시켰다. 나지막한 골짜기의 형세로 보아서는 얼마 안 가 골짜기가 끝이 나고 야트막한 언덕이 나올 것 같았다. 그 언덕만 넘으면 다시 얼어붙은 백강이 나올 터였다. 백강만 나오면 탈출 성공이다. 하지만 바로 그게 연이어 있는 함정이었다. 야트막한 언덕으로 이어질 것 같았던 골짜기는 끝으로 가면서 20여장 높이의 절벽으로 막혀있었다. 두 골짜기가 다 마찬가지 막다른 골목이었다. 밧줄과 같은 도구를 사용하지 않고서는 사람의 힘으로는 오르지 못할 절벽이었다. 밖에서 보면 전혀 알지 못하되 안쪽에는 퇴로가 없는 그런 골짜기였다. 신라군은 바로 그곳에서 백제군을 기다리고 있었다. 앞에는 신라군의 돌과 화살이 난무하고 뒤에는 신라의 기병대와 도부수가 들어오면서 잔인한 살육이 이어졌다. 작은 시내는 백제군의 시체에서 흘러나온 피로 작은 내를 이루다시피 했다. 좌측과 우측 골짜기에는 백제군의 시체가 쌓여갔다. 신라군의 화살을 맞으며 백제군의 활로를 찾기 위해 분전하던 달기장군은 여러 명의 신라 도부수의 공격에 결국은 쓰러져서 장렬한 최후를 맞았다. 대장군이 죽자 백제군은 저항할 의지를 잃고 항복했다.

관산쪽 입구로 나아가 자그마한 산 두 개를 넘어 활로를 찾으려 한 명농왕의 기마대는 많은 희생을 치르고 마침내 탈출에 성공했다. 하지만 신라의 노리부(弩里夫)의 기마대가 명농왕의 기마대를 추격했다. 노리부는 남가야 구형왕의 첫째 아들이자 남가야의 태자였던 노종(奴宗)이 신라에 귀부하면서 개명한 이름이었다. 종(宗)은 왕과 왕의 아들만 사용할 수 있는 이름자라 신라식으로 종(宗)을 부(夫)로 바꾸었다. 신주(新州) 군주(軍主)인 무력(武力)의 형이기도 했다. 노리부는 신라에 귀부한 가야 사람과 여전히 가야에 남아있는 가야 사람과 연락을 취하면서 자신의 역할을 충분히 하고 있었다.

이사부와 거칠부는 직동 전투가 어느 정도 마무리가 된 늦은 오후 현장에 나타났다. 평생을 전장에서 보낸 이사부라도 산더미처럼 쌓여있는 적의 시체를 보니 마음이 편치 못했다. 옆에 있는 거칠부에게 말했다.

"아군이나 적군이나, 다 마찬가지인데 이렇게 많은 젊은이들이 죽었구나."

"어림잡아 5천은 목을 벤 것 같사옵니다. 1만 이상을 포로로 잡았습니다."

"그래? 그럼 전번 진성 싸움의 앙갚음은 한 셈이군. 이번 포로는 그때 잡혀간 신라 사람과 교환이 가능하겠구만."

"그렇습니다. 하지만 관산 싸움이 끝나야 하겠지요."

"그렇지. 여기 이름이 무엇이라 했나?"

"핏골이라 하지 않았습니까? 피가 잘되어 피를 많이 심는 골짜기라구요. 그렇지. 그래서 한자로는 직동이라 한다고 했습니다."

"거칠부 자네는 여기가 핏골이라 했을 때 피를 많이 심어 그렇다고 했어. 하지만 나는 아니었어. 여긴 사람 피가 흘러넘칠 자리야. 그래서 핏골이야. 지형을 보게. 여기서 보면 탈출구가 보여. 산의 끝이 환해서 가면 길이 있을 것 같아. 하지만 실제 가보면 막다른 절벽이지."

그때 노리부가 촌부를 데리고 이사부에게 다가왔다.

"대장군님을 뵙습니다."

"오, 그래 노리부, 정말 대승이로군. 이 정도로 승리하다니. 놀랍다. 노리부장군 수고했소."

"할 일을 했습니다. 이 자는 가야 백성으로 저를 따라 신라로 귀부했습니다."

노리부는 데리고 온 촌부에게 절을 하게 했다.

"전장터에서 무슨 절을 하나. 그래, 이름이 무엇인가?"

"노비에게 무슨 이름이 있겠사옵니까? 그저 노리부왕자님을 모시고 살아갑니다."

노리부가 민망해서 말했다.

"이 사람아. 내가 무슨 왕자야. 지금은 신라의 장군이야. 왕자라는 소리 다시는 하지 말라. 이사부장군님, 이 자의 이름은 도도입니다. 삼년산성에서 무력 휘하에 있는데 제가 잠시 빌렸습니다."

"빌려?"

"그렇습니다. 도도(都刀)는 남가야 궁성의 노비였지만 무예가 출중하고 지략이 있어, 노예로 살지 않고 우리 형제들의 집사로 살았습니다. 발도 넓어서 대가야 쪽에 아는 사람들이 제법 많았습니다."

"그렇구나. 도도가 명농왕의 병사가 진성에서 백강 얼음길을 따라 진격할 거라고 말해 주었다. 이번 대승은 모두 도도의 공이다. 훌륭하다."

이사부의 창찬에 도도가 말했다.

"저는 노비였지만 왕자님 형제는 남가야에서부터 저를 인간으로 대접해주었습니다. 그 은혜를 갚을 뿐입니다."

"좋다. 너는 지금부터는 신라의 장수다.

이사부가 껄껄 웃으며 도도를 바라보며 말했다. 이사부는 도도에게서 눈을 떼고 노리부에게 말했다.

"노리부장군, 이번 전쟁이 끝나면 이 자에게 땅을 줄 테니 대대로 신라에서 자유롭게 살게 해주시오. 이번 승리에는 이 자의 공이 크오."

진성 전투의 대패 후 이사부는 큰 충격을 받았다. 이사부가 직접 싸우지는 않았다 하나 상주정 장군을 보내 가야군을 길목에서 차단하여 섬멸하려는 계획을 세운 건 이사부였다. 이사부의 계획은 백제의 명농왕에게 간파당해 신라는 궤멸적인 패배를 맞이했다. 진성 패배가 연쇄적으로 이어지면 관산과 감문도 위험하다. 그 다음엔 서라벌이다. 신라의 존망이 달려있었다. 진성 패배 후 이사부는 고구려의 원병을 요청하는 한편 노리부를 불러 가야 사람들을 활용할 방법을 찾으려 했다. 진성에는 가야 군사가 1만이나 있었기 때문에 진성에 있는 백제, 가야 연합군의 정보를 얻기에는 노리부가 적임자였다. 노리부는 이사부의 기대를 저버리지 않고 가야 사람들의 맥을 찾아갔다. 결국 노리부는 진성에 있는 가야 병사들 틈에서 정보를 제공할 수 있는 자를 물색하는 데 성공했다. 그 다리 역할을 한 자가 바로 도도였다.

"지금 보병은 거의 섬멸한 듯하오. 하지만 기마병 5천은 명농왕을 호위하면서 후퇴하였소. 명농왕이 갈 곳은 지금 두 군데요. 함박성을 공략하는 태자의 백제군과 합치거나 아니면 진성 방향으로 후퇴할 거요. 만약 그들이 태자의 군사와 합류하면 한풀이라도 하듯이 함박성을 공격할 게 틀림없소."
"그럼 관산으로 가지 못하게 막아야겠습니다."
"바로 그거요. 명농왕의 기마대는 우리 기마대와 전투를 벌이려 하지 않을 거요. 그들을 추격하되 함박성으로 접근하지 못하게 길목을 막으란 말이오. 그리고 진성으로 후퇴하면 추격하지 마시오. 오히려 매복에 당할 거요. 어서 떠나시오."

"명을 받들겠습니다."

노리부는 도도를 선봉장으로 삼아 남은 기마대를 이끌고 명농왕 추격에 나섰다. 이사부는 직동 싸움을 정리했다. 적군은 긴핏골과 큰핏골 양 갈래로 몰리면서 몰살을 당했다. 달기장군은 왕을 살리기 위해 사지로 뛰어들어 용감히 싸우다가 죽었다. 이사부는 달기장군의 시신 앞에 다가가 예를 표했다. 이사부는 뒤따르는 거칠부에게 말했다.

"거칠부, 이 자가 달기장군이네. 살아 있을 적에 몇 번 만났지."

"저도 만난 적이 있습니다."

"시신을 잘 수습하였다가 전쟁이 끝나면 백제에 돌려주게.

워낙 포로가 많아 포로들은 안전한 곳인 감문으로 옮겨야 했다. 길동군 직동은 관산과 가까워 혹 자칫하여 신라군이 패하기라도 한다면 포로는 바로 백제군에 합류할 터였다. 보병들은 포로를 묶어 감문으로 호송을 하는 등의 후속 조치를 하느라 바로 전장에 투입하기 어려웠다. 조사해보니 포로들은 대부분 가야 병사들이었다. 참전했던 1만의 가야 병사는 거의 포로가 되었다. 죽은 병사는 대부분 백제 병사들이었다.

서쪽 관산 쪽으로 탈출한 명농왕의 기마대는 추위에 떨고 굶주리면서 탈출을 하긴 했다. 사람은 견딘다 해도 말이 문제였다. 말이 먹이를 먹지 못하고 하루를 지나면 이미 말이 아니다. 아침에 갑자기 기습을 당해 명농왕의 기마대는 말먹이를 담당하는 보급대가 함께 움직이지 못했다. 엄동설한에 사람과 말만 달아났으니, 추격하면 충분히 잡을 수 있다. 하지만 사정은 신라군도 마찬가지다. 매복하기 위해 감문에서 출발한 후 제대로 먹고 쉬지도 못했다. 몰이를 심하게 하다가는 지난번 진성에서처럼 되치기를 당할 가능성이 남아있다. 이사부가 노리부에게 태자 군사와 합류만 막으라고 한 이유도 그 때문이었다. 관산으로 가지 못한다면 명농왕이 갈 곳은 진성뿐이었다. 명농왕은 진성에 가서 패배의 후유증을 달랠 게 틀림없다.

명농왕은 도망가는 자신이 한탄스러웠다. 진성 전투의 승리에 도취되어 신라군이 직동에 매복해 있으리라고는 꿈에도 생각하지 못했다. 어떻게 신라군이 백제군의 행군 경로를 짐작하고 매복하였을까? 명농왕은 그게 견딜 수 없이 궁금했다. 달기장군은 어떻게 되었을까? 달기장군은 죽었다면 왕을 탈출하게 하려고 사지로 들어섰음이 분명하다. 다 내 탓이다. 내 경솔한 탓이다. 당장 바위에 머리를 처박고 죽어도 시원찮다. 그렇게 전쟁을 망치고 한 몸 살겠다고 도망치는 자신이 한없이 부끄럽고 초라해 보였다. 하지만 자신이 패해서 1만 백제군이 사라졌다 해도 완전히 절망적이지는 않다. 태자가 이끄는 백제군이 건재하고, 사비에는 아직 예비병들이 남아있다.

끈질기게 추격해오고 있는 신라의 기병대만 따돌리면 완전한 패전은 아니다. 진정 전투에서 이긴 만큼 당했으니, 피장파장이다. 명농왕은 관산으로 들어가 함박성을 공격하는 태자의 군사와 합류하려고 했다. 하지만 신라의 기병이 관산으로 들어가는 길목은 철저히 차단하고 있었다. 그렇다고 기병대가 길도 없는 가파른 산을 넘어 관산으로 들어갈 수도 없었다. 방법은 진성으로 후퇴하여 다시 때를 기다리는 것뿐이다.

명농왕은 관산으로 들어가지 못하고 백강의 강길을 따라 진성으로 후퇴했다. 신라의 기병대는 강의 빙판은 들어서지 않았다. 명농왕이 진성으로 후퇴하자 신하들은 사비로 복귀해야 한다고 말했다. 하지만 그럴 수는 없었다. 여기서 사비로 복귀하면 이번 싸움에서 얻은 게 없다. 왕으로서의 위엄도 말이 아니다. 그것보다 직동에서 백제 공격군을 와해시킨 신라군이 관산 함박성으로 이동할 게 분명했다. 2만에 가까운 신라 보기병이 관산으로 가면 태자가 견디기 힘들 게 분명했다. 태자가 당하기 전에 관산에 힘을 보태야 했다.

아니나 다를까 함박성을 공략하고 있는 태자에게서 명농왕이 머물고 있는 진성으로 전령을 보냈다. 신라의 구원군이 성 외곽에 나타나 진을 쳤다는 전갈이다. 명농왕은 사흘을 쉰 기마대에게 관산성으로 출동을 명했다. 아울러 사비에서도 병력을 다 동원해 1만의 병사를 한밭에 집결시키라고 했다. 결국 관산에서 힘으로 승부를 보아야 할 일이었다.

"그래, 좋다. 관산에서 승부를 보자."

그 시각 이사부도 마찬가지 생각을 하고 있었다. 함박성을 둘러싸고 관산에서 승부를 보아야 했다. 누가 이길지 모르나 끝까지 죽고 죽이는 혈전이 되리라고 생각했다. 관산이 바로 그런 곳이다. 사방이 높은 산으로 둘러싸여 대병이 쉽게 빠져나갈 길이 없다. 동쪽과 서쪽의 좁은 관문 외에는 대병의 출입이 어려우므로 이 안에서 승부를 볼 수밖에 없다. 우리 안에서 죽을 때까지 싸워야 하는 사로잡힌 짐승 같은 신세가 바로 신라와 백제다. 그렇다고 두 나라가 다 물러설 곳이 없다. 진성 싸움과 직동 싸움에서 서로 너무 많은 피를 흘렸다. 상대에 대한 원한이 골수에 사무쳤다. 죽느냐 사느냐 둘 중 하나다. 이사부는 직동의 전 병력을 관산으로 이동시켰다. 최후의 결전을 대비해야 했다. 관산에서는 매복과 같은 속임수 전술이 필요치 않다. 힘에는 힘으로 맞서야 한다. 그날이 다가오고 있었다.

16

함박성을 중간에 두고 동서로 포진한 백제와 신라병은 일촉즉발의 기세로 서로를 노려보고 있었다. 양 진영은 목책을 세우고 나무를 뾰족하게 깎아 비스듬히 세운 울타리를 둘러 적의 기마병 침입에 대비했다.

힘과 힘이 부딪히는 정면 승부에서는 병사들의 사기가 대단히 중요하다. 비슷한 수의 군사가 지형의 이점 없이 서로 대치하고 있을 때는 더욱 그렇다.

신라의 무력장군이 단기필마로 장창을 들고 적진 앞에 가서 적을 조롱했다.

"나는 신라의 군주(軍主) 무력이다. 나와 상대할 놈이 누구냐. 단칼에 베어주마."

그러자 백제 진영에서도 말을 타고 얼굴을 붉게 칠한 장수가 등장했다.

"나는 한솔 장군 삼귀(三貴)다. 내가 대적하마."

두 장군은 눈이 쌓여 녹지 않은 들판에서 10여 합을 겨루었다. 10여 합이 넘어가자 백제의 삼귀장군이 위태롭게 보였다. 그때 역시 얼굴을 검게 칠한 장수가 백제 진영에서 나타났다.

"배신자 무력이구나. 나는 나솔(奈率)[46] 장군 물부오(物部烏)다. 내가 상대하마."

물부오가 나타나니 무력이 불리해졌다. 그 위태로움을 보다가 이사부가 노리부에게 소리쳤다.

"어서 징을 쳐라. 무력을 어서 물러나라 해라."

무력은 못내 아쉬운 듯이 씩씩거리며 본진으로 돌아왔다. 말의 콧구 멍으로 허연 김이 마구 뿜어져나왔다. 노리부 역시 아우가 다칠까 노심 초사하고 있다가 이사부의 명이 떨어지자 징을 숨 가쁘게 댕댕댕 쳤다.

"아니, 형님, 뭐가 그리 급하다고. 내가 저놈 둘 목을 이 창에 곧 꿰찰 텐데, 그 참."
"아니 병부령께서 치라면 쳐야지. 군령의 지엄함을 모르는가?"

신라와 백제군은 그렇게 대치하다가 다음 날부터 활을 쏘고 돌을 날리는 일전에 들어갔다. 두 나라 진영 모두 목책을 잘 세워놓고 방비를 잘해 양쪽 다 밀리지 않았다. 말 그대로 일진일퇴의 공방전이 오고 갔

---

46) 백제의 16관등(官等) 중 여섯 번째 관등이다.

다. 백제가 측면 기병으로 우회하면 신라 역시 측면 기병으로 맞서 공방
이 계속되었다. 전투가 오래 지속되니 이사부로서도 상당히 곤혹스러
웠다. 섣달도 거의 끝날 즈음이었다. 도도와 노리부와 무력이 함께 이사
부의 군막으로 들어왔다.

"장군님, 저에게 임무를 주십시오."

도도가 이사부에게 말했다. 이사부는 의아해하면서 대답을 했다.

"무슨 임무?"
"저에게 군사 백 명만 주십시오. 제가 명농왕을 사로잡아 오겠습니
다. 명농왕이 진성에서 관산으로 출발한 게 분명합니다. 백제 국왕이 보
루를 쌓은 관산 서쪽 길로 해서 관산으로 들어올 겁니다. 한밭에서 출발
한 백제 보병 1만이 곧 관산으로 들어온다 합니다. 그러면 관산 입구에
서 그 군사들을 데리고 함박으로 올 게 분명합니다."
"아니 그걸 어떻게 아는가?"
"진성에 있는 가야 사람 중에 우리 편이 꽤 있습니다."

노리부가 말을 이었다.

"사비에서 모은 군사 1만이 한밭으로 오고 있다고 합니다. 그 군사와
진성에 남은 군사 5천이 관산으로 마저 들어오면 우리 신라가 어려워집
니다. 이미 진성 군사 5천은 관산에 거의 도착했다고 합니다."
"그렇군. 그럼 삼년산성에는 우리 병사가 얼마나 있나? 무력장군."

"삼천도 되지 않습니다. 1천을 남겨둔다면 우리는 2천을 더 동원할 수 있습니다."

"적이 1만 5천 더 들어오면 우리가 불리한 싸움이 되지 않나? 우리는 2만 5천, 적은 4만에 가깝지?"

노리부가 대답했다.

"그렇습니다. 이사부장군님. 그러니 도도를 한번 믿어보시죠. 제 생각에도 명농왕은 관산으로 들어옵니다. 그러면 길은 하나뿐입니다."

"그래? 명농왕이 그렇게 무모할까? 길이 하나밖에 없다면 그 길로 오지 않아야 하는 게 아닐까?"

"길을 버리고 산을 넘어온다면 어느 쪽으로 올지 모르지요. 하지만 명농왕은 연로하여 산을 오르기 힘듭니다."

"그렇지 나도 나이가 드니 산에 올라가는 건 어려워. 겨우 말을 타는 거지."

"장군님이야 천하의 이사부이신데, 그런 말씀을 하십니까?"

"자네도 늙어봐. 그런 말 안 하나. 하여간 한번 시도는 해보자."

이사부는 도도를 보며 말했다.

"그래, 도도라고 했나. 자네가 직동 싸움에도 큰 공을 세웠지. 명농왕이 진성에서 관산으로 온다 했지. 그럼 길은 하나지. 그래 자네는 어떻게 거길 갈 건가?"

"야음을 틈타 북쪽으로 우회해서 접근하려고 합니다."

"알았다. 만약 명농왕을 사로잡으면 어떻게 할 건가?"

"포박을 해서 장군님께 데리고 오겠습니다."

"그래? 왜?"

"왕이니까……"

"쓸데없는 소리."

"네?"

"바로 죽여라."

"……"

"죽이란 말이다. 살리려다간 놓친다. 거긴 적진에 더 가까워. 살리려다간 네가 죽는단 말이다. 바로 죽여라. 무슨 말인지 알겠느냐?"

"네, 알겠습니다. 분부대로 하겠습니다."

"알았다. 가라."

이사부는 도도를 보내놓고도 도도가 성공하리라고는 조금도 생각하지 않았다. 백 명의 군사로 명농왕을 기습하여 목을 베는 건 불가능한 작전이라고 생각했다. 괜히 병사 백 명의 아까운 목숨만 잃을 수도 있었다. 전쟁은 한 치 앞을 볼 수 없는 암흑 세상이다.

도도는 관산의 북쪽 산줄기에 붙어 기도비닉(企圖祕匿)을 유지하면서 구천(狗川) 길로 나아갔다. 구천 길은 진성에서 관산으로 통하는 유일한 길이었다. 진성의 백제 병사도 얼마 전에 구천 길을 따라 관산으로 들어갔다. 구천 길은 원래는 백제와 신라의 경계지역이었지만 7월 이후 대부분 백제군이 장악해 곳곳에 보루와 목책이 설치되어있었다. 구천 동쪽으로는 신라의 산성이 병풍처럼 두르고 있었다. 이 산성 역시 7월

태자가 관산을 처음 공격할 때 신라병을 물리치고 백제가 빼앗은 곳이다. 산을 따라 굽이굽이 휘도는 구천 길은 길이 좁고 곳곳에 매복이 가능한 산과 벼랑이 있어 불안한 길이기는 했다. 하지만 진성에서 관산으로 가려면 이 길을 사용하는 수밖에 없다. 아니면 산을 넘어야 했다.

구천의 개울이 휘어도는 곳에서 조금만 더 나아가면 한밭과 관산을 잇는 큰 길이 나있다. 그 길을 관산 길이라 했다. 한밭에서 관산으로 들어오는 백제 군사 1만이 관산 길을 지날 터였다.

도도는 명농왕이 한밭에서 오는 병사들을 만나려면 구천 길로 올 수밖에 없다고 생각했다. 언제 올지는 모른다. 다만 한밭에서 1만 대병이 출발하였으니, 늦어도 이틀이면 관산의 입구에 도달한다. 때문에 명농왕도 이틀 안에 이 길을 지나갈 게 분명했다. 도도는 야음을 틈타 구천 길 끝 지역에 숨어들었다. 도도가 있는 곳에서 조금만 더 북으로 올라가면 관산 길이다. 시내가 한바탕 휘어 도는 곳에 야트막한 산이 양쪽에 있어 그 산에 숨어있으면 감쪽같이 백제군의 눈을 피할 수 있을 터였다.

도도는 그곳에 숨어 하루를 기다렸다. 하루는 그냥 지나갔다. 다음 날 정오가 지나서였다. 일군의 군사들이 내는 말발굽 소리가 들리기 시작했다. 도도는 그 군사들이 명농왕과 시위대임을 직감했다. 그들이 가까워지자 도도는 긴장하면서 부하들에게 지시했다. 구비를 돌기 전까지는 절대로 공격하지 말라. 구비를 돌면 그때 전후방을 동시에 차단하고 산 쪽에서 화살을 쏘면서 공격한다. 한쪽은 제법 수심이 깊은 벼랑 아래 물이라 그쪽으로 도망갈 수도 없다. 그곳은 물길이 휘영청 돌아나가서 다른 곳에서는 그곳에 무슨 일이 벌어졌는지 잘 보이지도 들리지도 않았다.

마침내 명농왕 일행이 구천 벼랑 쪽으로 들어왔다. 도도는 공격 명령을 내리고 앞에서 길을 가로막으려 공격을 시작했다. 뒤쪽에서도 도도의 수하들이 공격했다. 벼랑 위에서는 화살이 쏟아졌다. 워낙 가까운 곳에서 쏘는 화살이라 명중률이 높았다. 시위대장의 단말마(斷末摩) 같은 외침이 벼랑으로 울려 퍼졌다.

"대왕을 지켜라."

시위대의 악착같은 방어에도 벼랑 위에서 바로 쏘는 화살을 피하기는 어려웠다. 순식간에 30여 명이 화살에 맞아 죽었다. 나머지 20여 명은 앞뒤의 신라군에게 죽임을 당했다. 명농왕만이 말 위에 혼자 남았다.

명농왕은 꿈을 꾸는 듯했다. 아니 저놈들은 웬 놈들이냐? 신라군이 왜 여기서 나타나? 조금만 더 가면 1만의 백제 병사가 있단 말이다. 내가 백제 왕이다. 내가 백제 왕이란 말이다. 누가 나의 길을 방해한단 말이냐? 내 아버지 때부터 꾸어왔던 꿈을 내가 완성하려는 참이다. 진흥왕 그 자의 모가지를 움켜쥐고 죄를 물을 거야. 내가 왕이란 말이다.

도도의 병사가 명농왕을 말에서 끌어내렸을 때 명농왕은 정신이 들었다.

"너는 누구냐?"
"무력장군의 휘하에 있는 신라의 노비, 도도(都刀)라 합니다."
"노비라고?"

도도는 명농왕에게 두 번 절했다.
명농왕이 말했다.

"왜 나에게 절을 하는 것이냐?"

"대왕의 머리를 베게 해주십시오."

"왕의 머리를 노비에게 줄 수는 없다. 나를 너희 왕에게 데려가라."

"신라의 국법에는 맹약을 어기면, 노비도 왕을 죽일 수 있습니다. 대왕께서는 신라와 평화롭게 지내자고 딸을 보내 혼사를 치르고 맹약을 하셨습니다. 이는 신라의 노비도 다 알고 있습니다. 대왕께서는 그 맹약을 어기셨습니다."

"맹약을 어긴 건 너의 나라 왕이다. 너의 왕이 맹약을 어기고 고구려와 짜고 백제를 범했다."

"소인은 그런 건 잘 모릅니다. 왕께서는 딸을 시집보내셨습니다. 그건 제가 보아서 압니다."

명농왕은 기가 막혔다. 불시에 습격을 당해 꿈을 꾸는 것 같았다. 시위대 군사들마저 다 죽은 마당에 노비와 말씨름을 하는 자신의 처지가 정말 현실 같지 않았다. 어찌 이런 일이 벌어진단 말이야. 이건 현실이 아니다. 악몽이다. 필시 악몽이란 말이다. 어서 목을 베라. 목을 베면 악몽에서 깨어 현실로 돌아갈 거다. 백제 왕으로 돌아갈 거다. 어서 목을 베어라. 명농왕은 하늘을 향해 크게 팔을 벌리고 하늘을 향해 소리쳤다.

"하늘이시여, 조상이시여. 어찌 저를 버리시나이까? 할아버지께서 고구려에 패해 목숨을 잃었습니다. 저의 원한이 골수에 사무쳤습니다. 고구려를 물리치고 신라에 복수하려고 했습니다. 신라를 통합하여 삼한에 전쟁이 없는 나라를 만들고 싶었습니다. 이게 무슨 꼴입니까? 하늘이시여, 조상이시여, 이게 무슨 까닭입니까? 나의 목을 베어 나의 피를 제물로 해야 삼한에 평화가 온단 말입니까? 어서 죽이십시오. 나의 피가 원한이 되어 삼한에는 전쟁이 끝이 나질 않을 겁니다. 나의 아들이, 나의 손자가 내 복수를 할 겁니다. 구천에서도 떠도는 혼령이 되어 복수하겠습니다. 하늘이시여, 조상이시여."

"왕이시여, 칼이 들어갑니다."

"어서 베어라. 꿈에서 깨어나자꾸나."

도도의 칼이 허공에서 한 번 춤을 추더니 바로 명농왕의 목을 내리쳤다. 그것으로 끝이었다. 무령왕의 맏아들로 태어나 30년간 백제를 다스렸고, 오랜 준비 끝에 도읍을 웅진에서 사비로 옮겨 백제 중흥의 발판을 닦은 임금, 백제의 대왕 명농왕의 삶이 그것으로 끝이었다. 가야 출신의 노비 도도의 기습에 당하여 불귀의 객으로 사라지고 말았다.

명농왕이 나타날 시간에도 나타나지 않자, 한밭에서 출발하여 관산 입구에서 기다리고 있던 백제군 장수 문차(文次)는 구천 길로 척후대 군사를 보냈다. 문차의 척후대 군사들은 얼마 가지 않아 구천 길이 휘돌아지는 지점에서 백제 군사 50여 명이 살육당한 현장을 목도했다. 시신에 온기가 남아있었다. 오래 전에 일어난 일이 아니었다. 시신이 모두 시위대 병사라 왕이 습격당한 게 틀림없었다. 척후대 군사들은 주위를 샅샅이 뒤졌다. 왕의 시신은 어디에도 없었다. 어쩔 수 없이 그들은 시위대 군사의 시신을 수습하여 본대로 철수했다.

척후대의 보고를 받은 문차는 당황했다. 왕을 영접한 뒤에 왕을 모시고 태자의 군대와 합류하기로 되어 있었건만, 왕의 행방이 묘연했다. 문차는 판단을 내려야 했다. 왕을 더 기다려야 하는가. 아니면 재빨리 태자에게 보고해야 하는가. 문차는 잠시 고민하다가 척후대 병사들에게 그 일대를 다시 샅샅이 뒤지라고 했다. 자신은 본대 병사들을 이끌고 태자에게 달려갔다.

그 시각 도도는 산길로 우회하여 뒤도 돌아보지 않고 관산 이사부의 본진으로 향했다. 도도가 생각해도 자신이 한 일은 대사건이었다. 백제군에게 왕의 시신을 빼앗기지 않고 살아서 신라의 본진에 도착해야 했다. 도도는 밤을 꼬박 새워 이동하여 새벽녘에 마침내 이사부의 본진에 도착했다. 말 위에 매단 명농왕의 목 없는 시신은 밤새 얼어 빳빳하게 굳어버렸다.

도도는 급히 무력의 막사로 갔다. 무력은 깜짝 놀라 도도와 함께 급히 이사부의 막사로 갔다.

"이사부장군님, 무력입니다."
"들어오게."

무력은 도도에게 직접 아뢰라고 했다. 도도는 한쪽 무릎을 꿇고 보자기에 싼 명농왕의 목을 내밀며 이사부에게 말했다.

"장군님, 분부대로 명농왕의 목을 가지고 왔습니다."

이사부도 깜짝 놀랐다. 어찌 이런 일이 일어난단 말이냐? 믿을 수가 없었다.

"아니, 정말이냐? 명농왕이란 말이냐? 어찌 이런 일이! 이 보자기에 싸인 목이 정녕 백제 명농왕이란 말이냐?"

"그렇습니다. 시위대 병사 50여 인이 호위하여 급히 관산으로 들어오고 있었습니다. 구천 길 입구 벼랑 위에서 하루를 매복하고 있다가 급습했습니다."

"아, 말을 하기 어렵구나. 잘했다. 큰일을 했다. 나머지 시신은 어디에 있느냐?"

"아직 말에 매달려있습니다."

"알았다. 네가 크나큰 일을 했다. 너에게 큰상을 내려주겠다. 어서 관을 마련하여 신체를 넣어라. 목도 상자를 마련하여 넣어라."

이사부는 이어서 중요 지휘관을 막사로 불렀다. 거칠부, 노리부, 무력 등 10여 명이 이사부의 군막에 모였다. 이사부는 탁자 위 보자기를 가리키며 말했다.

"여기 명농왕의 목이 있소. 거칠부장군이 확인하시오."

좌중은 술렁였다. 어찌 이런 일이 있단 말인가? 전대미문(前代未聞)의 대사건이다. 적장도 아니고 적의 왕 머리라니. 거칠부는 보자기를 풀어 명농왕의 머리를 확인했다. 명농왕이 틀림없었다. 거칠부는 얼른 다시 보자기로 명농왕의 머리를 쌌다.

"명농왕이 틀림없습니다."

좌중은 다시 술렁였다. 장수마다 한두 마디씩 말을 했다. 이사부가 일침을 가했다.

"허허, 왜 이리 시끄러운가? 전장에서 몸뚱이 없는 목을 한두 번 보는가?"

모두 입을 다물고 조용해지자 이사부가 말했다.

"명농왕의 죽음은 우리에게 독이 될 수도 약이 될 수도 있소. 어떻게 처리하면 좋겠소?"

거칠부가 대답했다.

"명농왕은 무령왕의 아들로 태어나 지금까지 30년이나 백제를 다스렸습니다. 백제 백성의 아버지이고 대왕입니다. 명농왕의 죽음으로 백제 사람들은 크게 슬퍼하겠지요. 하늘이 무너져도 이보다는 슬퍼하지 않겠지요."
"거칠부장군, 나는 바로 그 슬픔이 걱정된다. 슬픔이 분노로 바뀌고, 분노가 증오로 바뀌면 적개심이야. 슬픔이 힘이 된단 말이야. 저 들판에 진을 치고 있는 3만이 넘는 병사들이 신라에 대한 적개심으로 똘똘 뭉친다면, 복수하겠다고 덤비면 무슨 수로 감당해?"

노리부가 답했다.

"그렇습니다. 죽은 왕의 복수를 하겠다고 죽기 살기로 싸우면 오히려 우리가 더 불리해집니다. 태자가 건재하기에, 왕이 죽었다고 해서 백제의 전투력이 약해졌다고 볼 수는 없습니다."

"노리부장군의 생각이 맞소. 나도 그게 두렵소."

거칠부가 말했다.

"백제 태자는 부왕이 죽었는지 살았는지 모릅니다. 그렇다면 군사 중에 백제 왕을 닮은 자를 뽑아 백제 왕의 옷을 입혀 수레에 앉혀놓고 항복하라고 요구하자구요. 그러면 백제는 분명 왕이 살아있는지 확인하자고 하겠죠. 그때 우리가 공격합니다. 백제 태자는 부왕이 죽었을 거라 짐작하겠지만, 그렇다고 부왕의 죽음을 확인할 수는 없으니까 엉거주춤할 게 분명합니다. 그때 밀어붙여야죠. 백제 군사들도 이러지도 못하고 저러지도 못해 사기가 매우 낮을 겁니다. 일단 양쪽 군세가 비슷하고 여기 관산은 산으로 둘러싸여 도망가기도 쉽지 않습니다. 평지 전투라 일단 승기를 잡으면 기병대와 도부수가 밀고 들어가 바로 살육전을 펼칠 수 있습니다. 전력을 집중하여 하루 만에 전투를 끝내야 합니다."

노리부와 무력도 거칠부의 계교가 좋다고 느꼈는지 고개를 끄덕거렸다. 이사부가 말했다.

"다른 장군들의 생각은 어떻소?"

다들 좋다는 표정이었고 반대 의견은 나오지 않았다. 이사부는 잠시 생각하다가 자리에서 일어나 칼집을 바닥에 크게 찧으며 말했다.

"좋다. 거칠부는 바로 계책을 실행하라. 제장은 모두 위치로 돌아가 전투 준비를 하라. 이 계획은 오래가면 반드시 기밀이 빠져나간다. 오늘 전투를 끝낸다. 태자까지 사로잡아서 백제가 다시는 일어서지 못하게 후환을 제거하자. 여의치 않으면 죽여도 좋다."

아침 해가 뜨자마자 신라군의 공격이 시작되었다. 신라군은 정면에 궁수와 중기병을 앞세웠다. 뒤로는 창병과 검수와 도부수가 배치되었다. 양쪽 측면으로는 경기병이 배치되어 적을 빠르게 에워쌀 수 있었다. 들판에서 아군의 전력이 더 우세할 때나 사기가 더 높을 때 사용하는 진법이었다. 무력이 먼저 말을 타고 적진 앞으로 갔다. 멀리 신라의 진영 한가운데는 황금갑옷을 입은 명농왕이 수레에 타고 있었다. 마치 얼핏 보기에는 명농왕이 신라 군사를 총지휘하는 형상인 듯했다.

눈이 밝은 백제 병사가 그 광경을 보고 아무 생각 없이 소리쳤다.

"저기 왕이시다!"

그 소리를 들은 백제 진영에서 큰 소요가 일었다. 놀라서 모두가 수레 쪽을 쳐다보았다. 태자 역시 그 소리를 듣고 깜짝 놀라 수레를 바라보았다. 수레에는 왕이, 부왕이 앉아있었다. 어찌 이럴 수가 있단 말이냐? 구천 길에서 행방이 묘연했던 왕께서 어찌 신라의 군영에 들어가 수레를 타고 앉아계신단 말이냐? 그때 태자는 깨달았다. 왕은 이미 돌아가셨다. 이건 신라의 속임수다. 돌아가시지 않았으면 저렇게 속임수를 쓸 리가 없다. 오히려 협상을 시도했을 게 분명하다. 그런 생각에 이르자 태자는 눈앞이 캄캄해졌다. 부왕께서 돌아가시다니. 아버지가 어떤 왕이냐. 백성과 신하들의 신망을 한 몸에 받으셨던 분이 아니야. 하지만 태자는 바로 정신 차렸다. 신라의 속임수에 당하면 안 된다. 태자는 말을 달려 앞으로 나가서 소리쳤다.

"백제의 병사들이여, 저건 가짜다. 우리의 대왕은 진성에 계신다. 속지 마라."

그때였다. 필마단기(匹馬單騎)로 신라의 한 장군이 백제 진영 가까이 와서 소리쳤다. 무력이었다.

"너희들의 왕을 사로잡았다. 저 뒤에 왕이 보이지 않느냐? 너희 왕은 항복하라고 했다. 어서 항복하라."

백제 진영에서 동요가 일었다. 밤에 합류한 문차의 병사들이 왕의 행방이 묘연하다는 말을 했다. 그 말이 이미 파다하게 백제 군중에 퍼져있었다. 저 앞 신라 진영에 왕이 수레에 타고 있질 않은가. 게다가 신라 장수가 앞에까지 와서 떠들고 있지 않은가. 그때였다. 화가 난 부여창 태자는 말 옆구리에 달린 활을 잡고 통에서 화살을 꺼내 들었다. 멀리서 그 모습을 본 무력장군은 말머리를 돌려 걸음아 날 살려 하고 냅다 신라 진영으로 돌아갔다. 태자가 쏜 화살은 무력장군의 말 궁둥이 바로 뒤에 떨어졌다. 그것을 본 이사부는 총공격을 지시했다.

"공격하라."

이사부의 한 마디에 신라군의 공격 깃발이 올라가고 북과 징과 나발 소리가 관산 들판을 진동시켰다. 신라군은 순식간에 백제군 진영을 압박해 들어갔다.

태자 창과 백제 장수들의 독려에도 백제 군사들은 잔뜩 위축되어 있다가 신라군의 공격에 무너지기 시작했다. 수만의 대군이 관산 중심부 좁은 곳에서 대치하다 한 곳에서 백제군이 밀리기 시작하자 전체가 걷잡을 수 없이 무너졌다. 백제군이 아군을 밟고 도망치기에 바빴다. 십인, 오십인, 백인으로 짜인 부대 편제가 무너지고 지휘 계통이 사라지면서 백제 군사들은 오합지졸에 불과했다. 공포가 전군을 휩쓸었다.

이사부의 명령으로 좌우 학익진을 펼쳐 우회한 경기병은 백제 병사들의 퇴로마저 막아버렸다. 한번 적의 피를 본 군사는 오히려 담담해지며 굶주린 사냥꾼으로 변했다. 승기를 탄 신라군의 공격은 태자 창의 지휘부로 집중되었다. 태자를 호위하는 수백 명의 시위대는 관산 입구 야트막한 동산에 올라 포위망을 뚫기 위해 사투를 벌였다. 앞을 가로막고 있는 신라의 경기병 군사를 뚫어야 태자가 탈출할 수 있는 형국이었다.

태자 부여창은 왕이 죽은 마당에 자신마저 죽으면 백제가 끝이라는 생각을 했다. 동생 혜(惠)가 있지만, 문약하여 왕재(王才)가 아니다. 자신이 살아야 했다. 그래야 백제가 다시 일어선다. 관산의 한판 싸움으로 부왕과 수만의 군사를 잃었다. 마음 같아서는 당장이라도 죽고 싶었다. 하지만 창은 자신이 살아야 복수도 부흥도 가능하다고 다짐하고 또 다짐했다. 살자. 살아야 한다.

어디로 도망가도 다 신라군이 막아서고 있었다. 시위대장이 한 방향으로만 탈출구를 찾고 있었다. 시위대 중에는 국조(國造)라고 하는 활 잘 쏘는 부관이 있었다. 국조의 활은 멀리 날아갈 뿐만 아니라 백발백중 적의 목을 꿰뚫었다. 시위대는 겨우 탈출구를 찾았다. 막아서는 신라 장수와 병사에게는 여지없이 국조의 화살이 날아갔다. 여러 발의 화살이 신라 경기병 병사에게 명중하자 순간적으로 신라군의 포위망이 느슨해졌다. 때를 놓치지 않고 부여창은 말을 달렸다. 추격하는 신라 경비병 병사 몇몇이 국조의 화살에 나뒹굴었다. 마침내 태자는 관산에서 벗어났다. 수십의 시위대가 태자를 호위했다. 태자가 한밭으로 이어지는 큰 길로 들어서자 보루를 쌓고 경비를 서고 있던 백제 군사들이 나타났다. 해가 지고 있었다. 하루 만에 일어난 꿈같은 일이었다. 악몽도 이런 악몽이 없었다. 태자 창은 한숨을 돌릴 수도 없었다. 신라의 추격병이 있을지도 몰랐다. 태자 창은 말을 갈아타고 한밭으로 달렸다. 사비까지 도망가야 안심할 터였다.

이날 전투로 신라군은 문차를 비롯한 좌평 벼슬의 장수 네 명의 목을 베었다. 수백 명의 백제군 하급 장수와 사졸 2만 9천 6백 명이 죽었다. 백제의 대다수 병사는 전장의 고혼(孤魂)으로 흩어져 이승에서의 삶을 마감했다. 부여창의 시위대 수십명을 제외하면 누구도 살아남지 못했고, 말 한 필 빠져나가지 못했다. 백제군의 참패, 대패였다. 갑술년[47] 12월의 일이었다.

관산전쟁이 막을 내렸다. 신라에서는 이 관산에서의 전투를 관산대전(管山大戰)이라 했다. 이 싸움으로 신라는 관산에서 삼년산군과 도살

---

47) 554년

성, 금현성 일대를 완전히 차지하여 한밭까지 후퇴한 백제군을 압박했다. 또한 한수 유역 전체 16군이 신라의 영토가 되었다. 백제는 가야와 왜군까지 합세해 관산을 공격했다. 관산을 공격하여 신라군의 허리를 두 동강 내려 했다. 이어 서라벌로 진격하려 했다. 백제와 신라가 각각 5만 대군을 동원하여 필살의 승부를 보려 했다. 엉뚱하게도 명농왕이 삼년산군의 하급 무사 도도에게 잡혀 죽음으로써 싸움은 어이없게 끝나고 말았다.

관산대전이 마무리된 다음 날 아침 거칠부는 이사부에게 전황 보고를 올렸다.

"장군님, 유사 이래 이런 대승은 없었습니다. 경하드립니다."

"신라 역사상 처음 있는 대승이라고?"

"그렇습니다."

"그래, 수고했다."

이사부는 눈을 감았다. 그래, 대승이다. 국조 박혁거세께서 신라를 세우신 이후, 이 정도의 대승은 없었다. 5만의 군대가 나서서 이렇게 큰 싸움을 한 적은 처음이었다. 진성 전투에서는 참패했지만, 관산 전투에서는 대승을 거두었다. 백제의 왕까지 죽였다…… 셀 수도 없이 수많은 목숨이 피를 흘리고 사라졌다. 다 내 탓인가? 다 내가 죽인 건가?

이사부가 입을 닫고 눈을 감았다. 한참의 시간이 흘러도 이사부는 미동도 하지 않았다.

거칠부는 겁이 덜커덕 났다. 장군의 나이 예순아홉이다. 내년이면 칠순이니, 적은 나이가 아니다. 요즘은 깜빡깜빡 조는 일이 자주 있었다.

저러다가 혹 영원히 잠드시지나 않을지 불안했다.

"장군님, 장군님."

"허허, 나 죽지 않았다. 내가 다른 생각을 했구나."

"장군님, 큰 싸움은 다 끝났습니다. 서라벌로 돌아가서 쉬셔야겠습니다."

"그래, 나보고 장군에서 물러나라고? 이런 고얀 녀석이 있나."

"아닙니다. 장군님, 피곤하게 보여서요."

"나보고 물러나라고?"

"그게 아니라……"

"그래 물러날 때가 되었다. 내가 50년을 말 위에 있었어. 오래되었구나. 네 아버지하고 다닐 때가 좋았는데……"

"장군님."

"아니다. 내가 할 일이 아직 남아있다. 나는 서라벌로 갈 테니, 너는 전장을 정리하고 천천히 내려오도록 하라. 장수들은 임무지에 다시 배치하고."

"알겠습니다, 장군님."

17

이사부가 서라벌로 들어오고 있었다. 북천을 건너면 서라벌이었다. 북천을 건너자 왕이 기다리고 있었다. 이사부는 말에서 내려 왕을 맞이했다.

"폐하께서 어인 일로 북천까지 나들이를 하셨습니까?"

"내가 이사부장군을 마중 나오는 게 뭐 잘못된 일이오? 장군을 맞이하러 왔소."

"황송하옵니다. 소장을 마중 나오시다니요? 있어서는 안 되는 일이옵니다."

"허허, 아니오. 그대로 하여 신라가 한숨 돌렸소. 진성 전투에 졌을 때만 해도 하늘이 노랬지. 이렇게 대승을 하다니 이보다 기쁜 일이 어디 있겠소?"

진흥왕과 이사부는 말을 나란히 하여 천천히 걸으며 월성으로 들어갔다.

궁에는 이미 이사부의 승전을 축하하는 잔치가 준비되어 있었다.

"폐하, 신라의 승전은 저의 공이 아니라 장수들과 사졸들의 공이옵니다. 특히 노리부와 무력 형제의 공이 컸습니다. 가야에서 귀부한 가야 사람들이 이번 승리를 가져왔습니다."

"나도 그렇게 들었소. 도도라는 노비가 큰 공을 세웠다고 들었소."

"그렇습니다."

"그를 장수로 임명하고 노비에서도 면천(免賤)하겠소."

"그렇게 하여주셔야지요. 그래야 그 사람들이 더욱 힘을 내고 폐하께 충성을 다합니다."

월성에서는 성대한 연회가 베풀어졌다. 흥륜사에서도 승전을 기념하면서 전쟁으로 인해 목숨을 잃은 병사들의 원혼을 천도하는 법회가 열렸다.

진흥왕은 보자기에 싸여 네모난 상자에 들어있는 명농왕의 머리를 어떻게 처리할까를 고심했다. 관에 들어있는 명농왕의 머리 없는 시신도 마찬가지였다. 일관(日官)이 명농왕의 머리는 월성 궁성의 마룻바닥 아래에 묻어야 앞으로 백제가 신라를 넘보지 못한다고 했다. 왕은 일관의 말을 따르기로 했다. 머리는 처리했다 하더라도 몸통은 백제에 돌려주고 싶은 게 진흥왕의 마음이었다. 생면부지의 인간도 아니었고 어쨌든지 장인이 아니었던가. 진흥왕은 소부인인 명농왕의 딸에게 물었다. 백제 소부인은 아버지가 죽었다는 소식에 식음을 전폐하고 있었다.

"아무리 그대의 아버지가 돌아가셨다 하나 곡기를 끊으면 그대도 죽소. 내 할 말은 없으나 밥은 드셔야 하오."

"폐하, 제가 살기를 어찌 바라겠습니까? 남편의 나라와 아버지의 나라가 죽기 살기로 전쟁을 하여 아버지가 죽었습니다. 제가 더 살아야 할까요? 저를 죽여주십시오. 아니 그냥 죽게 내버려두십시오. 살아도 산 목숨이 아닙니다. 그것도 아니라면 차라리 비구니가 되고 싶습니다. 아버님의 명복을 빌며 남은 생을 살고 싶습니다."

진흥왕이 생각해도 소부인의 말이 틀리지 않았다. 소부인이 자신과 신라에서 살 이유도 사라졌다. 데면데면하진 않았다 하더라도 서로 사랑해서 죽고 못 사는 사이가 아니다. 이런 일이 있으면 서로가 부부로 합방하기도 어려웠다. 어떻게 하면 좋을까? 비구니가 된다면 신라에 두는 게 좋을까, 백제로 보내는 게 좋을까? 진흥왕은 고민하다가 흥륜사의 혜량법사에게 물어보았다. 혜량법사는 백제 국왕의 신체는 예를 다해 절에서 화장해서 백제에 돌려주라 했다. 소부인에게 가지고 가게 하면 좋겠다고도 했다. 소부인이 백제의 절에서 비구니가 되고 싶어 한다면 그렇게 하시게 하라고 덧붙였다. 진흥왕은 혜량법사의 조언이 아주 마음에 들었다.

왕은 소부인에게 아버지의 시신을 화장해서 가지고 가라, 비구니가 되어도 좋다, 신라에서 출가해도 좋고, 백제로 가서 출가해도 좋다고 했다.

"폐하, 저는 신라에서 출가해서 제가 아버님의 화장을 주관하고 나서 유골을 백제에 가지고 가고 싶습니다. 그래야 오라버니가 저를 용서해 주시겠지요. 저는 이후 백제 땅에서 비구니로 살아가겠습니다. 제 소원을 들어주시면, 폐하를 모셨던 지어미의 마음을 간직하면서 평생을 살아가겠습니다. 폐하의 안녕을 빌면서요."

진흥왕은 소부인의 말대로 해주었다. 소부인은 흥륜사에서 계를 받고 중이 된 다음 명농왕의 시신을 화장한 후 유골을 가지고 사비로 떠났다.

이사부는 일련의 공식적인 행사가 끝나자 월성에서 진흥왕을 독대했다.

"좀 쉬시지 왜 또 입궁하셨소?"
"신이 폐하께 꼭 드려야 할 간청이 있습니다."
"무엇이라도 말씀하시오. 장군의 성심(誠心)을 누가 모르겠소."
"황공하옵니다. 세 가지를 말씀드릴까 하옵니다."
"어서 말씀하시오."
"태후께서 살아계실 때 원화(源花)를 뽑았습니다. 어떻게 하면 나라에 쓸만한 인재를 알아볼 수 있을까 고민하다가 15세 정도의 아이들을 무리 지어 놀게 하고 행실을 관찰하자 하였지요. 그러면 당연히 두각을 나타내는 아이도 있을 거라고 했지요. 신이 어렸을 때 명옥공주님을 모시고, 신과 거칠부의 아비인 물력과 그리고 황공하옵게도 폐하의 아버님인 사부지 갈문왕, 이렇게 함께 놀았습니다. 후에는 공주님은 궁에 계시지만 우리끼리는 스승을 모시고 공부도 하고 명산대천(名山大川) 여기저기를 다니며 견문도 넓히고 무술 수련도 하였습니다."
"그 이야기는 나도 어머니께 들은 적이 있소. 이사부장군께서 늘 대장이었다지요. 아마."
"황공하옵니다. 훗날 태후께서 그걸 생각하시고 원화를 두 명 뽑자 하셨습니다. 그리고 남녀를 가리지 말고 준수한 아이로 원화를 따르는 아이를 한 3백여 명씩 뽑아 그중에서 마음에 맞는 아이들은 결혼도 하고 또 인재도 뽑고 하기로 하였지요."

"맞아요. 그건 나도 잘 알고 있습니다. 그래서 남모(南毛)와 준정(俊貞)을 뽑고 각 무리로 3백여 인을 두었지요. 이 두 여자가 서로 아름다움을 다투고 질투하여, 준정이 남모를 자기 집으로 유인하여 억지로 술을 먹여 강물에 던져 죽였지요. 후에 발각되어 준정을 죽였고, 무리는 뿔뿔이 흩어졌습니다."

"폐하께서 모르실 리가 없지요."

"다음에는 남자를 뽑기로 하였지요. 화랑(花郎)이라 하고 분단장을 곱게 하여 무리를 이끌게 했지요. 설원랑을 처음으로 뽑았는데, 무리가 구름같이 모여들었습니다. 노래와 음악으로써 서로 즐겨서 산과 내를 찾아다녔고 멀리까지 이르지 않은 곳이 없었습니다. 나도 따라서 구경 다니고 싶었지만."

"그렇습니다, 폐하. 하지만 설원랑(薛原郞)이나 처음에 모였던 무리는 놀기를 좋아하여 신이 실제 인재를 발탁하려고 보니 그다지 훈련이 되어있지 않아 쓸모가 없었습니다. 신이 폐하께 간청드립니다. 앞으로는 좋은 가문 출신의 남자로 덕행이 있는 자를 뽑아야겠습니다. 그를 화랑으로 부르고 그를 따르는 무리는 낭도(郞徒)라 부르면 좋겠습니다. 화랑에서 장차 어질고 충성된 신하와 좋은 장수가 나와야 하며, 낭도에서 용맹스러운 군사들이 배출되어야 합니다."

"그 좋은 생각이오. 낭도는 한 천 명을 두면 되겠지."

"그렇습니다. 이들은 충효를 갖추게 하고 악을 미워하고 선한 일을 좋아하고, 윗사람을 공경하고 아랫사람에게 인정으로 온순하게 대하게 해야 합니다. 인재가 가져야 할 기본적인 덕목을 배우게 해야 합니다."

"좋소, 아주 좋소이다. 이사부장군께서 전장에 가지 마시고 서라벌에서 이 일을 맡아서 해주십시오."

"늙은이라 싸움터에서 말 달리지 말라는 게지요. 폐하, 신은 아직 싸울 수 있습니다."

"아니, 허허. 장군의 노익장이야 알지만, 그런 것보다 화랑과 낭도들의 교육을 하는 게……"

"분부를 받들겠습니다. 신이 새로 화랑을 뽑고 낭도들을 훈련하는 일을 계획하겠습니다. 당장 할 수 있는 일도 있지만 2, 3년은 준비를 하여야 합니다."

"좋소이다. 또 하나는 무엇이오."

"폐하, 이번 관산대전에서 우리 신라가 대승을 거둔 이유는 무엇이라고 생각하시나이까?"

"그야, 장군의 지략이 있었고, 또 용감한 병사들이 잘 싸워서 그렇겠지."

"폐하, 이번 승리는 과거 남가야 사람들이 가져다주었습니다."

"그렇다 하여도 남가야는 장군이 귀부시키지 않았소?"

"먼 옛날의 일이옵니다. 우리 신라는 지증대왕 때 나라 이름을 신라로 정했습니다. 신라로 정한 연유를 아시지요?"

"알지요. 신(新)은 덕업이 날로 새로워진다는 뜻이고 라(羅)는 온 세상을 덮는다는 뜻이 아닙니까?"

"그렇습니다. 폐하, 황공하오나 신라의 군주는 그것을 잊어버리면 아니 되옵니다. 새롭게 세상을 덮으려면 새로운 사람이 신라에 더 들어와야 합니다. 제가 살아보니 사람은 다 같습니다. 서면 앉고 싶고, 앉으면 눕고 싶습니다. 맛있는 음식을 먹고 싶고, 젊고 아름다운 여인을 차지하고 싶고, 넓디넓은 자기 땅을 가지고 싶습니다. 자기 지아비, 자기 처자식이 잘 먹고 잘되길 바랍니다. 여인네들은 절에 가서 부처님께도 내 지아비, 내 자식 잘되게 해달라고 빌지, 이웃이나 친척 잘되라고 빌지 않습니다.”

“그렇지, 그게 인간 본성이 아니오.”

“그렇습니다. 폐하, 그게 인간 본성입니다. 귀족들은 전쟁으로 땅을 뺏으면 그 땅을 자기가 다 가지려고 합니다. 그게 인지상정(人之常情)입니다. 하지만 그렇게 하면 누가 전쟁에서 공을 세우고 싶어 하겠습니까?”

“그렇지, 그래서 우리 신라는 법흥대왕 때부터 전쟁으로 얻은 땅은 왕이 처분할 수 있도록 하지 않았소?”

“바로 그것입니다. 관산대전에서 이번 도도가 활약한 건 그가 지략과 용맹이 있어 그렇기도 하지만, 그렇게 하면 천민에서 벗어나 평민으로 자유를 얻고, 자기 땅을 소유할 수 있어서 더욱 그렇습니다.”

“그것이야 이미 시행하고 있으니, 논공행상(論功行賞)을 잘하면 되겠고. 또 하나는 무엇이오?”

“이번에 남가야 사람들이 큰 공을 세워 우리가 이겼습니다. 폐하, 우리 신라의 변경은 놀랄 만큼 늘어났습니다. 앞으로 고구려와 백제 모두 상대를 해야 합니다. 하지만 아라가야와 대가야는 우리 수중에 완전히 들어오지 않았습니다. 이번 관산대전에서 대가야 사람들을 포로로 많이 잡았습니다. 대가야는 우리를 배반하고 백제에 가담하여 우리가 크게 위험했습니다. 아라가야는 눈치를 보고 백제에 군사를 주지는 않았지만, 왜국과 연락을 하면서 호시탐탐 기회를 엿보고 있습니다. 반드시 이들 가야에게 죄를 따져야 합니다. 다시는 항거할 수 없게 하고 신라의 백성이 되어 살게 해야 합니다. 백제가 관산대전의 여파로 정신 차리지 못하고 있을 때 남아있는 가야 나라들을 모조리 새롭게 폐하의 위업으로 망라하여 덮어버려야 합니다. 가야를 완전히 흡수하여 신라의 피와 살로 만들어야 우리가 앞으로 백제와 고구려를 동시에 상대할 수 있습니다.”

“그렇소. 나도 그걸 생각하고 있었소. 나머지 가야를 신라로 다 덮어버린다…… 바로 그거요. 그게 가야도 살고 신라도 사는 길이오. 가야 백성이라도 도도처럼 신라 백성으로 살면 되는 게 아니오.”

“그렇습니다, 폐하. 제가 이 세 가지를 폐하께 간청드리옵니다.”

“하하하, 이사부장군. 그게 아니오. 그건 장군이 나에게 간청드릴 게 아니오.”

“무슨 말씀을 하시는 건지……”

“내가 바로 장군께 간청드릴 일이란 말이오. 장군이 이 세 가지 일을 완수해주시오.”

“신은 이미 칠십을 앞두고 있사옵니다. 이 늙은이가 어찌 그 일을 다 할 수 있겠습니까?”

“하시오. 장군이 나를 위해, 신라를 위해 그 일을 다 하시오. 그대가 이 일을 다 끝내지 않으면 내가 그대를 놓지 못하겠소. 부디 그대가 다 이루어주시오. 이건 어명이오.”

이사부는 진흥왕을 쳐다보았다. 진흥왕은 살짝 웃는 표정으로 이사부를 바라보고 있었다. 이사부는 엎드려 진흥왕에게 절을 했다.

“신이 목숨이 다할 때까지 폐하의 명을 받들겠습니다.”

그 무렵 진흥왕의 소부인이 비구니가 되어 아버지 명농왕의 유해를 모시고 백제 사비에 도착했다. 태자는 누이가 아버지의 유해를 가지고 왔다는 소식에, 버선발로 마당으로 뛰어 내려왔다. 신라 진흥왕에게 시집을 갔으니 누이가 꼴도 보기 싫었지만, 한편 따지고 보면 누이는 아버지 계책의 희생양이었다.

"그래 얼마나 마음 고생이 심했느냐?"

"저보다는 오라버니께서 얼마나 힘드셨습니까? 저 같은 건 죽어도 상관없지만, 오라버니께서는 심지를 강하게 하고 굳건하게 백제를 일으켜 세워야 합니다."

"아니다. 나는 자격이 없다. 왜국에 갔던 동생 혜(惠)가 돌아왔으니 동생이 아버님의 뒤를 이어 우리 백제의 왕이 되었으면 해. 나도 너처럼 머리를 깎고 중이 될 거야."

"오라버니, 무슨 말씀을 그렇게 하세요. 태자께서 중이 되다니요? 천부당만부당합니다. 백제 왕실에서 중이 되는 건 저 혼자로 충분합니다. 오라버니께서 나라를 추스르셔야 합니다. 아비 잃고 지아비 잃은 백성을 돌보아야지요."

"아니야, 내가 신라와 전쟁을 하자고 했어. 신라를 만만히 보았어. 아버지를 잃고 수많은 백성을 잃은 내가 무슨 낯으로 보위를 잇겠느냐? 나는 그럴 수가 없구나."

부여창의 고집보다는 신하들의 고집이 더 셌다. 신하들은 부여창을 바로 왕으로 옹립했다. 신하들은 태자가 패전을 책임지려는 자세를 보고 충분히 만족했다. 태자가 중이 되겠다는 말은 한번 해본 소리다. 그것을 곧이곧대로 듣고 받들었다가는 곧 태자의 미움을 받고 백제 조정에서 쫓겨난다. 신하도 경력이 있으면 알 만한 내용이었다. 부여창은 동생이 가져온 유골로 성대히 장사를 지내고 아버지의 시호를 성왕(聖王)으로 정했다. 살아있을 때부터 전륜성왕이 되고자 했고, 또 실제 백성들이 생불 부처님 왕처럼 받들었기 때문이었다. 재위 32년 만에 적의 기습으로 전사하긴 했어도 웅진에서 사비로 천도하여, 아버지 무령왕에 이어 백제의 위상을 크게 떨친 왕이었다. 태자는 아버지 장례를 치르면서도 내내 신라에 복수를 다짐했다. 섣불리 나섰다가는 오히려 당할 수도 있다. 고구려와의 웅천성전투에서 이기고, 진성 전투에서 이기자 적을 너무 만만하게 보았다. 얼음길을 따라 행군하여 기습한다는 게 오히려 대패한 원인이 되었다. 차근차근 공략했더라면 이길 전쟁이었다. 후회한들 소용없다. 앞으로 백제는 내실을 다져, 국력을 회복해야 했다. 그게 태자에게 주어진 책무였다. 아직 부여창은 젊었다.

진흥왕은 실속을 차리는 게 중요했다. 이번 전쟁으로 얻은 새 땅을 신라의 영역으로 완전하게 만들어야 했다. 성을 새로 쌓을 곳은 새로 쌓고 기존의 성을 보강하여 수리할 곳은 수리했다. 안전이 확실해지면 백성을 이주시켜 땅을 개간하고 농사를 짓게 했다. 백성이 농사를 짓고 살아야 그 땅이 확실한 신라 땅이다.

진흥왕은 관산대전이 끝난 직후 을해년[48] 10월에 북한산을 순행했다. 무력이 왕을 수행했다. 왕의 일행은 국원을 거쳐 배편으로 한성에 도착했다. 배로 한성에 가까워지면서 진흥왕은 길게 뻗은 산줄기를 발견했다.

---

48) 555년

"무력장군, 저 산이 무엇이오?"

"북한산입니다."

"오호, 저기가 바로 북한산이구만. 저기 흰하게 생긴 삼각 봉우리가 가장 높은 곳이오?"

"그렇습니다. 얼핏 보면 우측에 길게 솟아오른 바위 덩어리가 더 높게 보이지만, 실제로는 삼각 봉우리가 더 높습니다."

"그렇군요. 저 산이 참으로 잘 생겼군요. 저곳으로 한번 오르고 싶은데 길이 있나요?"

"길이 없고 가팔라서 폐하께서 오르기에는 적합하지 않습니다. 하지만 북한산에는 저 봉우리와 버금가는 봉우리가 여럿 있으니, 그 중에 가장 경관이 뛰어난 봉우리로 폐하를 모시겠습니다."

무력장군은 비교적 오르기가 쉬우면서도 한성 지역이 한눈에 조망되는 지점으로 왕을 모셨다. 아래에서 보면 그렇게 높게 보이지 않아도 위에 오르니 경치가 일품이었다. 왕은 산등성이에 우뚝 솟아 있는 네모난 바위를 구경했다.

"무력장군, 이 바위는 특이하게 생겼군, 어찌 이렇게 네모난 바위가 산꼭대기에 우뚝 서 있을 수 있을까? 우리 관리들이 쓰는 관 같지 않소? 관모(官帽) 말이오."

"그렇습니다. 폐하. 꼭 그렇게 생겼습니다."

진흥왕 일행은 그 바위에서 바로 옆에 있는 서쪽 봉우리에 올라갔다.

"무력장군, 내가 겁쟁이인가? 여기에 오르니 다리가 후들거려."

"그럴 리가요. 저도 다리가 후들거립니다. 오금이 잘 펴지지 않고요."

"허허, 무력장군이 나보다 더 겁쟁이군, 그래 저기 한수가 바다로 흘러가는 게 보이는군. 아, 저기가 바로 바다군. 저게 바다란 말인가?"

"그렇습니다. 폐하. 저곳이 서해입니다."

"그럼, 이번에 우리 신라가 차지한 땅이 어디까지인가?"

"폐하, 폐하의 눈이 닿은 곳이 모두 우리 신라의 땅이옵니다."

"그래? 내가 보는 땅이 모두 우리 신라의 땅이라고?"

"그렇습니다."

"그렇구나, 이 땅이 다 신라의 땅이구나. 이 넓은 땅."

진흥왕은 한동안 말없이 사방을 둘러보았다. 그러고는 혼잣말을 했다.

"여기까지 왔구나. 동해에서 서해까지. 여기가 모두 신라의 땅이다!"

진흥왕은 북한산에서 출발하여 새로 점령한 주군(州郡)을 살펴보면서 천천히 자신의 국토를 순수(巡狩)하면서 서라벌로 돌아왔다. 왕은 자신이 지나왔던 지방에 일 년간 세금을 면제해주고, 그 지방의 죄수 가운데 국가에 반역한 죄와 사람을 죽인 죄를 제외한 다른 죄인들은 모두 풀어주었다.

진흥왕은 이듬해인 병자년[49] 동해 동북방에 비열홀주(比列忽州)를 설치하고 사찬 성종(成宗)을 군주로 삼고 이듬해인 정축년[50]에는 고구려

---

49) 556년
50) 557년

로부터 빼앗은 국원(國原)[51]을 소경(小京)으로 삼았다. 국원이야말로 한 수 중류에 위치하면서 신라가 새롭게 획득한 영토 전체를 통제할 수 있는 요충지였기 때문이다. 그 이듬해는 일반 백성만이 아니라 귀족들의 자제와 6부의 부유한 백성을 국원으로 옮겼다. 가야에서 귀부한 우륵이 여기 먼저 자리하였기에, 사람들은 우륵이 선견지명(先見之明)이 있다고 탄복하였다.

이렇게 넓어진 국토를 지키자니 병력이 많이 필요했다. 마침 나마(奈麻)[52] 벼슬의 신득(身得)이라는 사람이 성벽에서 돌을 쏠 수 있는 장치 포노(砲弩)를 만들어 왕에게 바쳤다. 포노는 성벽을 공략할 때 사용하던 투석기를 개량한 것으로 성벽 위에서도 아래를 향해 효율적으로 돌을 날릴 수 있었다. 진흥왕은 신라의 주요 성에 모두 이 포노를 만들어 사용하라고 명했다. 그것으로 성을 지키는 군사의 수효를 줄일 수 있게 되었다.

몇 년이 지나자 신라 조정은 점차로 넓어진 영토에 백성들에게 농사를 짓게 하면서 안정을 찾아갔다.

---

51) 지금의 충주 지역
52) 나마는 신라 경위 17관등 중 제11등에 해당하는 관등

18

이사부가 군부의 핵심 장수들을 불렀다. 거칠부, 무력, 감력, 말득, 칠총 등의 장군들이 모였다. 이사부가 이들에게 말했다.

"지난 관산대전 이후 우리 신라 장수들은 백성들을 새로운 영토에 이주시키기도 하고, 폐하의 순수를 준비하기도 해서 바쁜 나날을 보냈소. 논공행상에는 불만들이 없지요?"

"불만이라니요. 다들 황송해 합니다. 다들 폐하의 은혜를 칭송합니다."

거칠부의 말이었다.

"거칠부장군의 말이 맞소? 다들 그렇게 생각하시오?"

"그렇습니다."

모두 이구동성으로 대답을 했다.

"좋소. 그러면 되었소. 거칠부장군이 각 장수와 병사들의 공을 공정하게 기록하여 폐하께 잘 상신(上申)하였기에 그리 되었소. 거칠부장군의 공이 크오."

"이사부장군님, 황공하옵니다."

"내가 폐하의 명으로 그대들에게 한 가지 임무를 더 내릴까 하오. 지난번 대가야는 백제에 군사를 보내 백제를 도왔소. 아라가야를 비롯 다른 작은 가야 여러 나라는 병사를 보내기도 하고 혹 눈치를 보고 그랬소."

"그렇습니다. 그들을 그냥 두어서는 안 됩니다."

무력의 말이었다.

"그렇소. 때가 왔소이다. 그대들이 가야를 정벌하시오."

"대가야는 어찌합니까?"

"대가야는 아직 그냥 두시오. 힘보다는 달래는 방법을 써야지. 거긴 내가 생각해둔 게 있소."

거칠부가 말했다.

"장군께서는 이번 출정을 않으시려구요?"

"늙은이가 가서 힘이나 쓰겠소?"

"장군님이 가셔야 병사들이 안정을 얻고 사기가 올라갑니다."

"뭐, 고마운 말이긴 하나, 나는 따로 서라벌에서 할 일이 있소."

이사부는 아라가야를 비롯한 가야국 원정대 대장군으로 거칠부, 선봉장으로 무력, 좌군장으로 감력, 우군대장으로 말득을 임명하고 칠총을 기병대장으로 삼았다. 총병력 2만으로 편성된 원정군은 비사벌을 지나 낙수를 건넜다. 신라의 대군 앞에 아라가야는 속수무책이었다. 백제에 구원을 요청하는 파발마를 보냈으나, 백제의 새로운 임금 창(昌)은 신라의 대병에 맞서 싸울 수가 없었다. 관산의 패전이 남긴 상처는 너무나 컸다. 창은 원통했지만 스스로는 당장 어떻게 손쓸 방법이 없었다. 다만 왜국에 사신을 보내 구원병을 요청했다.

거칠부가 이끄는 신라의 대군이 아라가야에 도착하자 아라가야는 성문을 닫고 항거를 시작했다. 하지만 하루가 못 가서 내부에 반란자가 나오면서 성문이 열리고 거칠부는 별다른 전투 없이 아라가야를 굴복시켰다. 거칠부는 아라가야에 신라군의 본진을 치고 주변의 작은 가야국에 무력을 비롯한 장수들을 보냈다. 사이기국, 다라국, 졸마국, 고차국 등 10여 개의 가야국들이 모두 항복했다. 거칠부는 각 지역마다 방어벽을 튼튼히 하는 산성을 고쳐 쌓게 했다. 가야국 귀족들은 서라벌로 보내고 백성 중에서 반항적인 백성은 신라의 다른 고장으로 이주시키고 협조적인 백성은 신라의 호적이나 군적에 넣어 농사를 계속 짓게 했다. 백성으로서는 가야의 백성이나 신라의 백성이나 하등 차이가 없었다. 오히려 큰 나라의 백성이 되니 노략질을 당할 이유가 없어 더 좋았다,

거칠부가 이런 작업을 끝내고 서라벌로 연락군관을 보내 이사부에게 보고를 했다. 이사부는 거칠부의 연락을 기다렸다는 듯이 왕을 알현했다.

"폐하, 이번에는 지난번 북한산을 돌아보셨듯이 비사벌(比斯伐)[53]로

---

53) 오늘날의 경남 창녕군

행차를 하셨으면 합니다.”

“내가 승전의 소식은 들었소. 기꺼이 가리다.”

“폐하, 비사벌로 행차를 하시되 전군(全軍)의 장수들을 다 모았으면 합니다.”

“전군의 장수를요?”

“그렇습니다. 전군의 장수를 비사벌로 모아 사열을 하는 겁니다. 폐하의 위업을 과시하시지요.”

“아직 대가야가 남지 않았소?”

“그러니 더욱 과시하셔야지요. 대가야는 만만치 않습니다. 대가야의 가실왕이 죽기 살기로 싸우자고 덤비고 게다가 백제가 군사를 보내고 또 왜군마저 가세한다면 신라의 희생이 커집니다. 비사벌에서 우리의 군세와 폐하의 위업을 보이면 대가야도 항복하겠지요. 또한 가야 소국 귀족들도 사열을 보게 할 작정입니다.”

“좋은 생각이오. 그럼 그렇게 합시다. 정월에 신궁에서 제사를 모시고 바로 비사벌로 가겠으니 그리 알고 준비를 하시오.”

“그리하겠습니다. 또 하나는 왜국에 사신을 보내야하겠습니다.”

“왜국에?”

“그렇습니다. 지난 관산대전에서 왜국 병사들도 많이 죽었습니다. 또한 이번에 거칠부가 아라가야를 칠 때 아라 왜신관에 남아 있던 일부 왜인들도 죽거나 왜국으로 도망쳤습니다. 왜국 왕이 분명 분통을 터뜨렸을 테고, 백제 창왕은 왜국에 또 병사를 빌려달라고 했겠지요.”

“그러니 우리 사신을 보내 왜국을 달래자는 거요?”

“그렇습니다. 왜국이야 백제와 매우 가깝게 지낸다 해도 신라와의 싸움에 끼어들지 말라고 경고를 보내야 합니다.”

"그러다가 우리 사신에게 위해를 가하지나 않을까요?"

"그러지는 못합니다. 우리 신라가 그렇게 만만한 나라가 아니지 않습니까? 만약 그리한다면 신이 함대를 이끌고 가서 축자국을 정벌해 버리겠습니다."

"좋소. 그럼 누구를 보낼까요? 담대하고 지략이 있어야 할 텐데."

"급찬 구리지(仇梨知)가 적당합니다. 아직 관직은 낮아도 배짱과 학식이 있습니다."

"구리지라면 새로 화랑으로 임명된 사다함의 아비가 아니오?"

"그렇습니다. 구리지는 일전에 명활성 보수 때 오대곡(烏大谷) 사람들을 이끌고 일을 잘해냈습니다. 책임감이 있습니다. 그 일 이후에 신이 사다함과 함께 그 아비도 여러 번 만났습니다. 역시 학식이 있고 몸가짐도 훌륭했습니다."

"그렇겠군요. 아이가 그 아비를 어찌 닮지 않겠소. 그를 보내시오."

정월 중순이었다. 비사벌(比斯伐)의 산성 아래 벌판에 신라군 2만이 도열했다. 눈발이 조금 휘날렸다. 철갑으로 중무장한 2만의 대군은 과거의 신라군이 아니었다. 특히 대당군은 도살성과 금현성 싸움을 거쳐 한수 일대를 정벌하고 관산대전에서 대승을 거두면서 사기가 매우 높아졌다. 중장기병과 경기병, 궁수와 창수, 검수와 도보수 그 외에 각종 공성기와 병장기를 다루는 병사들까지 모두 제 역할을 다하는 신라 제일의 군대가 되어있었다.

사열대에서 군사를 바라보는 진흥왕의 가슴이 벅찼다. 이 막강한 군대의 왕이 바로 자신이다. 왕은 군림하는 자가 아니라 만백성을 보살피는 자다. 애민(愛民)의 결과가 백성들의 충성으로 나타난다. 충성을 강요한다고 해서 백성이 충성하는 게 아니다. 충성만을 강요한다면 그건 폭군이다. 백성은 폭군에게 늘 역천(逆天)의 준비가 되어있다. 하늘도 뒤집어 버리는 게 백성의 힘이다. 백성의 힘을 잘 따르는 것, 그게 바로 순리다.

군사를 사열하면서 이사부는 진흥왕을 바로 옆에서 수행했다. 왕의 동생인 숙흘종 갈문왕과 왕의 장인인 대일벌간(大一伐干) 굴진(屈珍)을 제외하면 이사부는 일벌간(一伐干)으로 신라의 17관등 중 가장 관등이 높았다. 그도 당연한 게 신라에서 이사부는 여전히 병부령이면서 상대등이자 대장군이었기 때문이다.

진흥왕은 사열이 끝나자 감개가 무량했다. 진흥왕의 나이도 서른여섯, 재위 21년 만에 군사를 사열한 건 처음이었다. 그동안의 크고 작은 전쟁은 모두 이사부가 전후방에서 지휘했다. 하지만 이사부의 나이도 일흔여섯, 여전히 강건하다 해도 나이는 속일 수가 없었다. 거칠부가 이사부의 후계 역할을 하긴 했어도 왕이 직접 나서야 할 때였다. 진흥왕이 이날 사열의 의미를 말하기 시작했다.

"내가 어려서 왕이 되어 성심껏 도와주는 이사부장군에게 나랏일을 맡겼다. 그리하여 신라는 군사를 튼튼하게 길러 사방으로 땅을 넓혔다. 우리 신라는 원래 토지가 협소하였으나 백성들이 열심히 일하여 수풀을 제거하고 돌을 골라내고 쟁기질을 하여 땅이 비옥하게 되었다. 상대등을 비롯한 군주와 당주와 도사(道使)와 외촌주(外村主)는 모두 제 할 일을 열심히 하고 백성들을 어여삐 여겼다. 하여 밭과 논과 산림에서는 오곡백과가 풍성하게 열리고 강과 바다에서는 각종 해산물과 소금 또한 풍족하니 신라 백성은 굶주림을 모르고 왕을 우러르게 되었다. 나라의 사소한 일에도 상대등을 비롯한 여러 신하가 성심껏 마음을 쓰고 몸소 국법의 지엄함을 보여주고 있음이니 이 또한 어찌 기쁘지 않겠는가.

우리 신라가 날로 영토를 넓히고 그 영토는 신라의 군사와 사방군주(四方軍主)가 튼튼히 지키고 있으니, 이것이 바로 덕업이 날로 새로워지고 우리의 기세가 온 세상을 덮는 게 아니겠는가.

내가 한 말과 오늘 여기 모인 여러 신하와 장수의 이름을 모두 돌에 새겨 영원히 남을 비로 세우라."

거칠부는 진흥왕의 말과 비사벌 군사 사열에 모인 여러 지역의 모든 장수의 이름을 돌에 새겨 비를 세웠다. 신사년[54] 2월 1일의 일이었다.

비사벌에서 군사 사열은 가야 여러 나라에 보여주기 위해서였다. 아라가야를 비롯하여 10여 개의 작은 가야 소국 백성들이 신라의 위세를 보고 절대로 반란을 획책하지 말고 신라에 충성하라는 의미가 가장 컸다. 가야 소국의 귀족들은 신라의 군사력을 직접 보았다. 그날 이후로 가야 소국 귀족들은 신라에 반역을 꾀하는 어리석음을 범하지 않았다. 하지만 마지막 남은 가야, 대가야의 가실왕은 신라의 초대에도 응하지 않고 잔뜩 웅크리고 있었다.

백제 창왕은 사비에서 신라의 진흥왕이 아라가야를 비롯한 여러 소국을 집어삼키고 비사벌에서 군사 사열을 하였다는 대가야 가실왕의 보고를 받았다. 창왕은 관산에서 아버지를 잃고 자신도 겨우 몸만 빠져나올 정도로 대패했다는 게 그렇게 치욕스러울 수가 없었다. 신중하라는 나이든 신하들의 만류에도 대패했기에 결국 자신의 경거망동(輕擧

---

54) 561년

妄動)이 나라를 큰 위기로 몰아갔다고 나라 사람들이 생각할 게 뻔했다. 아버지가 돌아가시고 자신도 겨우 살아 돌아온 다음 창왕은 왕위를 승계하지 않고 출가하여 비구가 되려고 했다. 아버지의 명복을 빌면서 속죄의 삶을 살려고 했다. 하지만 그건 자식된 도리로 속죄의 모습을 보여야 했기 때문에 그렇게 말했을 뿐이다. 본래 창왕의 뜻은 아니었다. 창왕은 오로지 신라에 복수하겠다는 마음뿐이었다. 왕위를 승계하고 해가 갈수록 패전의 후유증이 차차 가라앉기 시작하자 창왕의 적개심은 날로 불타올랐다. 창왕에게는 관산에서 도망친 다음의 삶은 그야말로 절치부심(切齒腐心)의 나날이었다. 창왕은 복수를 생각하지 않은 날이 하루도 없었다.

창왕과 마찬가지로 대가야의 가실왕(嘉悉王)도 신라에 이를 갈고 있었다. 가실은 이뇌왕이 백제의 왕녀와 결혼하여 낳은 아들이었다. 이뇌왕은 관산대전에서 백제가 대패하면서 파병했던 가야의 군사 1만도 모두 죽거나 신라의 포로가 되었다는 소식을 듣고 충격으로 바로 쓰러졌다. 그리고는 영영 일어나지 못했다. 대가야에는 이뇌왕의 여러 아들이 있었지만 가장 나이 어린 열다섯의 가실이 왕이 되었다. 이뇌왕의 임종을 지켜본 가실의 어머니인 백제의 왕녀가 왕의 뜻이 가실이라고 선포를 했다. 대가야 조정 대부분이 백제에 친한 신하로 포진되어있었기에 가실의 왕위 승계를 반대하는 신하는 없었다. 어린 가실왕은 외가가 백제이기도 했고 관산대전에서 대부분의 가야 군사가 포로로 잡혀서 신라의 노비가 되었기에 신라를 향한 적개심은 창왕 못지않았다.

가실왕의 나이도 스물이 넘었다. 어린 시절에는 어머니가 섭정했다. 스물이 지나면서 대가야의 운명은 자신이 결정해야 했다. 자신은 남가야의 왕족처럼 신라에 귀부할 수 없는 팔자였다. 대가야는 신라와 건너지 못할 강을 이미 건넜다. 만약 자신이 신라에 귀부한다면, 목숨조차 부지하기 어려울 게 틀림없었다. 더군다나 신라에는 자신의 이복형 월광이 있다. 한때 태자였던 월광은 도설지로 이름을 바꾸어 신라의 장군으로 살아가고 있다. 도설지는 비사벌의 군사 사열에도 신라의 장군으로 당당히 참가했다. 신라는 자신을 몰아내고 자신의 이복형인 도설지를 대가야의 왕으로 내세울 게 분명했다.

가실왕은 신라의 진흥왕이 비사벌에 대군을 이끌고 와서 군사 사열을 할 때 신라의 경고를 알아들었다. 항복하라는 압박이었다. 만약 항복하지 않으면 쳐들어오겠다는 뜻이었다. 가실왕은 대가야가 신라의 군세를 이길 수 없음을 잘 알고 있었다. 하지만 관산대전은 이미 7년 전의 전쟁이었다. 7년이라면 짧지 않은 세월이다. 백제도 상처를 치유했고, 병력도 예전만큼은 아니더라도 다시 채워 넣었다. 신라에 항복해도 권좌에서 쫓겨날 팔자라면 신라와 싸우는 수밖에 없다. 그냥 나라를 송두리째 바칠 수는 없다. 5백 년 가야의 역사를 항복으로 끝낼 수는 없다. 가실왕은 비장한 각오를 다졌다.

가실은 거듭 창왕에게 사신을 보냈다. 상황을 설명하고 신라의 위협을 전했다.

가실왕의 보고를 받은 창왕은 기지개를 켤 때가 되었다고 판단했다. 지난 7년은 고통 속에서 참회만 하는 척하고 살았다. 그러면서 한편으로는 군사력을 키웠다. 무엇보다 자신을 원망하고 반대했던 원로대신들이 하나둘 나이가 들어 병들어 죽었다. 살아남은 대신들도 기력이 예전 같지 않아 왕에게 대들지 못했다. 이듬해를 장담할 수 없는 게 노인네들의 세월이다. 7년이란 세월은 그들을 거의 무력화시켰다. 늘 신라에게 당할 수만은 없었다. 창왕도 일어서야 했다. 창왕은 왜국의 광정왕에게 청병을 요청하는 사신을 보냈다.

백제의 신라 침공 계획은 차츰 무르익었다. 신라의 진흥왕이 비사벌에서 군사를 사열하고 난 다음 해인 임오년[55] 7월, 백제와 왜국의 병사들이 동시에 가야 지역으로 쳐들어갔다. 백제군이 이미 신라 땅이 된 아라가야로 밀려들었다. 이와 동시에 왜군도 낙수를 따라 올라와 아라가야 낙수 연안에 상륙했다. 두 나라의 군사행동은 바로 신라의 감시망에 걸려들었다.

그 전해에 왜의 광정왕은 신라가 구리지를 사신으로 보내 경솔하게 움직이지 말 것을 당부하자, 구리지를 푸대접했다. 광정왕은 백제의 패배와 가야의 멸망이 못마땅했기에 신라의 사신을 죽이고 신라에게 경고를 보내고자 하였지만, 차마 실행하지는 못했다. 이사부의 말대로 신라의 보복이 두려웠기 때문이었다. 구리지는 목숨만을 부지하여 신라로 돌아왔다. 구리지는 신라로 돌아와 왜국이 틀림없이 군사를 일으킨다고 보고했다. 이사부는 구리지의 의견을 받아들이고 해안 감시를 강화했다.

왜군이 남해안으로 접근하자 신라군은 봉수를 올려 서라벌의 이사부에게 왜군의 침공을 알렸다. 이사부는 신속하게 노리부에게 명하여 왜군에 대비하게 했다. 노리부가 이끄는 신라 기병대는 재빨리 백제군과 왜병을 갈라놓았다. 노리부의 주력군은 백제군을 공격했다. 성에 있던 신라군까지 합세하자 백제군은 신라군의 상대가 되지 못하였다. 백제군은 1천여 명의 사상자를 내고 황급히 철수했다.

---

55) 562년

낙수 서쪽 연안에 상륙한 왜군은 처음에 승리하는 듯하였다. 그들은 기세를 올리면서 낙수 연안에서 내륙으로 깊숙이 들어왔다. 그들이 낙수에서 벗어나자 노리부는 먼저 그들이 타고 온 배를 모두 불사르고 탈출로를 봉쇄했다. 이어 왜군을 공격하기 시작했다. 왜군은 막강한 전력의 신라군에 견디지 못하고 퇴각하다가 여러 부대로 쪼개어 도망쳤다. 일부는 백제군에 합류하면서 겨우 살아났다. 백제군에 합류하지 못한 왜군 장수 하변(河邊)은 신라군에 포위되자 노리부에게 항복했다. 마침 하변은 아내를 몹시 사랑하여 전장터에 아내를 데리고 참전했다. 당연히 아내도 함께 포로가 되었다. 노리부가 하변에게 물었다.

"너의 목숨과 부인의 목숨 가운데 누가 더 중요한가? 한 사람은 살려주겠다."

하변은 답했다.

"장군님, 어찌 한 여자를 사랑하여 스스로 화를 얻겠습니까? 나의 목숨보다 소중한 건 없습니다. 나를 살리시고 저 여인을 죽이십시오."

노리부는 하변을 죽이고 그 여인을 첩으로 삼았다. 하변과 같은 왜국 장수만 있는 게 아니었다. 노리부의 부관은 사로잡은 조길(調吉)이란 왜국 장수에게 잠방이를 벗기고 엉덩이를 왜국으로 향하게 하고 엎드려서 개처럼 기게 했다.

"내 엉덩이를 핥으면서 멍멍 짖어라."

하지만 조길은 노리부 부관의 말을 거역하고 말했다.

"신라 왕은 내 똥이나 핥아라."

부관은 노발대발하여 그 자리에서 조길을 향해 칼을 휘둘렀다. 함께 참전하여 아버지를 수행했던 조길의 아들 구자(舊子)가 아버지를 감싸다가 함께 죽었다. 노리부는 부관을 질책하면서 조길과 구자를 잘 장사지내 주라고 명했다.

노리부 군사의 활약으로 왜국 구원군은 모두 섬멸되었다.

노리부는 서라벌의 이사부에게 임무를 완수했으며 내친 김에 여세를 몰아 대가야까지 점령할 수 있다고 보고했다. 하지만 이사부는 군사를 비사벌에 대기시킨 다음 노리부에게 서라벌로 오라고 지시했다.

그즈음 이사부는 사다함과 그의 낭도들을 지켜보는 재미에 푹 빠져 있었다. 이사부는 첫 화랑이었던 설원랑 교육의 실패를 거울삼아 사다함을 제대로 가르치고 싶었다. 화랑은 명산대천(名山大川)을 찾아 심신을 수련하되 나라에 충성하는 장수가 되어야 했다. 이사부는 어릴 때 물력과 사부지와 함께 다니며 사리공에게는 학문을, 약문에게는 병법을 배웠다. 무술을 수련하기도 했다. 이사부는 자신이 자랐던 것처럼 바로 그렇게 화랑을 육성하고 싶었다. 설원랑 때는 낭도들과 함께 명산대천을 찾아 노래하고 춤추고 놀았지만, 노는 게 거의 다였다. 아이들에게 목표를 심어주어야 했다. 원화를 배출하였다가 비극적으로 끝난 후 다음으로 남자 화랑을 뽑으면서 어떻게 가르쳐야 하는지 알지 못했다. 처음 있는 일이었기 때문이다. 그러니 설원랑은 장수로 자라나지 못했다.

그의 낭도들도 군사력으로 바꾸기 어려운 오합지졸일 뿐이었다.

이사부는 그게 못마땅했다. 신라가 늘어난 영토를 감당하기 위해서는 군사력 확대가 국가의 존망이 달린 문제였다. 단순히 병사 수가 많아서 될 일이 아니었다. 장수는 장수다워야 병사들이 따르게 된다. 좋은 가문에서 태어나 자질이 있는 아이는 장수로 길러져야 했다. 바로 이사부 자신이 그랬다. 물력도 그랬으며 물력의 아들 거칠부도 그렇다. 그렇게 자라나야 했다. 화랑에서 현명하고 충성스러운 신하와 장수가 나와야 했다. 훌륭한 화랑을 따라 그 낭도에게서 용감한 병졸이 나와야 했다. 그게 신라의 장래를 위해서 무엇보다 중요했다.

이사부는 사다함과 낭도들을 지원하는 역할을 하면서 가끔 사다함을 불러 옛날이야기를 해주고 밥도 함께 먹었다. 사다함은 무관랑(武官郎)이란 친구와 매우 친해 둘은 늘 붙어 다녔다.

이사부는 옛날 자신이 어릴 적 늘 물력과 함께 붙어다녔던 날을 기억해냈다. 어느 날은 아이들과 같이 밥을 먹다가 자신이 물력과 함께 어린 시절로 돌아가 있는 듯한 느낌을 받았다. 그 생각을 하다가 사다함과 무관랑을 보면서 이사부의 눈에는 눈물이 맺혀버렸다. 사다함은 밥을 먹다가 문득 이사부를 바라보았다. 이사부는 울고 있었다. 사다함이 깜짝 놀라 말했다.

"장군님, 왜 우셔요? 뭐가 잘못되었나요?"
"울긴, 아니다. 눈에 뭔가 들어간 모양이다."

그러면서도 이사부는 눈물이 계속 나왔다. 물력과 소녀 때의 지소부인이 생각났기 때문이다.

"다 갔구나. 나만 남았다."

"무슨 말씀이세요? 장군님, 오늘은 이상합니다."

"그래, 내가 오늘은 이상하구나. 이따가 너희들이 좋아하는 손자병법이나 이야기해주마."

사다함은 아이들에게도 신망을 얻어서 사다함을 따르는 또래의 아이들이 일 천여 명이나 되었다. 그들이 함께 무예를 익히고 남산과 같은 산에 올라 심신을 단련했다. 함께 밥을 먹고 함께 놀이를 하기 위해서는 군사조직과 같은 편제가 있지 않으면 안 되었다. 편제는 규칙이 있어야 작동한다. 아이들은 자발적으로 규칙을 잘 지켰다. 무관랑은 낭도들 사이에서 규칙이 잘 돌아가도록 사다함의 충실한 부관 노릇을 잘 수행했다. 화랑과 낭도는 마치 대당과 같은 신라의 군사조직처럼 일사불란하게 잘 움직였다. 그렇다고 이사부가 사다함에게만 큰 기대를 걸지는 않았다. 이사부는 여러 명의 사다함이 나와서 앞으로 신라 아이들이 다 그렇게 자라야 한다고 생각했다. 작은 나라 신라가 살아남기 위해서는 아이들을 잘 길러야 했다. 아이들이 바로 신라의 희망이었다.

19

대가야왕 가실은 고민에 빠졌다. 백제군이 퇴각하고 왜군이 전멸했다. 신라 노리부의 군사가 대가야의 코앞인 비사벌에서 대기 중이었다. 신하들은 왕에게 어서 대책을 마련해야 한다고 말했다. 가실왕은 오히려 신하들에게 반문했다.

"남가야의 태자였던 자가 신라의 개가 되어 나를 사냥하겠다고? 이를 어찌 해야 합니까?"

신하 중에 가장 나이가 많은 자가 대답했다.

"신라에 나라를 들어 바치고 조상의 제사를 모실 수 있게 해달라고 간청하는 수밖에 없습니다."
"정녕, 그 방법밖에는 없소? 기어코 나라를 바치는 방법밖에는 없냐 이 말이오."
"죽는 게 사는 길이옵니다. 훗날을 도모해야 합니다, 전하."

"죽는 게 사는 거라고? 살아도 죽은 게 아니고? 신라에 항복하여 목숨을 부지한들 그게 산다고 할 수 있소?"

"전하, 전란에 휩싸여 백성들의 목숨을 지켜주지 못하는 군주가 가장 나쁜 군주입니다. 신하된 자가 군주에게 항복을 말씀드리는 게 죽을죄보다 더한 죄이지만, 늙은 신하의 충정입니다. 개똥밭에 살아도 이승이 낫다고 합니다. 부디……"

"시끄럽소. 나는 목숨을 구걸하고 싶지는 않소."

큰소리를 쳤다. 아무리 큰소리를 친다 한들 가실왕에게도 뚜렷한 방법이 없었다. 장고 끝에 가실왕은 신라에 귀부하기로 했다. 가실왕은 서라벌에 사람을 보내 귀부의 뜻을 밝혔다. 이사부가 노리고 있었던 게 바로 이것이었다. 가야 여러 나라가 전쟁 없이 항복하면 상처가 없기에 바로 신라의 힘이 될 수 있다. 지난 백제와의 전쟁에서 남가야의 노리부와 무력의 활약은 승패를 좌지우지할 만큼 컸다. 그들이 없었다면, 나아가 그들이 백제 편에 섰다면 신라가 패했을 거다. 대가야도 마찬가지다. 비록 월광이 신라로 와서 도설지로 이름을 바꾸어 신라에 충성하고 있지만, 그건 그야말로 그의 어머니가 신라 사람이니 당연한 일이다. 실제 대가야 사람이 움직여 신라에 충성을 다해야 한다. 신라와 가야는 한 몸이 되어야 한다.

가실왕이 항복하겠다는 의사를 신라에 전해오자 진흥왕이 이사부를 불러 물었다.

"가실왕이 귀부를 하겠다고 하오. 도설지가 형일텐데…… 어떻게 처리하는 게 좋을까요?"

"신의 생각으로는 대가야국을 군으로 바꾸고 도설지를 군주로 보냈으면 합니다. 가실은 서라벌로 옮겨 살게 해야겠습니다."

"가실의 반발은 없을까요? 어쨌거나 지금의 왕은 가실이니까요."

"반발이 있다 해도 가실은 백제 편에 섰던 자이옵니다. 어머니도 백제의 왕녀이지요. 그러니 뼛속 깊이 백제인이라고 해도 틀린 말은 아닙니다. 귀부를 하면 서라벌로 옮겨야 후환이 없습니다. 대가야에 두면 언제 반란이 일어날지 모릅니다."

"그렇겠군요. 그럼 그렇게 합시다."

진흥왕이 이사부와 대가야에 대한 논의를 한 직후였다. 비사벌에 나가 있던 노리부에게서 급한 보고가 올라왔다. 대가야에서 변란이 일어났다는 전갈이었다. 신라에 귀부를 결정한 다음에 백제계 신하들이 정변을 일으켜 신라에 귀부하자는 논의에 찬동한 신하들을 모조리 죽이고 왕을 위협해 성문을 꼭꼭 걸어 잠그고 결사 항전의 태세로 들어갔다고 했다. 보고를 접한 이사부는 왕에게 아뢰었다.

"폐하, 신이 우려한 일이 일어났사옵니다. 백제군이 오기 전에 대가야를 신속히 정벌하여야겠습니다."

"그렇게 해야지요. 지금 비사벌에 노리부가 대기하고 있으니 노리부에게 명을 내리도록 하세요. 당장 끝장을 내라고 말입니다."

"폐하, 이번 원정은 신이 가겠사옵니다."

"그게 무슨 말이오. 상대등께서 가시다니오? 당치 않소."

"신의 나이가 일흔일곱입니다. 늙은이가 분명합니다."

"그러니 다른 장수를 보내야지요. 혹 잘못되면 나라 사람들이 왕인 나에게 무어라 하겠소?"

"폐하, 아직 신은 제 한 몸은 건사할 수 있고, 말 등에서 밤을 새울 수 있습니다. 신이 가야 할 일이 있습니다."

"그게 무엇이오? 상대등께서 직접 가야 할 일이 도대체 무엇이오?"

"사다함 때문이옵니다."

"사다함 때문에?"

"그러하옵니다. 사다함이 이번 출정에 가고 싶어 할 게 틀림없습니다. 열일곱이니 몸이 근질근질할 때인지라 다음 출정에는 반드시 자신을 출정시켜 달라고 했습니다."

"그래요? 그래도 괜찮을까? 너무 어리지 않을까요?"

"괜찮습니다. 아이들은 강하게 키워야지요. 전번 설원랑처럼 키웠다가는 신라의 밥만 축낼 따름입니다. 열일곱이면 전쟁터에 가도 될 나이입니다."

"그럼 사다함을 낭도들과 함께 비사벌로 보내 노리부와 합류하게 하면 될 일입니다. 상대등께서 가실 일이 아닙니다."

"폐하, 신이 지금까지 살아오면서 가장 즐거웠던 일이 무엇인지 아십니까?"

"즐거웠던 일? 그게 무엇이오?"

"신이 어릴 때 아버지 몰래 덕지장군을 따라 전쟁터에 간 일이옵니다. 그때 폐하의 아버지인 사부지갈문왕과 거칠부의 아버지 무력장군과 함께 세 명이 몰래 집을 빠져나갔지요. 덕지장군께서 우리를 받아주셔서, 우리는 백제를 구원하러 간 덕지장군을 수행하였습니다."

"그게 가장 즐거웠던 일이라고요?"

"그렇습니다. 아마도 지금 사다함도 그럴 겁니다. 지금의 신의 나이가 그때 덕지장군보다 많습니다."

"나도 그 이야기는 들었던 것 같소. 그래 사다함에게 즐거움을 주기 위해 상대등께서 출정하신단 말이요?"

"그게 아니라 제가 좋아서 그렇습니다. 신이 나이가 들어보니 그때 덕지장군이 왜 저희들을 내치지 않으셨는지 알겠습니다."

"하지만 그때 덕지장군이 귀환하다가 돌아가시지 않으셨소?"

"그랬지요. 신이 임종을 지켰습니다."

"그래서 안 된다는 거요. 고집을 부릴 걸 부리세요. 상대등."

"폐하, 덕지장군께서 임종하실 때 뭐라고 하셨는지 아십니까? 저에게 겨우 말씀하셨지요."

"어떤 말씀을 하셨길래……"

"이사부야, 다음은 너다, 그렇게 말씀하셨지요. 제가 무어라고 대답했는지 아시겠습니까?"

"……"

"알겠습니다, 제가 하겠습니다, 이렇게 대답했습니다."

"그랬군요. 몰랐습니다."

"평생 그 약속을 지키면서 살았습니다. 덕지대장군과의 약속을 지키기 위해 살았습니다. 신이 어디에서 죽은들 무어 그리 억울하겠습니까? 제가 할 일이 무엇이겠습니까? 이 늙은이가 적의 목을 베기라도 하겠습니까? 하지만 제가 할 일이 있습니다. 사다함과 같은 젊은이의 머릿속에 신이 들어가 주는 겁니다. 그게 저의 일입니다."

이사부의 말을 듣고 있던 진흥왕이 흘러내리는 눈물을 훔쳤다.

"상대등께서 나를 울리는구료. 그대가 있어 내가 신라의 영토를 넓힌 왕이 되었구료. 다 그대의 공이요. 알았소. 사다함을 데리고 출정하시오. 하지만 절대로 나를 혼자 두면 안 되오. 아시겠소?"

"폐하, 신은 아직 멀쩡합니다. 염려 마시옵소서."

이사부는 사다함에게 출정 소식을 전했다. 사다함은 펄쩍 뛰면서 좋아했다. 사다함의 부관 무관랑과 낭도 1천여 명도 기병으로 출정했다. 이사부는 비사벌로 가서 전체 병사를 사열했다. 노리부를 중군 대장으로, 사다함을 귀당(貴幢) 비장(裨將)으로 임명하고 선봉으로 삼았다. 사다함에게는 5천의 기병을 이끌도록 했다. 군사가 총 2만 5천이었다.

이사부의 군사는 낙수를 건너 대가야로 물밀듯이 쳐들어갔다. 대가야는 성문을 닫고 항전을 시작했다. 이사부는 사다함을 불렀다.

"사다함, 어떻게 적을 깨부술 수 있겠느냐?"

"적은 잔뜩 겁을 집어먹었겠지요. 전단문(栴檀門)만 돌파하면 다음은 쉽습니다."

"하하. 잘 알고 있구나. 그렇다. 어떻게 전단문을 돌파할 거냐?"

"제 낭도 중에 1백여 명이 몸이 날쌔고 용맹합니다. 이들이 밧줄을 던져 성문을 기어올라 전단문을 장악하도록 하겠습니다. 성문이 우리 수중에 들어오면 흰 깃발을 세우겠습니다. 그럼 기병이 먼저 들어가겠습니다. 이어 본진이 들어가면 바로 우리가 승리합니다."

"그래, 좋다. 당장 시작하자."

어둠을 이용해 사다함과 그의 낭도 1백여 명이 성문으로 접근해 전단문을 기어올랐다. 약간의 소란 끝에 몸이 빠른 사다함의 낭도 여러 명이 밧줄을 걸어 성벽에 기어오르는 데 성공했다. 서너 명이 성벽 위에 오르자 뒤를 따라 수십 명이 성벽으로 올라 전단문을 장악했다. 그러는 동안에 어렴풋한 어둠이 걷히고 사위가 밝아졌다. 그때 전단문이 열리고 성문 위에는 흰색 깃발이 세차게 펄럭였다. 그 깃발을 보고 사다함의 기병대가 일시에 성으로 쏟아져 들어갔다. 이어서 노리부의 중군이 입성했다.

그것으로 끝이었다. 사다함의 기병이 선두에 서서 저항하는 대가야 병사들을 해치우고 대가야의 궁궐을 향해 달려갔다. 이어 중군장 노리부가 이끄는 신라의 본진이 들이닥치자 가야 사람들은 두려움에 떨며 우왕좌왕했다. 이사부는 저항하지 않는 백성이나 군사는 해치지 말고 재물을 약탈하지 못하게 했다. 이윽고 대가야의 군사들이 일시에 모두 항복하였다. 대가야의 군사로는 중과부적(衆寡不敵)이라 도저히 어쩔 도리가 없었다. 그나마 목숨이라도 부지하기 위해서는 빠른 항복만이 답이었다. 신라 병사들은 성을 점령하면 으레 있는 약탈에 나서지 않았다. 함부로 인명을 살상하지도 않았다. 그 와중에 가실왕은 겨우 궁을 탈출했다. 깊은 산으로 몸을 숨겼다가 며칠이 지나서야 백제로 도주했다.

대가야 공략은 신라군의 희생 없이 완전한 승리로 끝났다. 대가야를 비롯한 가야 전체의 비옥한 땅과 수많은 사람이 모두 신라의 품으로 들어왔다. 이사부는 그것으로 모자란다고 생각했다. 남가야처럼 가야 사람이 자발적으로 신라 사람으로 살아야 한다. 대가야 사람들의 인심을 얻기 위해서는 우선 도설지를 내세워 가야 사람들의 자존심을 상하지 않도록 해야 했다. 이사부는 백제와 우호적으로 지냈던 귀족을 색출했다. 그들의 식솔과 그들을 따르는 백성 2천여 명을 멀리 실직주로 보냈다. 한 나라가 전쟁에 패해 적에게 성을 점령당하면, 성에 살고 있었던 상당수 백성은 노비가 되거나 다른 곳으로 강제로 이주하여 살아야 했다. 반란을 방지하는 예방책이면서 한편으로는 척박한 땅을 개척하는 방법이었다. 실직주는 이사부가 젊은 시절 군주를 지낸 지역이라 사정을 잘 알고 있었다. 산간지역이라 개간해야 할 땅은 많은데 인구가 늘 모자랐다. 이사부는 부지런하고 농사를 잘 짓는 대가야 사람들로 실직주를 채웠다.

대신 신라에 우호적이면서 도설지를 환영할 귀족과 백성들은 대가야 도성에 그대로 남아있게 했다. 그 일이 끝나고 난 다음 이사부는 도설지를 불러 군주의 역할을 맡겼다.

철수하는 길에 이사부는 그 옛날 덕지장군이 그랬던 것처럼 사다함과 무관랑과 말을 나란히 하여 이야기를 하면서 행군했다.

"사다함, 네 나이가 몇이냐?"

"장군님, 아시면서 자꾸 물어보십니다. 열일곱입니다."

"열일곱이라. 그렇구나, 내가 말이지 예전에 열아홉에 추화국을 쳤지."

"추화국이요?"

"그래, 작은 가야 나라였어. 기병 1천을 데리고 추화국이 보이는 강가에 진을 치고 놀이를 했지."

"놀이요? 쳐들어가지 않구요?"

"그게 병법이다. 적을 방심하게 만들어 허를 찌르는 거지. 거칠부장군의 아버지 물력과 함께 그렇게 해서 추화국을 신라 땅으로 만들었지."

"그게 처음으로 가야를 정벌하기 시작한 거로군요."

"그렇다. 바로 그거다. 그게 시작이지. 동해함대를 만들어 왜적을 방비한 다음 남가야로 쳐들어가고, 관산에서 백제를 제압한 다음 아라가야를 정벌했지."

"지난 7월에 왜적과 백제의 잔당을 처리한 다음 마지막으로 대가야를 도모하셨군요."

"그렇다, 사다함. 추화국으로부터 여기 대가야까지 함락하는 데 50여 년이 걸렸다. 내 일생을 바친 셈이지. 내가 왜 가야국을 얻는 데 일생을 바쳤는지 아느냐?"

"그야, 신라와 가까이 있는데 말을 안 들으니 그렇죠."

"사다함, 만약 신라가 정벌한 가야의 여러 나라를 백제가 정벌했다면 어떻게 되었을까?"

"그랬다면 큰일 났죠. 서라벌까지 위태로웠을 겁니다."

"그래, 그렇다. 우리 신라는 백제보다 약한 나라였어. 가야를 합쳐서 영토도 넓히고 가야 백성들도 얻어서 인구도 늘리고, 가야 장수들을 얻어서 군사력을 키우지 않았다면, 우리 신라는 한수 일대도 장악하지 못했을 거고 지난 관산 싸움에서도 이기지 못했을 게 틀림없어."

"그러니 장군님께서 다 하신 거네요. 추화국부터 대가야까지. 다 장군님이 정벌하셨네요."

"내가 한 게 아니라 우리 병사들이 했지. 마지막에는 너도 하지 않았느냐?"

"다 장군님께서 하신 겁니다. 폐하도 아시고 나라 사람들이 다 알고 있습니다."

"허허. 그런가? 내가 했다고?"

"그렇습니다. 장군님은 정말 대단하십니다."

"허허, 내가 사다함에게 칭찬을 듣는구나. 허허, 기분이 좋다. 무관랑, 너는 할 말이 없느냐?"

"네, 장군님, 사다함 말대로 다 장군님께서 하신 일입니다. 장군님 같은 명장은 어디에도 없을 겁니다."

"에라이, 이놈 무관랑, 네 놈은 한술 더 뜨는구나. 아부가 대단하다만, 기분은 좋다. 하하하."

사다함이 끼어들어 말했다.

"장군께서는 가야에다가 우산국도 얻었고 게다가 한수 일대까지 우리 신라 땅으로 만드셨잖아요? 그 업적도 가야 정벌 못지않습니다."

"사다함, 한수가 우리에게 왜 중요한지는 아느냐?"

"서해 건너 중국의 여러 나라와 교류하기 위해서죠."

"그렇다. 그게 중요한 이유다. 여러 문물을 받아들여 우리 것을 좋게 만들어야 하지. 게다가 한수 일대는 땅이 기름지고 수운이 발달하여 백제와 고구려를 압박하기에 좋아. 일거양득(一擧兩得)이지. 그러니 백제와 고구려가 서로 차지하려고 몇 백 년을 싸운 거다."

"그걸 우리가 가로챘잖아요. 그것 때문에 백제와 죽기 살기로 싸웠고요."

"그랬지, 아슬아슬했지. 사다함, 네 할 일이 무엇인지 아느냐?"

"압니다, 장군님. 진나라에서는 시황제라는 사람이 여러 나라를 정복하여 마침내 중국을 하나로 일통(一統)했다고 합니다. 그 후에 또 나누어졌다가 다시 합쳐지고, 합쳐졌다가 다시 나누어지고 그랬다고 합니다."

"그래서?"

"우리 신라도 백제와 고구려를 합쳐야지요."

"백제와 고구려를 합쳐?"

"그렇습니다, 장군님. 그렇게 합치면 이 땅에서 싸움도 없어집니다."

"그게 가능하겠느냐? 고구려가 얼마나 큰 나라인지 아느냐?"

"압니다. 하지만 고구려가 아무리 큰 나라라고 해도 우리 신라를 어떻게 하진 못했습니다."

"고구려는 큰 산이다. 산을 허물면 그 뒤에 있는 바람이 거칠게 불 수가 있어. 어쨌거나 기상이 대단하다. 그런 기상을 가져야 한다. 멀리 보고 깊게 생각해야 한다. 항상 폐하와 백성을 아껴야 한다. 알겠느냐?"

이사부를 수행하는 노리부는 다른 장수들에게 작은 목소리로 말했다.

"아니, 이사부장군님께서 저렇게 말을 많이 하는 건 처음 보는구나. 장군께서도 늙긴 늙었구나."

노리부의 말에 다른 장군들이 웃었지만, 잔귀가 어두운 이사부는 그 웃음소리를 듣지 못했다. 이사부는 무엇이 좋은지 싱글벙글거리며 서라벌로 귀환했다.

이사부의 귀당 원정군이 마침내 대가야를 정벌하자 진흥왕은 매우 기뻐하며 월성에서 큰 잔치를 벌였다. 이사부가 왕에게 임무를 완수했다고 보고를 하자 왕은 단상에서 내려와 이사부의 손을 잡으며 말했다.

"상대등께서 결국 마무리하셨군요. 모두 상대등의 공입니다."

"폐하, 저는 한 게 없습니다. 늙은이가 방해되지 않으려고 가만히 있었사옵니다. 노리부장군이 군을 지휘했지요. 사다함도 큰 역할을 했습니다. 그들을 칭찬해 주십시오, 폐하."

"그럼, 그래야지요. 노리부장군에게 큰 상을 내리려고 준비하고 있었습니다. 사다함에게도 상을 내릴 겁니다."

사다함의 공이 컸기에 왕은 소출이 많이 나는 좋은 밭과 가야의 포로 2백 명을 상으로 주었다. 하지만 사다함은 세 번이나 사양하였다. 왕이 짐짓 화를 내는 체하였다.

"무릇 나라를 위하여 전공을 세우면 당연히 나라가 상을 내리거늘 사다함, 너는 어찌하여 왕이 내린 상을 마다하느냐? 상이 마음에 들지 않느냐?"

"폐하, 그런 게 아니옵고 신은 아직 나이가 어려 재물이 필요가 없어서 그랬나이다. 어찌 상이 마음에 들지 않겠사옵니까?"

월성 잔치는 성대하게 막을 내렸다. 신라는 마침내 가야를 신라의 영토로 완전히 흡수했다. 신라는 가야와 신라가 합친 새로운 나라가 되었고, 진흥왕이 두 나라를 합친 새로운 나라의 새로운 왕이 되었다.

사다함은 노비로 받은 포로는 풀어주어 양민으로 살아갈 수 있도록 했다. 하사받은 땅은 기병대 병사에게 나누어주었다. 사다함이 땅을 나누어주고 노비를 풀어주었다는 소문은 금방 퍼져나갔다. 나라 사람이 모두 사다함을 칭송했다.

이사부도 그 소식을 듣고 매우 흐뭇했다. 사다함의 아버지 구리지(仇
梨知)는 내물왕의 6세손이니 이사부에게는 손자뻘이다. 사다함은 증손
자에 해당한다. 아사부 자신이 사람을 잘못 본 게 아니었다. 어려서 물
욕이 많은 자는 나이 들면 더 욕심이 많아진다. 능력이 출중하다 해도
물욕이 많으면 나라의 인재로는 적합하지 못하다. 다만 사다함은 정이
너무 많아 여리다는 게 걱정이었다. 장수는 강할 때는 모질게 강해야 한
다. 인정도 베풀 때 베풀어야지 함부로 베풀면 그 소중함을 모르는 사람
이 많다.

몇 달이 지나 이사부에게 청천벽력같은 소식이 전해졌다. 이사부는
그 소식을 듣는 순간 가슴에 숨이 멎는 것 같은 통증을 느꼈다. 아니다.
그럴 리가 없다. 어찌 이런 일이 있을 수 있느냐? 거짓말이다. 거짓이란
말이다. 사다함이 죽었다니. 그게 말이 되는 소리냐? 늙은 이사부가 아
니고 열일곱의 사다함이 죽어? 아니다. 누가 소식을 잘못 전한 게 틀림
없다.

호사다마(好事多魔)라 했다. 세상일은 좋은 일만 계속되지 않는다고
도 했다. 그래도 그럴 수는 없다. 열일곱 난 건강한 아이가 왜 죽는단 말
이냐. 여든이 다 되어가는 이사부가 멀쩡한데 왜 사다함이 죽는단 말이
냐. 사다함은 애초에 무관랑(武官郞)과 생사를 같이하기로 약속했다. 그
때는 다 그런다. 친구가 좋아서 서로 죽고 못 살 정도로 가깝게 지낸다.
여자아이고 남자아이고 다 그렇다. 화랑과 낭도를 죽고 못 사는 사이로
만들어 결속력을 강화하여 전장에서 강한 전투력으로 승화시키려고 했
다. 그렇다고 친구가 죽으면 진짜로 따라 죽으라는 건 아니었다. 이사부

도 물력과 그렇게 가까이 지냈건만, 물력이 죽었다고 따라 죽진 않았다. 이 순진한 아이가, 이 어리석은 아이가, 이 철도 없는 아이가 따라 죽었다. 무관이 홍역에 걸려 죽자, 식음을 전폐하고 너무 슬프게 울다가 그만 7일 만에 죽어버렸다. 사다함도 홍역이었다. 이럴 수가 있나. 이사부는 기가 막혔다. 화랑으로 키워 먼 훗날 자신의 뒤를 이어갈 장군으로 성장시키려 했다. 딱 한 번 전장에서 공을 세우더니 덜컥 죽어버렸다. 못난 놈. 그깟 홍역 하나 이겨내지 못하고.

이사부는 물력이 죽었을 때보다 더 슬펐다. 이사부는 식음을 전폐하고 자리에 누웠다. 노인네가 음식을 먹지 않으니 금방 쇠약해졌다. 이틀이 지나자 위독한 상태에 빠졌다. 당장 진흥왕이 달려왔다.

"아니, 상대등, 어쩌자고 이러십니까?"

"폐하, 신이 너무 오래 살았습니다."

"무슨 말씀을 그렇게 하십니까? 상대등께서 국가 기틀을 다지셨는데, 이리 식음을 전폐하면 어떡합니까? 제발 일어나서 미음이라도 드셔야지요."

"머리는 그러고 싶은데, 마음에 힘이 없습니다. 그 녀석을 귀여워했고, 더 가르칠 것도 많았는데……"

"상대등의 말씀 잘 알겠습니다. 그런 아이를 찾아봐야지요. 화랑을 우리 신라의 전통으로 만들겠습니다. 상대등께서 그 일을 해주셔야지요. 그러니 힘을 내세요."

"그렇게 해야겠습니다. 죽을 목숨이 아니면 죽지는 않겠지요. 폐하께서 황공하게도 이렇게 오시니, 저도 일어나 뭘 좀 먹고 힘을 내겠습니다."

20

이사부는 진흥왕이 다녀간 뒤 일어나 음식을 먹기 시작했다. 죽은 자식 불알을 만져봐야 아무 소용이 없다. 사다함의 죽음이 아깝다고는 하나 어쩔 수 없다. 사다함이 귀당 비장으로 대가야를 정벌할 때 큰 공을 세웠다. 홍역으로 죽었으니, 그다지 불명예스러운 죽음은 아니다. 신라가 앞으로 더 나아가기 위해서는 자라나는 세대에서 훌륭한 화랑이 계속 배출되어야 한다. 그 틀을 만드는 게 이사부 자신의 마지막 할 일이다. 이사부는 그런 생각을 하면서 힘을 냈다.

나이가 들면 세월이 더 빨리 지나간다. 이사부는 봄이려니 하면 가을이고, 가을이려니 하면 다시 꽃이 피고 있음을 실감했다. 사다함이 죽고 몇 해가 훌쩍 지나갔다. 이사부는 상대등이라고는 하나 정당의 조례에 나가지는 아니했다. 주로 집에 칩거하면서 원로 귀족들의 방문을 받고 그들의 손자 또래의 아이들을 살펴보고 있었다. 정사는 거칠부와 노리부와 같이 이사부의 뜻을 잘 아는 신하들이 이어받아 왕을 잘 보필하고 있었다. 거칠부는 일이 있을 때마다 사람을 보내 국정이 돌아가는 상황을 알렸다.

한수 일대를 장악하고 난 뒤에 신라는 북쪽 제나라와 남쪽 진(陳)나라에 사신을 직접 보냈다. 신라에 필요한 불경 같은 귀중한 서적을 요청했다. 진나라에서는 황룡사의 완공을 축하하기 위해 사신과 승려 명관(明觀)을 보냈다. 그들은 불경 1천 7백여 권을 가지고 와서 신라의 불교 융성에 큰 도움을 주기도 했다. 병술년[56]에 진흥왕은 맏아들 동륜(銅輪)을 태자로 정했다. 이 해에 황룡사가 드디어 완공되었다.

　이사부는 황룡사로 오래간만에 나들이했다. 탑이 대단했다. 서라벌 어디서도 황룡사 대탑을 바라볼 수 있었다. 탑이 완공된 후 서라벌 백성들은 탑을 바라보면서 소원을 빌었다. 진나라에서 온 사신과 승려가 진나라에서도 이렇게 크고 높은 탑은 없다고 한결같이 감탄했다는 말을 이사부는 들었다.

　황룡사가 완공되고 여러 날 동안 경찬법회가 열렸다. 이사부는 경찬법회에 참석하여 여러 사람을 만났다. 행사 마지막 날 내리는 비를 맞아서 감기에 걸려 앓아누웠다. 그깟 비를 맞았다고 감기에 걸리나 하였지만, 이사부도 여든한 살이었다. 감기가 사람 잡는다고 이사부는 두어 달 누워서 지냈더니 본인도 느낄 만큼 부쩍 늙어버렸다. 이사부는 자신이 이승에 머물 날이 그다지 많지 않음을 알았다. 이사부는 거칠부에게 사람을 보내 자신이 죽기 전에 폐하께 올릴 말이 있으니, 날짜를 잡아달라고 했다. 거칠부가 왕에게 이르니 언제라도 월성으로 오시라고 했다.

　이사부는 오래간만에 갑옷을 내오라 해서 갑옷을 입고 말을 타고 월성으로 갔다. 거칠부는 갑옷이 무거워 말을 타기가 힘들다고 가마를 보내겠다고 했지만, 이사부는 고집을 피워 말을 타고 입궁했다.

---

56) 566년

이사부가 도착하자 진흥왕과 거칠부를 비롯한 여러 신하가 기다리고 있었다. 왕에게 절을 하고 이사부는 말하기 시작했다.

"신, 이사부 나이 팔십이 넘도록 폐하의 보살핌을 흠뻑 받아 지금까지 천수를 누리고 살고 있습니다. 돌이켜보면 지증대왕으로부터 법흥태왕까지 신을 사랑하시었고, 폐하까지 저를 귀히 여기셨으니, 신하로서 이런 복됨이 어디에 있겠사옵니까?

신이 어릴 때 실직군주로 임명된 이후 60여 년을 찬바람과 밤이슬을 마다치 않고 하늘을 이불 삼고 별빛을 길잡이 하여 전쟁터를 누볐습니다. 다행히 휘하에 용장과 맹장이 많아 우리 신라의 국운을 크게 떨칠 수 있었습니다. 그 모두가 선대 두 대왕과 폐하께서 신을 믿고 부월(斧鉞)을 주셨기에 해낸 일이옵니다.

신의 나이 여든하나, 날로 기력이 쇠하고 정신은 혼미하니 선대 대왕을 모시러 떠나야 할 날이 머지않았나이다. 신이 떠나기 전에 간곡하게 아뢰옵나니, 한갓 여염집의 노망한 노인네 소리로 듣지 마시고 폐하께서 밝은 덕을 펴는 데 도움이 되게 하소서.

첫째, 나라의 일은 모두 사람이 하니 인재를 잘 골라 쓰시되 나랏일의 안팎은 거칠부가 믿음직하니 믿고 맡겨도 될 만합니다. 아울러 노리부와 같이 가야에서 온 신하도 충성스럽고 사람됨이 견실하니 중용하시기 바랍니다. 새로 신라 땅으로 만든 지역의 사람을 서라벌 사람 못지않게 후대하여, 그들이 신라를 위해 충성을 다하도록 해야 하옵니다.

둘째, 사다함이 허무하게 죽었다 하나 화랑은 인재를 길러내는 큰 그릇으로 삼아야 하겠습니다. 현명한 신하와 용맹한 장군을 길러내야 신라의 앞날이 밝기에, 좋은 가문의 훌륭한 아이를 십오륙 세부터 잘 길러 인재로 만들어야겠습니다. 한 아이 바로 길러내기가 참으로 어렵지만, 잘 자란 아이가 많으면 많을수록 신라는 강한 나라가 되옵니다. 폐하께서 직접 아이들을 훈육하시어, 신라의 동량(棟梁)으로 만들어야 하옵니다.

셋째, 한수와 동해를 지켜야 하옵니다. 한수의 땅을 지켜야 제나라와 진나라의 문물을 직접 받아들입니다. 그러자면 강한 수군을 유지하고 있어야 합니다. 신이 어릴 적에는 왜적이 우리 강토에 들어와 재산을 빼앗고 부녀자들을 약탈해 갔습니다. 신이 지증대왕의 명을 받고 우산국을 정벌하고 동해함대를 만든 이후에 왜적은 지금껏 신라의 영토에 일체 발을 들여놓지 못했습니다. 얼마 전에는 가야를 도와주러 왔다가 혼이 나서 도망갔습니다. 왜적은 어디든 힘이 있는 나라, 얻어먹을 게 많은 나라에 붙습니다. 수군 양성을 게을리하면 당할 날이 오게 되니 수군을 잘 키워야 합니다.

넷째, 부지런히 신라의 강역을 순수(巡狩)하시어 변방의 백성을 위로하고 둔전을 잘 개간하시어 항시 우리의 강역에 들어오는 적에 대한 경계를 늦추어서는 아니 됩니다. 아울러 지난번 순수하셨던 북한산주와 비열홀주 일대 전망 좋은 곳에 순수비를 세워서 그곳이 우리 강토임을 표시하여, 영세불망(永世不忘) 후세에게 누가 그 땅의 주인인지를 알리셔야 합니다.

다섯째, 불법을 더 융성하게 하여 이 땅을 불국토로 만들고 아울러 폐하께서 그 불국토의 부처 왕이 되소서. 그렇게 하여 백성들이 온 정신으로 폐하를 죽고 삶의 드나듦이 없는 경지의 왕으로 모시도록 하소서. 이렇게 하시면 머지않은 장래에 사해(四海)의 적들이 폐하께 머리를 조아리고 입조(入朝)를 원하겠지요.

　엎드려 고하건데, 신라가 불국이 되고 폐하께서 불국 왕이 되시면 신의 한평생이 장작불을 태우는 불쏘시개였다 한들 무엇이 원통하다 하겠사옵니까?"

　이사부는 여기까지 말을 마치고 힘이 들었던 듯 엎드려 한동안 아무 말도 못 했다. 마지막 말을 할 때는 목소리가 젖어있어 울음을 삼키며 말을 하였다. 진흥왕은 자리에서 일어나 늙은 신하에게 다가가 손을 잡고 일으켰다.

　"상대등은 나의 신하가 아니오. 나의 아버지나 다름없소. 내 어릴 때부터 그대가 나의 아버지나 다름없다고 생각했소. 내가 상대등을 잘 안다오. 모든 걸 내려놓고 푹 쉬세요."

　"어림도 없는 말이옵니다. 아버지라니요. 저는 폐하의 신하일뿐입니다."

　"아니요, 상대등. 그리고 거칠부, 그대는 오늘 상대등이 한 말을 잘 기록해 두었다가 항상 따르도록 하라."

　이사부가 월성을 물러나면서 따로 거칠부를 불렀다.

　"내가 자네에게 할 말이 있네. 이따 집으로 오게"

　이사부는 그날 저녁 거칠부와 주안상을 받아놓고 마주 앉았다.

　"나이가 드니 술도 줄어들어. 요즘은 한두 잔만 마신다네."

"허허, 천하의 이사부장군께서 한두 잔이라니요. 전에는 이까짓 병으로는 두어 병은 너끈히 드셨잖습니까?"

"그랬지. 그래도 한두 잔이 어딘가. 한두 잔만 마셔도 즐거워. 취기가 오르기도 하고."

"그거 좋습니다. 조금 마시고 취하면 더 좋지요."

"자네를 부른 건 두 가지 부탁이 있어서야."

"말씀하소서."

"유언을 오늘 써 줄테니, 반드시 지켜주게."

"그렇게 하겠습니다. 뭘 쓰시려구요?"

"내 장사를 소박하게 지내고 화장을 하여 무덤을 만들지 말게. 어느 절 뒤에 돌 아래 묻어버리게."

"네? 그게 무슨 황당한 말씀인가요? 폐하께서 그렇게 허락을 하지 않을 겁니다."

"아니야. 폐하는 허락을 할 걸세. 나는 말이야, 내가 군권을 쥐고 있지 않았다면 벌써 죽었을 목숨이야."

"아니, 그건 또 무슨 말씀인가요?"

"자넨 모르나? 난 용의 비늘을 건드렸어. 역린(逆鱗)을 했다고."

"무슨 말씀을 하시는지 알겠습니다. 하지만 다 지난 날이고, 다 돌아가셨지 않습니까?"

"아니야, 왕은 왜 왕인가? 아버지가 왕이어서 왕이야. 아버지의 여자는 아버지의 여자라야 해."

"그렇다고 그걸 가지고 장군님께서 돌아가시고 난 다음에 어떻게 하겠습니까?"

"설사 지금 왕은 그렇다 치더라도 후대 왕은 그걸 못 견딜 거다. 무덤이라도 파헤쳐서 나를 두 번 죽일 게 분명해. 왕이 그렇게 하자는 게 아니라 왕에게 빌붙는 아첨꾼들이 그렇게 모함할 게 틀림없어. 자네와 같이 나를 따르던 신하들을 제거하기 위해서라도 죽은 나를 이용할 거야. 자네나 노리부 형제나 지금의 신라 군부 장수들 다수가 위험해지는 거야. 권력은 항상 달콤하고, 달콤한 만큼 위험해. 이사부는 왕의 어머니와 그렇고 그런 사이였다, 그런데 거칠부는 그런 자가 등용하고 키운 자다. 자네가 상대등이고 그 상대등 자리가 탐난다면 그렇게 모함할 게 뻔해. 알겠나?"

"이해는 갑니다만, 그렇게까지 할까요?"

"무슨 소리. 더한 일도 하지. 대개 실력 없는 자들은 아첨과 모함을 통해 권력을 탐해. 그게 그들이 가장 잘할 수 있는 거니까. 그들을 과소평가하지마. 얼마나 머리가 잘 돌아가는지 몰라. 그러니 내가 죽으면 나를 철저히 지우란 말이야. 그걸 자네가 앞장서. 내 유언을 핑계 삼아 그렇게 하란 말이다. 알겠느냐?"

"……"

"허허, 알겠느냐. 자넨 내가 부처를 믿는 줄 알지?"

"그렇습니다."

"난 안 믿어. 백제 사람과 신라 사람이 관산에서 큰 전쟁을 했어. 죽기 살기로 전쟁을 했단 말이야. 백제 부처가 따로 있고, 신라 부처가 따로 있나? 부처는 하나일진대, 두 사람이 모두, 나는 살리고 상대를 죽여달라고 빌어. 부처가 누구 말을 들어줄까? 들어줄 수가 없어. 들어준다면 그런 엉터리가 어디 있나? 들어주지도 않는 걸 왜 믿나?"

"듣고 보니 맞는 말씀입니다. 하나 우리는 흥륜사도 짓고 이번에 황룡사도 크게 개창하지 않았습니까? 장군님께서는 신라가 불국토가 되어야 한다고 폐하께 말씀하셨지 않습니까?"

"말했지. 전쟁에 나간 병사나 그 지어미나 부모는 무조건 빌게 되어 있어. 이왕이면 큰 부처님, 큰 탑에 비는 게 좋겠지. 힘이 있게 보여야 믿음이 강해지는 거지. 믿음은 <u>스스로</u>에게 있는 거야. 부처에게 있는 게 아니야."

"도대체 장군님께서는 부처를 믿는 건지 안 믿는 건지……"

"그건 나에게 중요하지 않아. 나도 나를 몰라. 내가 부처를 믿는지 안 믿는지는…… 어쨌거나 나를 화장해준다고 약속해주어. 그리고 나에 대한 기록을 남기지 말고 없애버려. 난 기록으로도 남고 싶지 않아, 사실은."

"그건 왜 그러합니까?"

"난 한 여자의 남자로 만족한 사람이야. 그걸로 되었어. 그러니 그 이야기는 그만하세."

"알겠습니다."

"꼭 약속을 지켜야 하네."

"그렇게 하겠습니다. 장군님의 마음을 안 이상 제가 어떻게 거역하겠습니까? 염려 마십시오."

"그래, 그래야지. 고마워. 그리고 내가 만약 살아있다면 북한산주와 비열홀주에 비석을 세울 때 나를 데려가주게. 폐하는 북한산주는 갔다 오셨으니 아니 가시겠지만, 비열홀주는 가실 거야. 나는 비열홀주까지는 폐하를 수행할 거야. 북한산주는 혼자라도 갈 거야."

"혼자 가시다니요? 제가 함께 가겠습니다. 장군께서 가셔서 그 땅을 눈으로 보셔야 합니다."

"고맙네, 난 그것으로 충분해. 고맙네, 고마워. 이렇게 같이 앉아 술

잔을 기울이니 자네 아버지가 생각나네. 그 사람은 왜 날 혼자 두고 그
렇게 일찍 가버렸는지…… 무정한 사람."

　거칠부는 아무 말도 못 하고 술잔을 단숨에 비웠다. 그 술잔에 어느
새 거칠부의 굵은 눈물 한 방울이 뚝 떨어져, 술에 섞여 들어가 있었다.

21

무자년[57]이 되자 거칠부는 각 지방 수령들에게서 어가(御駕) 행렬이 지나갈 수 있도록 길을 잘 닦았다는 보고를 받았다. 왕이 변경을 순수(巡狩)하고 비석을 세우도록 하자는 이사부의 건의에 따라 거칠부는 서라벌 남산에서 화강암 바위를 떼 내 비석 형태로 다듬게 했다.

사람 키 정도 크기의 비석이 마무리되자 거칠부는 북한산주로 보냈다. 비신(碑身)은 새끼줄로 꽁꽁 싸서 달구지에 실었다. 육로로 적성까지만 가면 배편으로 한성 나루까지, 나루부터는 다시 달구지로 산 아래로 가서, 북한산 위까지는 여러 사람이 달려들어 올려야 했다. 북한산주는 왕께서 이미 순수하였기에 일단 비석만 보내면 되었다. 비열홀주 북쪽 변경에 세울 두 비석은 현장에서 왕의 교시를 담아 세울 예정이어서 거칠부는 초안만 잡아놓았다. 비열홀주로 가는 두 개의 비석은 달구지에 실려 왕의 행렬과 함께 운반하기로 했다.

거칠부는 여름 더위가 끝나고 시원한 가을바람이 불기 시작하자 왕에게 북방 변경 순수 준비가 끝났음을 아뢰었다. 왕은 가을이 시작되는

---

57) 568년

8월 초에 서라벌을 떠났다. 수행원만 1백여 명에 이르렀고, 왕의 시위대와 따르는 군사까지 합치면 수천의 인원이 왕의 행차를 따랐다.

왕이 지나갈 길은 지방 수령이 미리 닦아 수레가 다닐 수 있게 했다. 왕의 행차 자체가 백성에게는 평생에 한 번 볼까 말까 하는 큰 구경거리였다. 어가는 서라벌에서 북으로 북으로 향했다. 어가(御駕)가 지나는 고을마다 백성들이 구름같이 모여들었다. 사람이 모이니 사람 구경하는 맛에 또 사람이 더 모였다. 큰 구경거리였다. 왕은 지나는 곳마다 세금을 감해주고 중죄인이 아닌 죄수들은 석방해주었다. 어가는 쉬엄쉬엄 움직였다. 비열홀주를 지나 시리(時利)까지 가야 했다.

원래 고구려와 약조하기를 비열홀주 북쪽 고현(高峴)까지 점령하기로 하였으나, 신라군은 고현 북쪽의 예족을 몰아내어 고현에서 닷새 거리인 시리까지 점령했다. 시리까지는 평평한 땅이 많아 백성들이 농사를 짓고 고기를 잡기에 부족함이 없는 땅이었다. 시리 북쪽 고개를 지나면 산림이 무성한 산악지대가 시작되었다. 신라군은 시리 북쪽 마운령 고개를 점령하고 목책을 세웠으므로 그 고개에 비석을 세우기로 했다. 내륙 쪽으로는 함주로 흘러내리는 강을 따라 올라가면 나타나는 황초령 고개에도 비석을 세우기로 했다. 황초령을 경계로 하여 북쪽으로 흐르는 시내는 압록수로 흘러 들어가고, 동남으로 흐르는 시내는 동해로 흘러들었다.

신라군은 고현 북쪽 예족 중에 일부 투항한 세력을 제외하고는 모두 황초령과 마운령 북으로 쫓아내버렸다. 그곳에 살던 예족 족장들은 고구려 왕에게 신라에게 영토를 빼앗겼다고 고했다. 고구려는 신라와의 관계를 생각해서 신라의 월경(越境)과 마운령과 황초령 아래까지의 점령을 묵인했다. 신라도 고구려에 마운령과 황초령 너머까지는 넘보지 않겠다고 약속을 했다. 고구려는 기분은 좋지 않았기에 그쪽은 예족의 영역이니만큼 서로 싸우지 말고 잘 해결하라고만 했다. 고구려로서는 혹시라도 무슨 일이 벌어지면 다시 점령하겠다는 속셈이어서 공식적으로 영토에 대한 약속은 남길 수가 없었다.

이럴 때 가서 경계에 비석을 세우면 그 땅과 백성에 대한 영유권을 주장할 수 있었다. 신라로서는 마운령과 황초령에 비석을 세우는 게 상당히 중요한 일이었다. 바로 그 이유로 해서 이사부가 왕의 순수를 건의했음을 거칠부는 잘 알고 있었다. 더군다나 많은 신하를 거느리고 왕이 직접 그 지역을 순수하면, 그 지역은 신라 땅이라는 확실한 표시다.

화려한 장식의 말이 끄는 어가가 여러 대 앞에 나가고 제일 마지막에는 수수한 장식의 수레 한 대가 뒤따르고 있었다. 그 속에 이사부가 타고 있었다. 이사부의 나이 팔십삼 세, 말을 타고 뒤따르기엔 무리였다. 이사부는 말을 타고 가다가 지치면 수레로 갈아타면서 왕의 일행을 뒤따랐다. 이사부가 말을 타고 갈 때는 거칠부와 여러 이야기를 했다.

"그래, 거칠부장군, 연호를 태창(太昌)이라 바꾸었다고?"

"그렇습니다. 새롭게 시작한다는 뜻으로 태창이라 했습니다. 진흥태왕의 태창으로요."

"진흥태왕의 태창?"

"그렇습니다. 진실된 부처가 나타나 신라를 불국토로 흥하게 했다는 뜻으로요."

"폐하께서 진짜 부처님이야. 진흥은 내 사부였던 약문장군이 지은 이름이었는데, 먼 훗날을 내다보고 지었네. 사부께서."

"그렇게 되었습니다."

"죽은 백제의 왕은 살아있을 때부터 성왕(聖王)이라 했어. 전륜성왕
이란 말이지. 그러니 우리 폐하께서 아니야, 미안하지만 백제 왕이 전륜
성왕이 아니고 진짜 전륜성왕은 나야, 이런 뜻으로 진흥인 거지?"

"그렇습니다."

"하하하, 재미있다. 승리한 우리 폐하가 진짜 성왕이시지."

"그렇습니다."

"그래, 그렇게 하여 비석에 새겨넣었다고?"

"넣었습니다. 연호도 넣고요."

"잘했네. 자네는 수캐가 집 밖을 돌아다니면서 나무 같은 데에 한쪽
다리를 들고 오줌을 갈기는 거 봤나?"

"물론 보았지요."

"왜 그렇게 하는지 아는가?"

"글쎄요. 그게 여기는 내 영역이다, 하는 표시를 하는 게 아닐까요?"

"그렇지. 바로 보았어. 다른 수캐가 오지 말라는 표시지. 만약 들어오
면 물어뜯고 싸우지!"

"저도 그런 걸 본 적이 있습니다."

"그래, 사람도 마찬가지야. 우리 폐하께서 황초령과 마운령에 가셔서
다리를 들고 오줌을 갈기실 거야."

"하하하, 폐하께서 들으시면 어쩔려구요."

"들으셔도 괜찮아. 뭐 내가 틀린 말 했나."

마침내 왕의 행렬은 시리에 도달했다. 마운령까지는 수레로 갈 수가

없어 왕은 말을 타고 마운령에 올랐다. 이사부도 함께 올랐다.

"상대등, 여기가 마운령이군요."

"그렇습니다. 폐하. 신라의 강역으로는 가장 북쪽이고, 여기까지 온 신라의 임금은 폐하밖에 없습니다."

"그렇군요. 여기까지 온 신라의 상대등도 이사부장군밖에 없질 않소?"

"그렇습니다. 폐하. 감개무량합니다."

마운령 너머 북쪽으로는 산림이 무성했다. 마운령에서 동쪽으로는 넘실대는 동해가 가깝게 보였다. 유사시에는 시리 포구에 배를 대면 수군이 두어 식경이면 마운령까지 도달할 수 있는 거리였다. 육로로는 비열홀주에서 닷새 거리라 멀긴 멀다. 하지만 수군이 있다면 이곳을 방어하지 못할 이유가 없다. 비열홀주도 고구려와 뺏고 뺏기기를 거듭하다 결국 신라 영토로 만들지 않았는가. 진흥왕도 감개무량, 오래도록 북쪽의 검은 숲과 동남의 푸른 동해를 바라보았다. 거칠부는 초안에다 왕의 지시를 담아 비문의 최종안을 왕에게 올렸다. 왕은 거칠부에게 소리 내어 읽어보라고 했다.

"태창(太昌) 원년 진흥태왕(眞興太王)이 북쪽 변경을 순수(巡狩)하여 돌에 새겨 기록한다.

무릇 순풍(順風)이 일어나지 않으면 세상의 도리가 참되지 않고, 그윽한 덕화(德化)가 퍼지지 않으면 사악함이 서로 경쟁한다. 그러므로 제왕은 연호를 제정하여 자신을 닦아 백성을 편안하게 하여야 한다. 짐은 태조의 기틀을 이어받아 왕위를 계승하였거니와, 몸을 조심하며 스스로 삼가나, 늘 하늘의 도리를 어길까 두렵다. 하늘의 은혜를 힘입어 하늘이 내리는 명령에 응하고 신령한 징후를 맞이하여 사방으로 영토를 넓혀 널리 백성과 토지를 획득하니, 이웃 나라가 사신을 보내어 신의를 맹세하고 화친을 청하는구나. 아래로 헤아려 신민(新民)과 구민(舊民)을 어루만졌으나 왕도의 덕화가 고루 미치지 아니하고 왕의 은혜가 베풀어지지 않는구나. 이에 무자년 가을 8월에 영토를 순수하여 민심을 살펴 백성을 위로하고 선물을 내리고자 하노라. 신의와 정성을 다해 나라에 충성한 자와 나라를 위해 공을 세운 무리에게는 벼슬을 상으로 더하여 주고 그 공훈을 표창하고자 하노라. 짐의 수레를 따른 인물로, 승려로는 법장(法藏)과 혜인(慧忍)이며 대등(太等) 거칠부(居柒夫)와……"

"그만, 그만, 내용은 아주 좋소. 대등께서 작성하셨는데 뭐 고칠 게 있겠소? 하나 수행한 사람으로 상대등은 왜 빼놓으셨소?"

"상대등께서 빼라 하셨습니다. 짐으로 따라왔는데, 비석에까지 이름이 들어가면 염치가 없다고 하셔서……"

"상대등, 정말 그렇게 말씀하셨습니까?"

"신이 그렇게 말했습니다. 늙은이가 곁다리로 따라붙어 괜히 짐만 되는데, 어찌 비석에 이름을 올리겠습니까?"

"허허, 상대등의 뜻이 그렇다면야 그렇게 해야지요."

법장과 혜인이 주재하는 수비(竪碑)법회가 열렸다. 진흥왕은 신라에서의 중요 국가 행사를 법회로 대체하라는 명을 내렸다. 공이 있는 인물에게 상을 내리고 국가의 안녕을 비는 염불로, 비석을 세우는 수비법회는 마무리되었다. 거칠부는 혹시라도 이사부가 왕에게 다리를 들고 오줌을 갈기라고 할까 봐 조마조마했다. 다행히 아무 일 없이 법회가 끝이

났다. 거칠부가 종이에 먹으로 쓴 글씨는 법회 이후에 석공이 각자(刻字)를 할 예정이었다.

마운령에서 수비를 한 이후에 진흥왕의 어가행렬은 황초령으로 이어졌다. 마운령에서 황초령까지는 닷새나 걸리는 거리였다. 진흥왕의 어가는 해안지역으로 나와 백성들을 위로하면서 천천히 남하하다가 다시 북쪽의 산악지대로 올라갔다. 황초령 너머는 숲이 울창하고 산이 험해 예족이 아니면 살기 힘든 곳이기도 했다. 황초령에서도 마운령과 마찬가지로 수비법회가 열리고 마운령비와 거의 같은 내용의 비석이 세워졌다. 그런 일이 끝나자 10월 초가 되었다. 북방의 날씨는 매우 추워지기 시작했다. 어가는 바로 비열홀로 철수하여 왕은 배편으로 서라벌로 돌아갔다.

이사부는 할 일이 남아있다며 왕을 수행하지 않고 비열홀주에서 왕을 배웅하고 난 뒤, 거칠부와 함께 육로로 한성으로 떠났다. 거칠부는 이사부가 말을 탈 수 있을지 걱정했다. 거칠부의 걱정을 무색하게 하면서 이사부는 말을 타고 즐겁게 행마를 하여 한성에 이르렀다. 평생을 마상에서 지내서 그런지 별로 지친 기색도 없었다. 한성에 도착해서는 북한산비가 서 있는 봉우리까지 쉬엄쉬엄 올랐다.

비가 서있는 봉우리는 북한산의 서에서 동으로 이어진 능선 중간에 있었다. 이사부는 젊은 장수들의 부축을 받으며 비가 서있는 꼭대기까지 조심스레 올라갔다.

"대단하구나. 여기가 다 신라의 땅이란 말이지?"

옆에 있던 무력장군이 대답했다.

"그렇습니다. 여기서 보이는 곳이 다 신라의 땅입니다. 저 쪽에 바다가 보이시지요?"

"그래 보이는구나. 저기부터가 서해로구나."

거칠부가 거들었다.

"이 땅을 모두 장군님께서 정벌하셨습니다."

"내가 했나? 자네들이 했지. 내가 명을 내렸나? 폐하가 내렸지. 그러니 난 아무것도 한 게 없어."

"장군님, 장군님의 큰 그림이 없었다면 여기를 우리가 차지했겠습니까?"

"그렇긴 하다만, 여기를 빼앗는 바람에 죽을 뻔했지. 진성 전투 기억나나? 우덕장군은 죽고 상주정 정예병 1만이 하루아침에 죽거나 포로가 되었어."

"그걸 어찌 잊겠습니까? 하나 관산대전이 있어 우리가 가야를 다 점령하지 않았습니까? 장군님의 그림이 잘 그려진 겁니다."

"그럴까? 그럴지도 모르지. 우리가 여길 차지했으니, 저 바다 건너 진나라와 제나라 사람이 왕래하고 문물을 주고받지. 고인 물이 썩듯이 나라도 다른 나라와 사람과 문물을 교류하지 않으면 썩게 되어 있어. 남을 모르면 자기만 잘난 줄 알거든."

"명심하겠습니다."

"여기를 우리 신라가 차지한 건 대단히 잘한 일이긴 하네. 올라와 보니 실감이 나. 이 풍경을 봐. 저 아래로 넘실대며 흐르는 한수, 넓고 푸르고 비옥한 들판에다가 바다도 가깝고 산도 적당하고, 이런 땅이 어디에 또 있겠나? 이러니 고구려와 백제가 여길 차지하려고 그렇게 싸웠지. 올라와 눈으로 보니 더욱 감개무량해. 무력장군.”

“네, 장군님.”

“여긴 절대로 다시는 빼앗기지 말아야 하네. 여길 빼앗기면 신라는 다시 저 동쪽의 궁벽한 땅으로 물러나야 한단 말이야. 그럼, 신라에 희망이 없어.”

“명심하겠습니다.”

“어디 비석을 보자. 이 무거운 돌을 서라벌에서 가져와 여기까지 용케도 올려놓았네.”

“인부들이 고생을 많이 했습니다.”

무력의 대답이었다.

“그럴 테지. 몸뚱이 하나 올라오는 것도 힘든데 이 무거운 돌을 가지고 올라왔으니 얼마나 힘들었겠나. 그래 어디 비석 구경을 해보자. 무어라고 써놓았는지. 거칠부 자네가 읽어주게.”

“동방의 여러 나라가 군사력으로 서로 싸울 때 신라의 태왕이 덕으로 백성을 교화하고 군대를 일으키지 않은 까닭에 크게 영토를 얻었기에 새로 얻은 지역의 민심을 다스리고 백성의 노고를 위로하고자 한다. 만일 충성, 신의, 정성을 가지고 나라에 충성하면 상을 더하리라. 한성(漢城)을 지나는 길에 북한산에 올라 도인(道人)이 석굴(石窟)에 살고 있음을 보고 이곳이 영험함을 알았노라. 짐의 순수를 돌에 새겨 기록한다……”

“좋다, 좋아. 이 모두가 거칠부의 솜씨야.”

"부끄럽습니다."

"부끄럽긴. 문무를 겸비했으니 신라의 기둥이지. 고맙네, 고마워."

"더 구경하실 게 있습니까? 이쪽으로 계속 산을 따라가면 네모난 관모같은 바위도 나오고, 또 반나절 가면 북한산의 제일봉에 다다른다고 합니다."

무력의 말이었다.

"아니야. 무력장군, 이만하면 되었네. 이제 가세. 서라벌로 돌아가세."

무력은 한성에 남고 거칠부는 수행하는 군관과 병사들 수십을 데리고 서라벌로 출발했다. 한수로 가서 배를 타고 적성까지 가면, 바로 죽령을 넘을 수 있으련만 이사부는 육로로 가겠다고 고집했다. 거칠부는 이사부의 뜻을 따랐다. 팔십 삼세의 이사부가 말을 타고 가니 거칠부는 불안하기 그지없었다. 서라벌에서 마운령, 황초령을 거쳐 비열홀주에서 한성으로 와서 다시 서라벌로 가는 길이니 석 달 동안의 여정이었다. 역시 거칠부의 우려대로 이사부는 이틀을 행군한 뒤 매홀을 지나 금물내군에서 그만 낙상하고 말았다. 말에서 떨어진 게 아니라 말에서 내리다 발을 헛디디면서 그만 그 자리에 주저앉아 버렸다. 다리에서 힘이 달아나 버렸기 때문이었다. 화들짝 놀란 거칠부는 마침 가까운 곳에 있던 금물내군 치소(治所)로 가서 이사부를 눕혔다. 역시 무리였을까. 팔십삼세의 이사부가 20일 이상을 말을 타고 행군했다. 이사부의 고집을 꺾을 수는 없었다. 장수가 말 위에서 죽은들 무슨 원통함이 있겠느냐고 큰소리를 쳤던 이사부이기도 했다.

이사부는 꼬박 이틀 동안 혼수상태에 빠져있었다. 국원에서 급히 의원을 모셔왔지만, 의원은 맥을 짚고 지켜보기만 했다. 의원은 이사부에게 힘이 다 빠져나갔으니, 어서 서라벌로 모셔야 한다고 말했다. 초조해진 거칠부는 다음 날은 수레를 마련하여 서라벌로 가기로 했다.

사흘째 되는 날 아침 이사부는 깨어났다. 그리고 거칠부를 찾았다. 거칠부가 가까이 가자 이사부는 뭔가 말을 시작했다. 하지만 입술만 달싹일 뿐 말소리가 들리지 않았다. 거칠부는 이사부의 입에 귀를 가까이 대었다.

"자네 아버지 곁으로……"
"장군님, 아직 아니 됩니다. 가지 마세요. 장군님!"
"고맙구나……"

그것으로 끝이었다. 신라 장군 이사부가 죽었다. 평생을 전장에서 보낸 장수 이사부가 금물내군 치소에서 유명을 달리했다.

겨울이 오고 있었다. 거칠부는 이사부의 시신을 수레에 실어 서라벌로 운구했다. 소문을 들은 수많은 서라벌 백성이 이사부의 수레를 맞이했다.

북쪽 변경을 순수하고 돌아온 진흥태왕은 거칠부에게 왕에게 준하는 장례를 지시했다. 거칠부는 이사부가 죽어서라도 불법에 귀의하고 싶다며 자신을 흥륜사에서 태워달라고 했다고 전했다. 진흥태왕은 그렇게 할 수는 없다고 했다. 거칠부가 이사부의 유언장을 보여주자, 정히 그러면 고인의 뜻을 따르라고 말했다.

이사부는 흥륜사에서 한 줌 재가 되었다. 이사부의 한 줌 뼛가루는 흥륜사 뒷마당 석물에 안치하기로 했다.

이사부의 뼛가루가 석물에 들어가기 직전이었다. 석물에서 이사부의 육체가 스멀스멀 형체를 갖추어 나타났다. 이사부는 청년의 장수가 되어 거칠부의 눈앞에서 절 뒤편 천경림으로 훨훨 날아가 버렸다. 이사부는 즐거운 표정으로 마치 연꽃 만나러 가는 바람처럼 훨훨 날아갔다.

"잘 가세요, 이사부장군님."

(3권에 계속)